Angelika Oberauer

Das Geheimnis auf der Alm

Angelika Oberauer

Das Geheimnis auf der Alm

Roman

rosenheimer

www.rosenheimer.com

Titelfoto: © Ben Burger – Fotolia.com (oben) und
4FR – iStockphoto.com (unten)
Lektorat: Iris Erber, Aistersheim
Satz: SATZstudio Josef Pieper, Bedburg-Hau
Druck und Bindung: GGP Media GmbH, Pößneck
Printed in Germany

ISBN 978-3-475-54425-5

1

Regina fragte sich an diesem Winternachmittag, wie lange sie den Weg zum einsam gelegenen Forsthaus nicht mehr gegangen war. Sie sah sich um und freute sich an der herrlichen Natur, die diesen einsam gelegenen Winkel umgab. In der Stadt, in der sie jetzt lebte, zeigte sich der Winter meist von seiner hässlichen Seite. Schmutziger Matsch bestimmte momentan das Straßenbild. Sie fror ständig, während ihr jetzt, da sie so mühsam durch den Schnee stapfte, sehr warm war, obwohl das Thermometer heute Morgen zehn Grad unter null angezeigt hatte.

Die Fußspuren, denen sie zu folgen versuchte, sagten ihr, dass diesen Weg heute schon jemand gegangen war. Obwohl auch sie einen weit ausholenden Schritt besaß, konnte sie den Spuren, die vermutlich von einem Mann stammten, doch nicht ganz folgen, trat oft daneben und versank immer wieder im Schnee. Doch dieses mühsame Stapfen machte ihr Spaß, und sie musste immer wieder lächeln, ohne einen wirklichen Grund dazu zu haben. Sie fühlte sich einfach glücklich in dieser winterlichen Stimmung, die so viele, vergessen geglaubte, schöne Erinnerungen in ihr wachrief.

Die Sonne, die an diesem kalten Januartag nur schwach durch den hauchdünnen Nebel drang, tauchte die tief verschneiten Wiesen und Felder in ein rosa Licht. Die entlaubten Bäume, die von Zeit zu Zeit ihren Weg säumten und den Schnee nicht zu halten vermochten, hoben sich schwarz gegen die weiße Landschaft ab und streckten ihre kahlen Äste in den dunstigen Himmel. Hinter dem Forsthaus erhob sich der Bergwald, auf den die tief stehende Sonne einen goldenen Schein warf. Hinter dem Wald, der bald steil aufstieg, waren die schroffen Felsformationen der Loferer Steinberge durch den rosigen Schleier schemenhaft zu erkennen.

Nachdem Regina Stadler die Schönheit ihrer Heimat nach langer Abwesenheit wieder einmal mit allen Sinnen in sich aufgenommen hatte, verloren sich ihre Gedanken immer mehr in der Vergangenheit. Erinnerungen und Gefühle, ja sogar Gerüche, die jahrelang tief in ihr geschlummert hatten, erwachten immer intensiver.

Schon als ganz kleines Mädchen war sie diesen Weg entlanggegangen – oder gelaufen. Sie erinnerte sich, dass sie meistens gerannt war, als ob sie etwas versäumt hätte, wenn sie ruhig gegangen wäre. Dabei war sie ansonsten ein eher stilles Kind gewesen. Ganz anders als Vroni. Trotzdem hatten sie sich gut vertragen. Ihre beste Freundin Vroni, die in dem alten Forsthaus geboren und aufgewachsen war, war viel lebhafter als sie gewesen. Und sie hatte sich auch nicht verändert.

Regina hingegen war mit den Jahren noch besonnener geworden. Natürlich war auch sie kein Kind von Traurigkeit, doch sie nahm das

Leben – im Gegensatz zu Vroni – ernst. An Vroni prallte alles ab – zumindest tat sie so –, während ihr selbst immer gleich alles zu Herzen ging.

Das Forsthaus tauchte auf, und der Weg wurde ihr immer vertrauter, je näher sie kam. Das große, stattliche und im oberen Teil mit Holz ummantelte Haus, das mit den Jahren ganz dunkel geworden war, schmückte unterhalb des Giebels ein großes Hirschgeweih. Seit hundert Jahren hing das Geweih nun dort und war somit so alt wie das Forsthaus.

»Regina!« Eine helle Frauenstimme riss die junge Frau aus ihren Erinnerungen und Träumen.

»Vroni! Ich hab dich gar nicht gesehen.«

Die Freundin lief auf sie zu. Sie war gerade aus dem Holzschuppen gekommen und hatte den großen Korb mit den Scheiten einfach auf den Boden fallen lassen, als sie Regina erblickte.

»Schön, dass du gekommen bist. Ich habe schon befürchtet, du traust dich wegen der Kälte und dem Schnee nicht zu uns heraus. Aber warum bist du denn über die Wiese gegangen?«

»War nur so eine Idee«, erwiderte Regina lachend. »Es war schön.«

»Da musst du ja bis zu den Knien im Schnee versunken sein?«

»Da waren schon Spuren. Allerdings muss dieser Mensch ein Riese gewesen sein«, antwortete Regina schmunzelnd.

»Vielleicht war es der Oberöder-Bartl. Der ist sehr groß und stapft gern querfeldein«, überlegte

Vroni. Sie umarmte nun die Freundin. »Schön, dass du da bist.«

»Ich habe es doch versprochen.«

»Du bist ja ganz in Gedanken versunken gewesen«, schmunzelte Vroni und schüttelte dabei amüsiert den Kopf mit dem dunkelbraunen, halblangen Haar.

»Ist das ein Wunder? Ich überlege gerade, wie viele Jahre ich nicht mehr bei euch im Forsthaus gewesen bin.« Regina klopfte sich den Schnee von den Stiefeln.

Vroni waren einige Holzscheite aus dem Korb gefallen, als sie ihn einfach so auf den Boden hatte fallen lassen. Sie sammelte sie auf und legte sie wieder sorgfältig hinein. »Fünf Jahre bestimmt nicht mehr«, vermutete sie und stemmte den schweren Korb hoch. »Aber jetzt komm ins Haus! Es ist kalt hier draußen, und ich habe nur eine Strickjacke an.«

»Ich glaube, das ist länger her«, meinte Regina. Sie folgte ihrer Freundin ins Haus.

»Ich weiß es auch nicht mehr genau.« Vroni zuckte mit den Schultern. »Die Mutter freut sich zumindest, dich wieder einmal zu sehen. Auch der Markus!« Sie warf ihr einen verschmitzten Blick zu.

Die frische Röte auf Reginas Wangen, bedingt durch die kalte Winterluft, vertiefte sich um eine Nuance.

»Ist der Markus noch nicht verheiratet?«, fragte sie schnell, um ihre leichte Verlegenheit zu verbergen.

»Das hätte ich dir doch erzählt.« Vroni öffnete die Haustür und stellte den Korb im Flur ab. Der riesige Kachelofen in der Stube wurde vom Gang aus geheizt, sodass es auch dort mollig warm war. Vroni öffnete das Ofentürchen, griff nach dem schmiedeeisernen Schürhaken und fuhr durch die Glut, damit sie wieder aufloderte, dann legte sie ein paar Scheite nach.

Regina schlüpfte inzwischen aus ihrem Anorak und hängte ihn an die Flurgarderobe, die immer noch dieselbe war wie früher. Ein altmodisches schmiedeeisernes, verschnörkeltes Gestell.

»Bei euch hat sich wirklich nichts verändert«, meinte sie gerade, als Vronis Mutter aus der Küche kam.

»Mein Gott, Regina! Wie lange bis du denn nicht mehr bei uns gewesen?« rief Frau Reiter aus. Sie umarmte das junge Mädchen herzlich.

»Die Vroni und ich haben selbst gerade gerätselt, wie lange das her ist«, erwiderte Regina lachend.

»Ist ja auch egal. Hauptsache, du hast wieder einmal zu uns einsamen Leuten herausgefunden. Aber jetzt kommt in die Stube! Ich habe schon Kaffee gekocht.«

Als Regina die gemütliche Bauernstube betrat, stellte sie schnell fest, dass auch hier alles so wie früher war. Die dunklen, schweren Möbel standen noch behäbig in dem hellen Raum. Die Schwarzwälder Kuckucksuhr hing noch immer an der Wand zwischen den beiden Südfenstern, und über der Eckbank befand sich noch das kunstvoll geschnitzte Kruzifix aus dem achtzehnten Jahrhundert, auf das schon der eine oder andere Kunsthändler oder Geistliche ein Auge geworfen hatte. Aber die Familie hatte es nie hergegeben.

Neben dem Kreuz hingen einige Schwarz-Weiß-Fotografien mit Trauerflor. Es waren Vronis Großeltern väterlicherseits, die hier verewigt waren, und ein Bruder des Großvaters, der in Russland gefallen war. Auch dem Forstrat Georg Reiter, Vronis Vater, wurde hier ein ehrendes Andenken bewahrt. Der große, stattliche Mann wurde vor drei Jahren durch einen Herzinfarkt mitten aus dem Leben gerissen. Man fand ihn erst viele Stunden später, oben in der Forsthütte, wo er sich seit seiner Pensionierung gerne aufgehalten hatte. Er lag tot auf dem Boden.

Regina kannte die Fotografien, bis auf letztere natürlich. Sie betrachtete das Porträt des Forstrates und versuchte sich dabei zu erinnern, wie er früher ausgesehen hatte. Das mochte ihr jedoch nicht ganz gelingen. Sie sagte sich, dass er kaum zu Hause gewesen war, wenn sie als Kind die Freundin besucht hatte.

»Ich warne dich vor Mamas Weihnachtsplätzchen«, bemerkte Vroni, während sie sich schon das erste Vanillekipferl in den Mund schob. »Gerade ihre Nugatkipferl sind wahre Kalorienbomben.«

»Aber gut«, schmunzelte Heidemarie und schenkte gleich den Kaffee ein.

»Und jetzt erzähl mal, Regina! Wie gefällt es dir denn in München?«

Noch bevor Regina antworten konnte, fügte sie mit einem vielsagenden Blick zu ihrer Tochter hinzu: »Vermutlich auch so gut wie der Vroni, sodass du nur alle heiligen Zeiten einmal wieder nach St. Valentin kommst.«

»Mama!«, rief Vroni mit gespielter Entrüstung. »Ich komm so oft, wie es geht.«

»Mir gefällt es ganz gut in München«, antwortete Regina, »aber für immer möchte ich nicht dort leben.«

»Besuchst du deine Eltern auch so selten?«, fragte Heidemarie die junge Frau mit einem vorwurfsvollen Seitenblick auf ihre Tochter.

Regina nippte an ihrem Kaffee, bevor sie antwortete. »Ich versuch sie einmal im Monat zu besuchen. Aber das klappt auch nicht immer.«

»Ja, ihr beide seid richtige Städterinnen geworden.« Heidemarie griff nun nach dem üppigen Stollen.

»Eigentlich möchte ich gerne wieder nach St. Valentin zurückkommen«, bemerkte Regina, »und mir hier beruflich etwas aufbauen.«

»Als Physiotherapeutin!« rief Vroni überrascht aus. »Das hast du mir noch gar nicht erzählt.«

»So lange spiele ich ja auch noch nicht mit dem Gedanken. Aber mir schwebt eine eigene Praxis hier im Dorf vor«, erzählte Regina.

»Was mach ich denn dann in München ohne dich?«, rief Vroni enttäuscht aus.

»Also Vroni, bei deinem riesigen Bekanntenkreis!« Regina strich sich eine locker gewordene Strähne ihres honigblonden Haares aus der Stirn, das sie zu einem langen Pferdeschwanz zurückgekämmt trug, sodass ihre hohe, runde und klare Stirn voll zum Ausdruck kam. Auch ihre braunen, mit kleinen goldenen Fünkchen gesprenkelten Augen waren von einer bestechenden Klarheit.

Heidemarie fiel das wieder einmal ganz deutlich auf, als sie Regina betrachtete, und sie sagte sich dabei, dass dieses Mädchen von all den Freundinnen, die ihre Vroni ins Haus geschleppt hatte, die liebste und angenehmste gewesen war. Und sie war ja auch die beste und langjährigste Freundin ihrer Tochter. Nie war sie falsch und verstockt gewesen, immer ehrlich und geradeheraus. Das hatte ihr gefallen.

»Aber du bist meine beste Freundin. Du bist durch nichts und niemanden zu ersetzen. Ich kann das gar nicht verstehen.« Vroni schien wirklich betroffen und enttäuscht zu sein. Vor allem, weil Regina bisher nie etwas davon gesagt hatte.

»Jetzt übertreib nicht so!«, meinte Regina lachend. »Zwischen München und St. Valentin liegen hundert Kilometer. Was ist das schon? Das wird unsere Freundschaft doch aushalten.«

»Du könntest ja auch wieder heimkommen«, meinte die Mutter, und ihr Gesicht überschattete sich dabei ein wenig. »Als Gärtnerin bekommst du bei uns im Dorf auch eine Stelle. Ich fühle mich oft einsam, seit der Vater tot ist«, setzte sie leise hinzu.

»Aber Mama! Du hast doch den Markus und die Monika. Außerdem noch alle deine Ämter!«

»Es tut mir übrigens sehr leid, dass Ihr Mann so schnell und überraschend gestorben ist«, meinte Regina mit einem mitfühlenden Blick zur Witwe hin.

»Ja«, seufzte Heidemarie, »das war schon ein Schock für mich. So unverhofft!« Sie bekam feuchte Augen und blickte zu dem mit einem Trauerflor versehenen Bild an der Wand, das ihren geliebten Mann zeigte.

»Sind Sie immer noch Vorsitzende vom Frauenbund?«, fragte Regina, nachdem sie alle drei eine Weile geschwiegen hatten. Sie wollte den Todesfall nicht weiter vertiefen, vielmehr Heidemarie wieder fröhlich sehen. Zum Nachdenken und Trauern hatte sie so viel Zeit, wenn sie alleine war.

»Ja, aber dieses Amt wird mir allmählich zu stressig, ich gebe es heuer ab«, erwiderte diese.

Die drei Frauen sprachen noch eine Zeit lang über das Dorfgeschehen, über das Heidemarie natürlich am besten informiert war, als sie draußen ein Auto hörten. Es war inzwischen leicht dämmrig in der Stube geworden, und Frau Reiter schaltete die Stehlampe an, die ein gedämpftes, dezentes Licht verbreitete.

»Da kommt der Markus!« Heidemarie blickte auf die alte Schwarzwälder Kuckucksuhr. Das Türchen öffnete sich gerade, und der Kuckuck steckte seinen Kopf heraus, um fünf Mal zu rufen.

»Heute ist er ja ausnahmsweise einmal früher dran. Sonst wird es immer sechs, manchmal halb sieben, bis er heimkommt.«

Vroni lief zum Fenster und blickte hinaus. »Ja, er ist es«, bestätigte sie und warf ihrer Freundin dabei einen übermütigen Blick zu.

Kurz darauf betrat Markus die Stube. Sein Blick fiel sofort erstaunt und auch ein wenig verwirrt auf Regina, die mit leicht geröteten Wangen am Tisch saß. In diesem Augenblick sah sie besonders hübsch aus.

Er schien die Freundin seiner Schwester Vroni nicht gleich zu erkennen.

»Sag bloß, du kennst die Stadler-Regina nicht mehr?«, rief Vroni beinahe empört aus.

Markus schlug sich mit der Hand an die Stirn.

»Jetzt dämmert's mir. Die Regina!« Er ging zu ihr hin und gab ihr mit einem festen, herzlichen Druck die Hand. »Ich hätte dich auf den ersten Blick jetzt wirklich nicht erkannt.«

»Wir haben uns ja auch ewig nicht mehr gesehen«, erwiderte sie lächelnd.

»Das stimmt«, meinte er leise, und betrachtete sie dabei etwas zu lange. Dann riss er sich von ihrem bezaubernden Anblick jedoch schnell los. Es war ihm plötzlich peinlich, dass er sie so selbstvergessen gemustert hatte.

Es trat nun eine kurze, peinliche Stille ein, die selbst Vroni nicht durchbrechen konnte oder wollte.

»Willst du noch Kaffee? Oder ist es dir zu spät dafür?« Heidemarie sah ihren Sohn fragend an, und rettete damit schmunzelnd die Situation.

»Warum nicht.« Markus hatte sich schnell gefangen und setzte sich zu den Frauen an den

Tisch. »Noch eine Münchnerin«, bemerkte er schmunzelnd zu Regina gewandt. Wie die Mutter zuvor schon fragte er sie dann auch, wie es ihr in der Stadt gefiele, wo sie arbeitete und vieles mehr.

Sie beantwortete ihm lächelnd alles, was er wissen wollte.

Später kam die Mutter mit einer Flasche Wein aus der Küche.

»Ein Gläschen trinkst du doch noch mit uns, Regina, oder?«

»Meine Eltern werden auf mich warten«, meinte sie zögernd.

»Komm, Regina! Du bist so lange nicht mehr hier gewesen. Der Markus will auch, dass du noch ein bisschen bleibst.« Vroni warf ihrem Bruder einen schelmischen Blick zu.

Doch der junge, selbstbewusste Förster ließ sich nicht mehr in Verlegenheit bringen. »Freilich will ich das«, erwiderte er grinsend. »Ich kann dich ja dann auch heimfahren, wenn du den Weg im Dunklen nicht mehr zurück ins Dorf gehen willst.«

»Das besorge ich schon«, wandte Vroni übermütig ein, »sonst kommst du noch auf dumme Gedanken. Außerdem brauchst du deinen Führerschein mit Sicherheit sehr viel dringender als ich.«

Wie schön es wieder einmal im Forsthaus war, dachte Regina, als sie zwei Stunden später den einsamen Weg alleine zurück ins Dorf ging. Sie hatte es abgelehnt, dass irgendwer von der

Familie Reiter sie nach Hause fuhr. Gleich gar nicht Vroni, die mehr als Heidemarie, Markus und sie zusammen von dem süffigen Wein getrunken hatte.

Markus hätte sie nur zu gerne begleitet. Sie hatte es ihm deutlich angesehen und sich darüber gefreut. Ja, ihr Herz hatte schneller zu schlagen begonnen, als er es ihr anbot. Doch sie war eisern geblieben.

Sie wählte nun aber die schmale Teerstraße und ging nicht mehr über die Wiesen. Sie fühlte sich, während sie so langsam dahinschritt, so glücklich wie schon lange nicht mehr. Sie hatte keine Angst in der Dunkelheit und Einsamkeit. Vor wem auch? Der Mond zeigte ihr den Weg, und wo es einsam war, herrschte noch am ehesten Frieden.

Hatte sie bisher noch Zweifel daran gehabt, wieder nach St. Valentin zurückzukommen, so waren diese nun endgültig ausgeräumt. Sie gehörte nicht in die Stadt, sondern hierher. Sie schmunzelte, als sie sich Markus' gut geschnittenes, markantes Gesicht in Erinnerung rief. Sie sah ihn im Türrahmen stehen, während Vroni und ihre Mutter schon wieder ins Haus hineingegangen waren. Sah den Blick, den er ihr zuwarf, als sie sich langsam umdrehte und entfernte. Es hatte etwas Fragendes, ja Bittendes in seinen hellgrauen Augen gelegen und auch eine leise Zärtlichkeit. Sie fragte sich, ob er sie ebenso wenig vergessen hatte wie sie ihn. Aber damals sind wir doch noch halbe Kinder gewesen, versuchte sie sich selber zur Vernunft zu bringen. Doch es half nichts! Sie musste sich eingestehen, dass sie ihn niemals vergessen hatte, so jung sie damals auch gewesen war. Sie hatte diese Gefühle nur verdrängt und zwar so erfolgreich, dass sie zwei Jahre ihres Lebens einem anderen Mann geschenkt hatte. Diese Beziehung war inzwischen vorbei. Schon ein Jahr lang hatte sie nichts mehr von Thomas gehört. Sie vermisste ihn nicht.

2

Die nächsten drei Tage, die Regina noch bei ihren Eltern verbrachte, bevor sie nach München zurückkehrte, musste sie oft an Markus denken, obwohl sie sich dabei immer wieder zur Vernunft ermahnte. Es war nicht mehr die euphorische, überschwängliche Schwärmerei, die sie nun für ihn empfand. Inzwischen war sie fünfundzwanzig Jahre alt, sie war gereift und hatte das Leben kennengelernt. Es lag nun etwas Ruhiges, Besonnenes und Zurückhaltendes in ihren Empfindungen. Doch vielleicht waren gerade diese Eigenschaften mehr wert als dieser jugendliche Übermut.

Trotzdem wird es wieder vergehen, redete sie sich ein. Wenn ich erst wieder in München bin, werden meine Gefühle für ihn abermals in diesen tiefen, hinteren Winkel meines Herzens wandern, in dem sie all die Jahre vorher verharrt haben, fuhr sie in Gedanken fort, während sie ihren Koffer packte. Regina klappte den Koffer zu und begab sich dann die steile Treppe hinunter zu den Eltern in die Küche, die schon mit dem Abendbrot auf sie warteten.

»Du hast uns noch gar nicht erzählt, wie es im Forsthaus gewesen ist«, bemerkte die Mutter. »Wie geht es denn der Heidemarie?«

»Sie ist wohlauf und war genauso freundlich wie früher. Sie hat sich sehr gefreut, mich wieder einmal zu sehen«, erwiderte Regina etwas steif und dachte dabei an Markus, nicht an Heidemarie. In München werde ich ihn wieder vergessen, redete sie sich erneut ein. Sie dachte aber auch daran, dass sie vorhatte, nach St. Valentin heimzukehren. Ihr Herz schlug bei diesem Gedanken etwas schneller. Dann werde ich ihn wieder öfter sehen. Es war ihr nicht wohl bei diesem Gedanken, denn sie wollte sich jetzt nicht verlieben, sondern sich beruflich verwirklichen. Dazu musste sie den Kopf frei haben. Außerdem, sagte sie sich weiter, was weiß ich denn über ihn? Weiß ich denn, ob ich ihm gefalle? Vielleicht hat er nur so getan oder es nicht ernst genommen.

»Und mit deinem Thomas ist es wirklich aus?«, fragte der Vater und hantierte dabei an seiner Beinprothese, was mittlerweile eine nicht mehr auszumerzende Angewohnheit von ihm war.

»Schon über ein Jahr«, entgegnete Regina, »deshalb ist er auch nicht mehr *mein* Thomas«, fügte sie spöttisch hinzu.

»Er war doch ein ganz netter Kerl?« Josef Stadler wandte sich wieder von seiner Prothese ab, als sein Blick auf den vorwurfsvollen seiner Frau traf. Sie mochte es nicht, wenn er immer an seiner Prothese herumhantierte. Er nahm sich ein Brot und bestrich es mit ruhiger Hand.

»Backt die Heidemarie immer noch so gute Weihnachtsplätzchen?«, kam Emmi wieder auf die verwitwete Förstersfrau zu sprechen, denn sie kannte sie gut und hatte die stattliche, rührige Frau stets heimlich bewundert. Sie war ja auch die Frau des Forstdirektors gewesen. Emmi hatte schon immer Respekt vor Amt und Rang gezeigt.

Bevor Regina antworten konnte, meinte Josef mit einem unwilligen Blick. »Die kocht auch nur mit Wasser.«

»Aber sie ist doch immer eine sehr nette Frau gewesen, und der Forstdirektor war dir doch ein guter Chef. Du hast dich wirklich nicht über ihn beschweren können. Die Leute waren nie eingebildet, und die Vroni war immer Reginas beste Freundin«, erwiderte Emmi eifrig.

Josef konnte seiner Frau dabei nichts entgegensetzen, trotzdem runzelte er die Stirn. Er mochte keine Untertänigkeit. Er war eben ein richtiger Sozialist und schimpfte immer auf die »Kapitalisten«. Dabei sagte er sich jetzt, dass das wirklich nichts mit den Förstersleuten zu tun hatte, denn sie waren immer bescheidene Leute gewesen und auch nicht reich.

»Wie waren also die Plätzchen?« Emmi ließ nicht locker.

»Sehr gut«, erwiderte Regina schmunzelnd, »aber sehr üppig. Besonders die Nugatkipferl.«

»Und dabei ist sie immer noch so schlank, die Heidemarie«, meinte Emmi bewundernd.

»Du hältst wohl sehr viel von ihr?« Regina warf ihrer Mutter einen nachsichtigen Blick zu.

»Sie ist aber auch eine nette Frau.« Emmi warf ihrem Mann einen trotzigen Blick zu.

»Du mit deiner Hochachtung vor den sogenannten besseren Leuten«, brummte Josef. »Hättest halt einen Förster und keinen Jäger geheiratet.«

»Um das geht es doch gar nicht«, erwiderte Emmi aufgebracht.

»Jetzt streitet euch doch nicht wegen so etwas.«

Regina schüttelte den Kopf. Doch sie wurde nun stiller und nachdenklicher. Nie hatte sie daran gedacht, dass ihr Vater nur ein einfacher Jäger und Vronis Vater der Forstdirektor gewesen war, weil niemand sie dies jemals hatte spüren lassen, am allerwenigsten die Förstersfamilie selbst. Doch die Eltern hatten es nun mit ihrer Diskussion geschafft, dass sie sich zum ersten Mal darüber Gedanken machte. Sie dachte nun auch daran, dass ihr Vater mit knapp fünfzig Jahren in Rente gehen musste, weil ihn vor nun bald fünf Jahren ein Wilderer angeschossen hatte und er daraufhin seinen Unterschenkel verlor. Der Forstdirektor hatte ihn für berufsunfähig erklären müssen. Das war für den Vater ein harter Schlag gewesen. Manchmal, wenn Josef einen besonders schlechten Tag hatte, bezeichnete er sich sogar als Krüppel und sein Leben als verpfuscht. Zum Glück war er aber doch psychisch so stabil, dass diese Tage die Ausnahme waren, er sich immer wieder aufrappelte und dann auch wieder Freude am Leben zeigte. Dabei ging es ihm im Sommer immer am besten, weil er sich dann mit seinem geliebten Garten beschäftigten konnte.

Doch gerade im Winter, wenn er durch seine Behinderung das Haus kaum verlassen konnte, fiel er oft in ein tiefes Loch. Regina wusste dies und machte sich dann Sorgen. Aber sie konnte den Eltern nicht helfen.

Gegen acht Uhr abends läutete es an der Tür. Es war längst stockfinster draußen, und Emmi sah erst einmal zum Fenster hinaus, bevor sie zur Haustür ging. Sie sah nur, dass ein Auto am Straßenrand geparkt hatte.

»Wer ist das denn noch so spät?«, fragte sich Josef und blickte auf die Uhr. »Es ist gleich acht.« Sie bekamen selten Besuch, schon gar nicht abends.

»Um diese Zeit kommt doch sonst niemand.« Emmi blickte ein wenig ängstlich drein. Gerade hatte sie in der Zeitung von Einbrüchen in der Gegend gelesen. Aber die klingeln nicht, dachte sie, und ging in den Flur hinaus. Sie kam gleich wieder zurück.

»Der Reiter-Markus steht draußen«, sagte sie. »Du hast anscheinend deinen Schal vergessen. Aber er ist sich nicht sicher, ob es auch deiner ist.«

Reginas Gesicht hellte sich auf. Sie schmunzelte und eilte hinaus. Das ist ein Vorwand, fuhr es ihr durch den Kopf.

Grinsend stand Markus vor der Haustür. Draußen schneite es. Die Flocken wirbelten um ihn herum, fingen sich in seinen dunklen Wimpern, den Brauen und in seinem glatten, braunen Haar. Er hielt ihr einen bunt gestreiften Schal entgegen, den Regina noch nie in ihrem Leben gesehen hatte. »Hast du den vergessen?«

Sie schüttelte lächelnd den Kopf. »Ich habe gar keinen Schal dabei gehabt.«

»Dann muss er jemand anderem gehören.« Das Grinsen war aus seinem markanten Gesicht verschwunden. Sein Blick war nun ernst und ein wenig verlegen. »Ich wollte dich noch einmal sehen, bevor du nach München zurückfährst«, gestand er ihr, und als sie ihn nur fragend ansah und keine Antwort gab, fügte er schnell hinzu: »Gehen wir noch ein wenig spazieren?«

»So spät noch?« Regina versuchte, gelassen zu bleiben, doch das Leuchten in ihren Augen war eindeutig.

»Warum nicht? So spät ist es doch auch noch nicht. Ich konnte nicht eher kommen. Wir hatten Besuch daheim. Eine Tante, die ewig nicht mehr hier gewesen ist. Sie ist meine Taufpatin. Da konnte ich unmöglich weg. Aber du bist mir den ganzen Nachmittag nicht aus dem Kopf gegangen. Es hat mich schon einige Überwindung gekostet, bei euch zu läuten. Ich wusste ja nicht, wie du es aufnimmst.«

»Wie soll ich es denn aufnehmen?«

»Du bist gut!« Er grinste, immer noch ein wenig verlegen, was sonst gar nicht seine Art war. Er war ansonsten ein recht selbstbewusster Mann. Er dachte sich jedoch, dass er sie nun doch ein wenig überrumpelt hatte.

Doch es hatte kein zurückhaltendes Erstaunen in ihren Augen gelegen, als er so unverhofft vor der Tür stand, sondern ein freudiges, das hatte er gleich gemerkt und sich schnell beruhigt.

Regina nickte. »Gut, ich komme mit. Ich sage gerade den Eltern Bescheid. Und dann muss ich mir auch noch was anziehen. Komm doch schnell herein!«

»Ich warte lieber draußen.« Markus war glücklich, dass sie ihm keinen Korb gegeben hatte. Die Erleichterung darüber war ihm deutlich anzusehen. Er wäre sich ansonsten ziemlich dumm vorgekommen, von seiner Enttäuschung ganz abgesehen.

Sie steuerten nicht auf das Dorf zu, sondern bogen in eine Seitenstraße ein, die zu einem Fischweiher führte. Die nächtliche Wolkendecke hatte aufgerissen, und am Himmel zeigten sich nun ein paar Sterne. Trotzdem war es noch sehr dunkel, doch die beiden besaßen gute Augen, die sich der Finsternis schnell anpassten.

»Ich habe drei Tage lang an dich denken müssen«, gestand er ihr und ergriff dabei ihre Hand, die in einem dicken Fäustling steckte, sodass er sie kaum umfassen, geschweige denn spüren konnte.

»Ich auch«, bekannte sie leise und zog ihren Handschuh aus. »Es ist ja gar nicht so kalt«, meinte sie verschmitzt.

»Und wenn, dann wärme ich dich.« Er blieb stehen und sah sie an.

Es war zu dunkel, um den Ausdruck ihres Gesichts klar zu erkennen.

»So etwas ist mir schon lange nicht mehr passiert, dass ich eine gar nicht mehr aus dem Kopf bekomme«, raunte er ihr zu. »Seit ich dich wiedergesehen habe, muss ich an dich denken. Das grenzt an Folter.« Er runzelte die Stirn.

Regina schwieg. Sie dachte wieder daran, dass sie sich momentan nicht verlieben wollte. Aber das war leicht gesagt, wenn die Gefühle stärker waren als der Verstand.

»Ich bin froh, dass du schweigst und mir jetzt keine schnippische oder abweisende Antwort gibst. Mehr erwarte ich gar nicht, denn ich denke mir, dass ich dich jetzt schon ein wenig überrumpelt habe.« Trotzdem küsste er sie ganz leicht auf die Wange.

Sie hatte sich nicht von ihm abgewandt. Aber sie schwieg immer noch. In ihrem Blick lag jedoch ein etwas ratloser Ausdruck.

»Sehr gesprächig bist du allerdings nicht«, meinte er und runzelte wieder die Stirn.

»Ich rede nie viel.«

»Am Freitag, als du bei uns warst, hast du schon viel geredet«, widersprach er scherzend. »Da hast du beinahe die Vroni übertroffen.«

»Das ist schwer möglich«, erwiderte sie lachend.

Er wurde wieder ernst. »Ich hätte dich gerne heimbegleitet, aber du wolltest nicht. Warum denn?«

»Weil ich erst nachdenken musste.«

»Über mich?« Er zog sie an sich.

»Ich hatte drei Gläser von eurem guten Wein getrunken. Da wird man unvorsichtig. Das wollte ich verhindern.«

Markus schmunzelte. »Aber jetzt bist du nüchtern.«

»Gott sei Dank.« Sie befreite sich aus seinen Armen.

»Die Vroni hatte am meisten getrunken«, sagte er, während sie langsam weitergingen.

»Wann kommst du denn wieder?«, fragte er, nachdem sie eine Weile geschwiegen hatten. Er griff wieder nach ihrer Hand. Umschloss sie ganz fest.

»Erst in vier Wochen, wenn meine Mutter Geburtstag hat.«

»Geht es nicht früher?« Er blieb wieder stehen, sah ihr in die Augen.

»Vielleicht komm ich schon in vierzehn Tagen. Mal sehen, ob es sich einrichten lässt«, meinte sie etwas zögerlich. Sie fühlte sich tatsächlich überrumpelt. Sie war einerseits glücklich darüber, andererseits beunruhigte sie diese unverhoffte Situation aber auch.

»Obwohl«, sprach sie langsam weiter, »es wäre doch besser, wenn wir beide uns ein wenig Zeit zum Nachdenken ließen. Das geht doch ein bisschen zu schnell.«

»Aber ich habe mich in dich verliebt, Regina. Als ich dich bei uns daheim am Tisch sitzen sah, war es um mich geschehen. Dabei hatte ich dich zuerst gar nicht wiedererkannt.«

Regina senkte den Kopf. »Ich hatte dich nie vergessen«, wollte sie ihm sagen, doch sie presste die Lippen fest aufeinander.

Er griff wieder nach ihrer Hand.

Es tut so gut, die Wärme dieser kräftigen, ein wenig rauen und warmen Hand zu spüren, dachte Regina.

»Dabei kenne ich dich doch schon ewig«, flüsterte er ihr nach einer Weile mit zärtlicher Stimme ins Ohr.

»Und hast mich doch nicht mehr erkannt«, erwiderte sie ein wenig beleidigt.

»Aber das war doch nur auf den ersten Blick. Ich war ja auch so überrascht. Ich hatte mit gar keinem Besuch gerechnet.«

Sie waren nun bei den Fischteichen angelangt. Inzwischen zeigte sich auch der Mond am Himmel und warf eine silberne Bahn über das stille, schwarze Gewässer.

Eine Weile standen sie schweigend am Ufer.

»Lass uns wieder zurückgehen«, bat Regina, »ich muss morgen früh schon um sechs Uhr los.«

Markus nickte verständnisvoll. »Ich bin so froh, dass ich dich noch einmal gesehen habe, bevor du abreist, und dass ich dir gestanden habe, wie es um mich steht.«

»Ich auch«, erwiderte sie mit warmer Stimme. Er hatte jetzt beide Arme um ihre Hüften gelegt, und sie schmiegte ihren Kopf an seine Schulter.

Er fühlte sich glücklich. Lange hatte er keine solche Wärme und Zusammengehörigkeit mehr verspürt.

»Es könnte klappen mit uns beiden«, meinte er. Sie standen immer noch eng beieinander. Konnten sich noch nicht voneinander lösen.

»Sag nicht solche Sachen. Dazu ist es viel zu früh.« Doch sie schmiegte sich bei seinen Worten nur noch enger an ihn. »Es ist ganz gut, wenn wir uns vier Wochen nicht sehen. Dann zeigt es sich, ob …«

Er verschloss ihr mit einem Kuss den Mund, so dass sie nicht weitersprechen konnte.

»Es hat sich schon gezeigt«, raunte er ihr zu, nachdem er sich von ihren weichen Lippen gelöst hatte. »Ich halte es keine vier Wochen ohne dich aus. Du kannst doch schon nächste Woche kommen. Du hast mir diese Sache eingebrockt.«

»Ah, jetzt bin ich also schuld daran«, neckte sie ihn.

»Weil du so schön und so lieb bist«, murmelte er und fuhr fort: »Kannst du nicht schon nächste Woche wiederkommen?«

»Ganz ausgeschlossen.« Regina löste sich aus seinen Armen. »Vielleicht in zwei Wochen. Früher geht es auf keinen Fall.«

»Also gut«, erwiderte er seufzend, »dann muss ich so lange leiden.«

»Du hast es so lange ohne mich ausgehalten«, meinte sie leise, als sie langsam zurück ins Dorf gingen.

Er schien sie erst gar nicht zu verstehen. »Du meinst früher. Aber da waren wir doch noch Kinder.« Er lachte.

»Ich war jedenfalls schon mit fünfzehn Jahren in dich verliebt. Aber du scheinst mich nicht ernst genommen zu haben.«

Er blieb wieder stehen, zog sie an sich. »Dafür meine ich es dieses Mal umso ernster. Sehr ernst«, fügte er zur Betonung hinzu, und auf seiner Stirn bildete sich dabei eine steile Falte. »Das ist für mich kein Spiel und kein Spaß mehr. Vergiss das nicht, Regina.«

Regina verspürte ein heftiges Glücksgefühl in sich emporsteigen. Um ihre Füße wieder auf den Boden zu bekommen, wandte sie sich von ihm ab und blickte auf die Uhr. Doch es war zu dunkel, um die Ziffern zu erkennen.

»Du zerstörst den Zauber dieser Stunde, wenn du jetzt auf die Uhr siehst«, meinte er enttäuscht.

»Vielleicht ist das meine Absicht. Vielleicht erinnere ich mich einmal mit Wehmut an diese Stunde, und dann habe ich wenigstens auf die Uhr gesehen und mir damit unsere Vergänglichkeit vor Augen gehalten.«

»Solche Momente sind doch etwas so Schönes, dass man sich wünscht, die Zeit würde stillstehen«, raunte er ihr zu.

»Das ist eben die Illusion«, antwortete sie nachdenklich. »Die Zeit steht nicht still. Alles dreht sich weiter. Das merkt man dann oft viel zu schnell.«

»Aber es werden noch viele solche schöne Stunden für uns kommen«, widersprach er ihr.

»Vielleicht«, erwiderte sie leise, »vielleicht aber auch nicht.«

»Entweder du bist die geborene Pessimistin, oder du magst mich gar nicht«, antwortete er beleidigt.

Sie gingen langsam weiter.

»Ich bin keine Pessimistin, und ich mag dich sehr«, entgegnete sie leise, ohne ihn jedoch dabei anzusehen. »Aber ich bin mittlerweile kein Kind mehr und lass mich vom Glück nicht mehr so überrumpeln. Das muss wachsen und gedeihen.«

Markus wusste darauf nichts zu erwidern. Er dachte an seine Studienzeit. Die Mädchen, mit denen er es damals zu tun hatte, waren ganz anders gewesen als Regina. Sie hatten immer die Gunst der Stunde genutzt. Was danach kam, war ihnen oft egal. Vielleicht nicht allen. Vielleicht hatte er damals, als er sich beinahe jeden Monat in ein anders Mädel verschaut hatte, auch die eine oder andere unglücklich gemacht. Zumindest für einige Zeit. Dann dachte er daran, dass er nun seit Jahren völlig kontrovers lebte. Seit drei Jahren hatte ihn keine Frau mehr interessiert. Doch nun hatte ihn die Liebe wie ein Blitz aus heiterem Himmel getroffen.

»Wollen Sie nicht noch auf einen Sprung hereinkommen?«, fragte Emmi den Förster anstandshalber, als sie wieder vor Reginas Elternhaus standen.

»Nein, es ist schon so spät«, antwortete Markus. »Ein anderes Mal gerne.«

»Wenn du wieder im Dorf bist, könnten wir ja einmal eine Skitour zusammen machen. Du kannst doch noch Ski fahren, oder hast du es zwischenzeitlich verlernt?«, foppte er Regina, als diese schon im Türrahmen stand. Seine Stimme und sein Gesichtsausdruck waren nun etwas zurückhaltender, so als wäre zwischen ihnen nichts vorgefallen.

»Ich werde dir davonfahren. Wirst es schon sehen«, erwiderte sie scherzend. Sie warf ihm einen unbestimmten Blick zu, dann verschwand sie schnell im Haus.

»Dann bis in vierzehn Tagen. Ich freue mich«, rief er ihr nach.

Die Mutter war wieder hineingegangen, doch Regina blieb noch eine Weile im dämmrigen Flur stehen und blickte durch das kleine Guckfenster in der Haustüre. Markus war inzwischen beim Gartentürchen angekommen, das ein wenig klemmte. Er zog daran und brachte es schließlich auf. Sein Jeep stand am Straßenrand. Sie sah, dass er, bevor er einstieg, noch einmal zu dem kleinen, bescheidenen Häuschen blickte. Dabei kam ihr in den Sinn, was für einfache, kleinbürgerliche Leute ihre Eltern doch waren. Doch sie schämte sich nicht dafür.

Regina Stadler war ein stolzes Mädchen. Sie dachte daran, dass dieser Stolz ihr im Leben schon oft zu schaffen gemacht hatte. Außerdem war sie ehrgeizig. Sie wollte beruflich noch etwas erreichen. Sie dachte nicht daran, so schnell zu heiraten. Selbst jetzt nicht, da sie verliebt war, und zwar in den Mann, den sie von frühester Jugend an immer in ihrem Herzen aufbewahrt hatte.

3

Die Tage vergingen für Regina in München dieses Mal unerträglich langsam. Noch nie war ihr diese Stadt, in die sie vor fünf Jahren so begeistert gezogen war, die sie als so schön und liebenswert empfunden hatte, so trist und grau erschienen. Sie wusste, dass sie der »Weltstadt mit Herz« damit Unrecht tat. Aber momentan konnte sie München einfach nichts abgewinnen.

»Es gefällt mir hier nicht mehr«, sagte Regina zu ihrer Freundin Vroni, als sie in einem der zahlreichen Schwabinger Cafés saßen und einen Cappuccino tranken.

Vroni warf ihr von der Seite her einen forschenden Blick zu. »Auf einmal?«

»Nicht auf einmal. Ich habe dir doch schon gesagt, dass ich wieder heim möchte.« Regina nippte sinnierend an ihrem Kaffee.

»Ja, stimmt. Hab ich ganz vergessen. Oder ich wollte es einfach nicht glauben. Was mache ich denn ohne dich in München?« Sie verzog das Gesicht.

»Willst du wirklich hier hängen bleiben? Dein ganzes Leben?«, fragte Regina ihre Freundin. »Du bist doch im Grunde derselbe Naturmensch wie ich.«

Vroni zuckte mit den Schultern. »Ich weiß nicht, ob ich das wirklich bin. Manchmal weiß ich überhaupt nicht, wer ich bin und was ich will.«

»Ich möchte in St. Valentin eine Praxis eröffnen. Ich möchte mich selbstständig machen. Ich weiß, was ich will«, erwiderte Regina mit fester Stimme.

»Ja, du hast immer ein Ziel vor Augen gehabt. Ich könnte mir wirklich eine Scheibe von dir abschneiden.« Sie nahm einen Schluck von ihrem Kaffee. »Aber du kannst dich doch auch in München verwirklichen, und zwar viel besser als in St. Valentin.«

»St. Valentin ist heute auch kein Kaff mehr«, entgegnete Regina, »und vor allem gibt es dort noch keine physiotherapeutische Praxis, während hier die Konkurrenz groß ist.«

»Du hast wohl wieder einmal recht.« Vroni blickte aus dem riesigen Fenster. Draußen ging der Regen langsam in Schnee über. Das wechselte ständig; einmal schneite es, dann regnete es wieder. Der Schnee schmolz sofort auf dem Pflaster, an manchen Stellen bildete sich schmutziger Matsch.

Regina folgte ihrem Blick. »Bei uns daheim schneit es richtig, und der Schnee bleibt auch liegen.«

»Ist das der Grund, warum du wieder heim möchtest?« Vroni sah sie über den Rand ihrer Tasse spöttisch an. Sie schmunzelte plötzlich. »Gibt es da nicht noch andere Gründe? Ich meine, hat sich deine Absicht, zurück nach

St. Valentin zu gehen, nicht durch gewisse Begebenheiten, die sich erst kürzlich ereignet haben, verstärkt?« Der gutmütige Spott auf ihrem runden Gesicht und in ihrer Stimme verstärkte sich noch.

»Wie meinst du denn das?« fragte Regina unschuldig. Sie freute sich, dass sie sich so gut im Griff hatte und nicht rot wurde.

»Ich habe da einen sehr attraktiven Bruder, der mir plötzlich wie verwandelt vorkommt. Und ich bin der festen Überzeugung, dass du der Grund dafür bist.«

»Also gut«, gab Regina ohne äußerliche Verlegenheit und Aufregung zu, obwohl ihr Herz nun doch schneller schlug. »Es hat zwischen uns gefunkt. Aber ich will jetzt nichts überstürzen. Ich muss darüber nachdenken, und ich habe doch momentan gar keine Zeit für die Liebe.«

Vroni schien sie unerwarteterweise zu verstehen. Sie nickte ernst. »Ich kenne Markus in Liebesdingen auch zu wenig. Ich weiß nur, dass er seit drei Jahren keine Freundin mehr hatte. Jetzt scheint es ihn aber gewaltig erwischt zu haben. Ich will dir jetzt nicht zu-, aber auch nichts ausreden. Obwohl ich mich wahnsinnig freuen würde, wenn du meine Schwägerin würdest«, fügte sie mehr scherzend hinzu, und der ernste Ausdruck auf ihrem Gesicht, der nie lange anhielt, verschwand dabei wieder.

»Ich kenne deinen Bruder seit ewigen Zeiten und kenne ihn doch nicht«, meinte Regina und blickte dabei nachdenklich vor sich hin. »Wir sind eine Stunde zusammen spazieren gegangen. Es war schön, und ich habe mich ihm gleich so nahe gefühlt. Doch als wir dann wieder vor unserer Haustür standen, war er mir doch wieder fremd. Die Liebe ist schon ein seltsames Spiel.« Sie lächelte versonnen.

»Du bist sicher für ihn kein Abenteuer. Ich glaube, dass ich meinen Bruder doch so gut kenne, um in seinem Gesicht zu lesen. Wie er dich angesehen hat, als du bei uns warst, das sprach Bände. Das hat sogar die Mutter gemerkt.«

»Du hast mit deiner Mutter darüber gesprochen?« Regina wurde nun doch ein wenig verlegen.

»Warum denn nicht? Meine Mutter mag dich. Sie hat dich von all meinen Freundinnen immer am liebsten gehabt. Sie würde dich auch als Schwiegertochter mögen.«

»Vroni!« rief Regina aus, »Jetzt lass aber mal die Kirche im Dorf!«

»In Ordnung, ich bin gerade ein wenig zu weit gegangen. Aber dass ihr beiden euch mögt, das sieht ein jeder.«

»Deshalb muss man nicht gleich heiraten«, erwiderte Regina.

»Natürlich nicht. Aber man kann.«

»Ach, Vroni, dass du immer gleich so übertreiben musst«, tadelte Regina sie nachsichtig. Sie lachte dabei. Insgeheim freute sie sich jedoch, dass Vroni das aussprach, woran sie auch manchmal denken musste, um es dann aber gleich wieder zu verwerfen. Sie hatte andere Pläne.

»Ich würde dich zumindest gerne als Schwägerin haben. Das kannst du dir ja denken.« Vroni warf ihrer Freundin einen schmunzelnden Blick zu.

Regina lächelte. »Ich gebe ja zu, dass ich momentan auf Wolke sieben schwebe. Aber gerade das will ich nicht. Ich will wieder Boden unter den Füßen spüren.«

»Aber warum denn? Das ist doch ein herrliches Gefühl!«, warf Vroni ein.

»Und wenn man dann wieder auf die Erde plumpst, und dann womöglich auch noch hart fällt?«

»Du bist immer so vorsichtig! Machst dir immer so viele Gedanken. Nimm das Leben doch einmal, wie es ist! Warum wehrst du dich gegen das Glück? Und wenn es nur für eine gewisse Zeit ist, dann ist es doch auch in Ordnung. Dann musste es eben so sein.«

»Und du nimmst das Leben zu leicht. Das kann ich einfach nicht. Wir sind eben grundverschieden. Aber Gegensätze ziehen sich ja bekanntlich an. Zumindest sind wir seit ewigen Zeiten Freundinnen, was mir manchmal, ehrlich gesagt, ein Rätsel ist.«

»Mir nicht.« Vroni trank den Rest ihres Kaffees aus, sah wieder aus dem Fenster.

»Es geht mir darum, dass ich momentan den Kopf frei behalte«, kam Regina noch einmal auf ihre beruflichen Pläne zurück.

»Lässt sich das eine mit dem anderen denn nicht vereinbaren?« Vroni schüttelte den Kopf.

»Du bist manchmal einfach zu vorsichtig. Denkst viel zu viel nach, machst dir viel zu viele Gedanken. Das kann dich noch einmal das Glück kosten.«

»Meinst du?« Regina stützte ihren Kopf in die Hände. »Ich bin zur Zeit so durcheinander«, gestand sie ihrer Freundin.

Vroni blickte sie abwartend an. Sie wusste, dass sie ihr noch einiges zu sagen hatte.

»Ich habe Markus eigentlich nie ganz aus dem Kopf gebracht, nicht einmal die zwei Jahre, in denen ich mit Thomas zusammen war. Und vielleicht war sogar Markus der Grund, warum es mit uns beiden nicht funktioniert hat. Vielleicht ist da einiges in meinem Unterbewusstsein abgelaufen, das ich nicht erkannt habe. Ich habe auch die letzten Jahre kaum mehr an ihn gedacht. Aber als er dann letzten Freitag wieder vor mir gestanden ist … da …« Regina brach hilflos ab.

Vroni griff nach der Hand ihrer Freundin. »Endlich sagst du die Wahrheit. Ich würde mich wirklich freuen, wenn ihr beiden zusammenkommen würdet«, fügte sie hinzu. »Und meine Mutter auch.«

»Ach, Vroni«, seufzte Regina, »man wünscht sich oft etwas, und dann kommt es doch ganz anders. Warum läuft er mir gerade jetzt über den Weg?«

»Vielleicht weil das Schicksal es so wollte. Weil es, wenn es ein Jahr später geschehen wäre, womöglich zu spät gewesen wäre. Wer weiß das schon? Außerdem verstehe ich nicht, warum du mit dieser Situation nicht umgehen kannst. Sie müsste dich doch eher beflügeln«, fügte sie hinzu.

»Ich besitze nicht deine Leichtigkeit und Sorglosigkeit«, erwiderte Regina nachdenklich.

»Und, hat es mir bisher etwas gebracht?« Vronis Gesicht verdunkelte sich nun leicht. »Ich habe bisher weder beruflich noch privat ein glückliches Händchen besessen.«

»Aber du lässt dich dadurch nicht unterkriegen. Du bist trotz allem eine Lebenskünstlerin.«

»Manchmal denke ich mir, ich mache mir nur etwas vor.« Vroni blickte auf die Uhr. »Jetzt muss ich aber in die Gärtnerei, sonst schmeißen sie mich noch raus.«

»Vroni, warum versuchst du es nicht noch einmal mit deinem Musikstudium? Du bist so begabt. Und jetzt arbeitest du als Hilfskraft in einer Gärtnerei.«

»Vielleicht versuch ich es noch einmal. Aber jetzt muss ich los. Ich brauche den Job, sonst sieht es übel für mich aus.« Sie sprang auf, lief zur Garderobe und schlüpfte in ihren Mantel. An der Tür angekommen, winkte sie ihrer Freundin noch kurz zu, dann war sie draußen, und Regina durfte wieder einmal für sie mitbezahlen.

4

Als Regina nach zwei Wochen wieder nach St. Valentin kam, regnete es auch dort. Es war erst Mitte Januar, und der schöne Schnee schmolz langsam dahin. Vroni war in München geblieben, obwohl Regina sie gebeten hatte, doch mitzukommen.

»Ich hätte auch in München bleiben sollen«, sagte sie sich, als sie aus dem Bus stieg, um den knappen Kilometer von der Haltestelle bis zu ihrem Elternhaus zu gehen. »Ich bin doch nur wegen Markus gekommen«, überlegte sie weiter. »Doch er bringt mein Leben nur durcheinander.« Sie gestand sich ein, dass die Sehnsucht nach ihm stärker gewesen war als ihr Wille. Ihr Herz hatte über ihren Verstand den Sieg davongetragen. Dabei hatte sie sich so fest vorgenommen, sich so schnell nicht mehr zu binden. Sie wollte sich beruflich verändern, dazu brauchte sie jetzt ihre ganze Energie und durfte sich durch nichts ablenken lassen, gleich gar nicht durch einen Mann. Sie redete sich ein, dass sie Markus schnell wieder in diese hinterste Schublade ihres Herzens stecken könnte, wenn sie ihm nicht mehr begegnete. »Aber warum bin ich dann schon wieder hier, wenn ich das wirklich will?«, fragte sie sich selbst.

Sie hatte jedoch plötzlich das Gefühl, umsonst gekommen zu sein.

»Dann ist ja alles in Ordnung«, redete sie sich selbst zu. »Dann erledigt sich die Sache von selbst.« Trotzdem war sie enttäuscht, denn sie hatte in den vergangenen vierzehn Tagen einen Anruf von Markus erwartet und jetzt gehofft, dass er an der Bushaltestelle stehen würde. Doch um sie herum war nur gähnende Leere. Sie hatte das Gefühl, dass sie sich etwas vorgemacht hatte. Vielleicht war er doch nur ein Blender.

Das triste Wetter trug nicht dazu bei, ihre schlechte Laune zu verbessern. Tief hingen die Wolken ins Tal hinab, hüllten nicht nur die Berge, sondern auch die Almen ein. Grauer, feuchter Nebel zog über den Bergwald, und die Straßen von St. Valentin waren heute genauso matschig und schmutzig wie in München. Am liebsten wäre Regina wieder in den Bus gestiegen, zurück nach Traunstein gefahren und von dort mit dem nächsten Zug nach München.

Da hielt plötzlich am Straßenrand ein grüner Jeep vor ihr an.

»Markus!«, fuhr es ihr durch den Kopf, und ihr Puls kam ins Rasen. Er stieg aus und blieb lächelnd auf dem Bürgersteig stehen.

»So ein Zufall!«, meinte er. »Ich komme gerade vom Forstamt.«

Schade, wenn es nur Zufall war, dachte Regina lächelnd.

Plötzlich sah die ganze Welt für sie anders aus. Die graue, feuchte Landschaft konnte ihr nichts mehr anhaben, und sie dachte auch nicht mehr daran, dass sie sich doch fest vorgenommen hatte, sich so schnell nicht mehr zu binden.

»Darf ich dich heimfahren?«

»Es ist ja nicht weit, aber wenn du unbedingt willst.« Sie sah, dass in seinen Augen ein zärtlicher Schimmer lag. Er öffnete ihr die Beifahrertür.

»Schön, dass du gekommen bist. Ich hatte schon Angst, dass wir uns so schnell nicht mehr sehen.«

Hinten, am Rücksitz, lag Benno, der alte Jagdhund. Regina streichelte ihn, bevor sie einstieg. Er genoss diese unverhoffte Zuwendung und streckte sich wohlig aus, indem er die Schnauze weit nach vorne schob.

»Mit einer Skitour wird es die nächsten Tage wohl nichts«, murmelte Markus, während sie die matschige Straße entlangfuhren.

»Da kann man nichts machen. Ich kann nur zwei Tage bleiben«, sprach sie mit klopfendem Herzen weiter. »Bei uns in der Praxis ist momentan die Hölle los. Ich bekomme keinen einzigen freien Tag.«

»Es wird Zeit, dass du dich selbstständig machst. Dann kannst du dir deine Zeit frei einteilen.«

»Ich denke mir, dass es dann noch schwieriger wird«, gab Regina zu bedenken.

Sie schwiegen eine Weile, dann gestand Markus ihr: »Ich bin nicht zufällig vorbeigekommen. Ich habe den Fahrplan studiert.«

Regina wurde warm ums Herz. Sie räumte alle Bedenken zur Seite. Sie dachte nicht mehr daran, dass sie gerade noch am liebsten wieder zurück nach München gefahren wäre.

Sie waren inzwischen vor Reginas Elternhaus angekommen, und Markus hielt seinen Jeep an.

»Zwei Tage sind sehr kurz, und dann bist du wieder weg«, murmelte er und sah ihr dabei tief in die Augen.

»Wir könnten morgen eine kleine Wanderung machen«, schlug sie vor. »Zum Skifahren ist es wirklich nichts.« Sie wollte kühl und vernünftig bleiben.

»Dann hol ich dich gegen neun Uhr ab.« Er griff nach ihrer Hand. »Es ist schön, dass wir zwei uns wiedergefunden haben«, raunte er ihr zu.

»Wir waren doch nie zusammen«, widersprach sie leise, »dazu waren wir ja noch viel zu jung.«

»Und trotzdem haben wir uns geküsst. Ganz schön frühreif waren wir zwei damals. Meinst du nicht auch?« Er zwinkerte ihr verschwörerisch zu.

»Ich kann mich nicht daran erinnern«, scherzte Regina, wurde aber ein wenig rot.

»Schade«, erwiderte er leise. »Ich hab diesen Kuss nie vergessen. Er war der erste in meinem Leben.«

Sie sah ihn unsicher an. Es kam ihr plötzlich so vor, als ob er sich über sie lustig machen würde.

Er spürte ihre leichte Verwirrung.

»Es war wirklich so«, beteuerte er.

»Ich habe ihn auch nicht vergessen«, gestand sie jetzt.

»Das wäre auch noch schöner gewesen«, rief er aus und warf ihr nun wieder einen belustigten Blick zu.

»Du hast mich damals nicht ernst genommen, und ich zweifle daran, ob du es jetzt tust«, sagte sie plötzlich und wirkte nun wie versteinert.

Wieder veränderte sich sein Gesichtsausdruck. Er warf ihr einen verwirrten Blick zu. »Ich meine es ernst, auch wenn ich manchmal Spaß mache.« Er ärgerte sich nun, dass er die Situation so wenig nutzte.

»Ich kenne mich mit dir nicht aus«, erwiderte sie. »Mit der Liebe treibt man keine Späße.«

»Aber es ist mir ernst.« In seinen Augen lag nun eine unübersehbare Liebe und Ehrlichkeit.

»Dann ist das ja schon unser erster Streit. Das kann ja heiter werden!« Sie sah schmollend vor sich hin.

»Jetzt nimmst du mich nicht ernst.« Er lächelte, betrachtete zärtlich ihr ruhiges, klares Gesicht. Heute war sie ein wenig blass, was ihrer natürlichen Schönheit keinen Abbruch tat.

Regina genoss diesen langen, liebevollen Blick, und doch wurde ihr allmählich unbehaglich dabei.

»Ich muss jetzt aussteigen. Die Mutter schaut schon aus dem Fenster, neugierig wie sie ist.« Regina öffnete die Wagentüre. »Willst du mit reinkommen?«

»Ich befürchte, das geht nicht. Ich muss noch einmal ins Forstamt zurück. Ich wollte dich an der Bushaltestelle nur nicht verpassen.«

Er warf ihr einen entschuldigenden Blick zu.

»Das verstehe ich, und die Eltern wollen ja auch noch was von mir haben, wenn ich schon da bin.« Sie wollte aussteigen, blieb aber dann doch noch einen Moment sitzen.

»Warum bist du eigentlich noch nicht verheiratet?«, fragte sie ihn völlig unvermittelt und sah dabei zur Seite.

Markus fühlte sich überrumpelt und warf ihr einen überraschten Blick zu. »Warum sollte ich? Ich bin noch keine dreißig.«

Regina senkte den Blick, dann stieg sie aus. Sie hatte etwas anderes hören wollen. »Weil ich dich nie vergessen konnte« oder so etwas hatte sie erwartet. Aber das war wohl zu viel verlangt.

»Und warum bist du noch nicht in festen Händen?«

»Ich war es, zwei Jahre lang.«

Markus verspürte Eifersucht in sich. Er merkte, dass ihn Reginas Vergangenheit nicht unberührt ließ, auch wenn es Vergangenheit war. Dann fragte er sich jedoch, warum er auf einen Mann eifersüchtig sein sollte, mit dem sie nicht mehr zusammen war. Er war ein Mensch, der stets in der Gegenwart lebte. Das Hier und Heute zählte für ihn, sonst nichts. Vielleicht war er ein etwas nüchterner Mensch, was manche seiner Mitmenschen als Kälte auslegten. Er konnte auch recht spöttisch sein. Auch so eine Eigenschaft von ihm, die manche Leute irritierte, manche sogar befremdete. Aber er konnte auch sehr gefühlvoll sein, und er war ehrlich. Bei Regina versuchte er, dies zu beweisen. Er mochte dieses Mädchen, wie er noch keines zuvor gemocht hatte. Das lag nicht allein an ihrer Schönheit, es lag auch an ihrer zurückhaltenden, feinen Art. Doch gerade damit machte sie ihm die Annäherung so schwer. Auch das war ihm inzwischen klar geworden. Er fragte sich, ob sie nur vorsichtig oder auch kompliziert war. Er wusste es nicht. Er hatte sie so lange nicht mehr gesehen, sodass er sie eigentlich gar nicht mehr richtig kannte. Er wurde nicht richtig schlau aus ihr. Doch es war ihm ernst mit Regina. So ernst, dass er das erste Mal bei einer Frau an Heirat dachte.

»Ich freue mich auf morgen. Auch wenn das Wetter schlecht ist. Zieh dich anständig an!« Er griff nach ihrer Hand, hielt sie eine Minute lang fest. Dann sagte er sich, dass er nun wirklich zurück an seine Arbeit musste. Er hatte in einer Viertelstunde einen Besprechungstermin. Er winkte ihr noch einmal zu, dann fuhr er schnell weiter.

5

Am nächsten Tag hielt er mit seinem Jeep pünktlich um neun Uhr vor Reginas Elternhaus. Das Wetter war immer noch nicht gut, aber es regnete nun wenigstens nicht mehr so stark. Die grauen Wolken hingen jedoch noch tief ins Tal hinab. Zuerst hatte der Föhn, dann der Regen den Schnee schmelzen lassen. Gerade der Föhn hatte dabei ganze Arbeit geleistet, sodass jetzt die Äcker nicht mehr weiß, sondern schwarz vor ihnen lagen. So bot die Natur einen eher traurigen Eindruck, als sie das Dorf verließen und dem Berg entgegenfuhren. Markus parkte seinen Wagen beim Wanderparkplatz. Schweigend nahmen sie die Landschaft in sich auf, die sich ihnen heute so abweisend und schroff zeigte. Aber auch in diesem düsteren Kleid übte sie auf den Betrachter noch einen gewissen Reiz aus. Das wurde Regina vor allem bewusst, als sie die Wolkenberge beobachtete, die sich mächtig auftürmten, sich wieder zerfetzten und weiter ruhelos über den Himmel zogen. Als sie ausstiegen, hörten sie die wilden, aggressiven Schreie der Krähen, die spähend über die Felder flogen. Ansonsten herrschte tiefe Stille.

»Wo gehen wir überhaupt hin?«, fragte Regina, während sie den treuen, alten Benno streichelte, der keine Anstalten machte, mit ihnen das Auto zu verlassen.

»Ich habe mir gedacht, zur Forsthütte. Das ist ein Fußmarsch von zwei Stunden, wenn wir über den Jagersteig wandern.«

»Den bin ich lange nicht mehr gegangen«, erwiderte Regina nachdenklich. »Das letzte Mal mit dem Vater vor sechs oder sieben Jahren. Da war er noch gesund. Er war ein guter Bergsteiger. Ließ immer seinen Jeep unten stehen und durchforstete sein Revier zu Fuß. In seiner Jugend ist er viel geklettert und auch sehr gut Ski gefahren. Ja, er war ein sehr sportlicher Mann. Das kann man jetzt gar nicht mehr glauben.«

»Bevor er von dem Wilderer angeschossen wurde?« Markus drehte sich zu ihr hin und sah sie fest an. »Ich war in Freiburg, als es passiert ist.«

Regina nickte. »Bis heute konnte man den Täter nicht ausfindig machen.«

Markus verharrte einen Augenblick nachdenklich, dann pfiff er seinem Hund. Benno erhob sich träge.

»Bis zur Forsthütte schafft er es nicht mehr«, erklärte er Regina. »Ich gehe jetzt ein paar Schritte mit ihm, dann lass ich ihn wieder ins Auto.«

»Ich studiere inzwischen die Wandertafeln. Ich bin ja ewig nicht mehr hier oben gewesen.«

»Du kannst ja auch schon einmal vorausgehen«, schlug er vor.

Regina nickte und schlug den vereinbarten Weg ein.

Markus holte sie nach zehn Minuten ein.

»Der Benno wird langsam alt«, bemerkte er etwas niedergeschlagen. »Er war immer mein treuester Freund.«

»Du tust ja gerade so, als ob du sonst keine Freunde hättest«, erwiderte Regina lachend.

»Viele sind es auch nicht mehr«, gestand er ihr, als sie auf der Forststraße nebeneinander hergingen. »Die letzten Jahre habe ich nur für meine Arbeit gelebt und Kameradschaften vernachlässigt. Es blieb einfach keine Zeit dafür.«

»Auch nicht für die Mädels?« neckte sie ihn mit einem verschmitzten Lächeln.

Markus blieb stehen und berührte mit beiden Händen ihre Schultern.

Er schüttelte den Kopf. »Aber das soll sich jetzt ändern.« Er warf ihr einen Blick zu, der eine Antwort verlangte.

Doch Regina konnte, wie schon gestern, als er sie heimbrachte, diesem Blick nicht standhalten. Sie sah schweigend zur Seite. Markus zeigte sich enttäuscht und ließ sie los. Sie spürte seine Niedergeschlagenheit, doch sie konnte sich nicht helfen. Sie brauchte Zeit. Sie durfte jetzt nichts überstürzen. Sie mochte ihn, ja, sie glaubte ihn zu lieben. Aber gerade deshalb, weil ihre Gefühle so tief gingen, ließ sie ihnen keinen freien Lauf, sondern hielt sie zurück.

Nach einer halben Stunde bogen sie von der Forststraße in den Jagersteig ein. Sie mussten jetzt hintereinander gehen, denn der Pfad war schmal und steil. Als sich Markus einmal nach ihr umdrehte, erschien er Regina sehr gesetzt und älter, als er war. Aber das bildete sie sich wohl ein. Sie hatte gerade an früher gedacht und den jungen, noch so unausgereiften Burschen vor sich gesehen, der er damals gewesen war. Er war jedoch nicht mehr der Junge von früher. Aus ihm war ein gestandenes Mannsbild geworden, das tüchtig und erfolgreich im Beruf stand und anerkannt war.

Sie stiegen langsam höher, und der Gebirgsbach, der lange neben dem Weg verlaufen war, lag nun immer tiefer unter ihnen. Erste Felsenbrocken verengten den Pfad noch mehr. Über die glitschigen, grauen Felsen floss in kleinen Bächen das Schmelzwasser. Nach einer Stunde öffnete sich die Schlucht, und ein weitläufiges Almgebiet tat sich vor ihnen auf. Sie wanderten noch an ein paar der geduckten, von schweren Bachsteinen beschwerten Sennhütten vorbei. Dann näherten sie sich der Forsthütte, die ganz am Rande der steil abfallenden Wiese am Waldrand stand.

Regina sah sich um und blieb plötzlich wie angewurzelt stehen. Hinter dem Almgebiet erhob sich wieder der Bergwald, dahinter ragten Felswände auf, dann kamen Latschenfelder. Nebelschwaden zogen von den Felsen über die verkrümmten und geduckten Kiefern bis zu den Gipfeln. Der Wind frischte auf, es wurde ungemütlich.

»Wir sollten schauen, dass wir in die Hütte kommen. Es fängt sicher gleich wieder zu regnen an«, gab Markus zu bedenken, nachdem Regina immer noch regungslos dastand und ihren düsteren Gedanken nachhing.

»Ich glaube, hier irgendwo hat der Wilderer meinen Vater angeschossen«, murmelte sie. »Im Sommer werden es fünf Jahre. Er wäre bald verblutet. Er hat sich gerade noch zum Gruttauer-Bauern schleppen können. Das ist der abgelegene Hof, ein paar Hundert Meter vor dem Wanderparkplatz. Wir sind an ihm vorbeigefahren.«

»Ich kenne ihn schon. Aber lass uns jetzt weitergehen«, forderte er sie auf.

Als Regina vor der Hütte stand, kam ihr in den Sinn, dass sie hier schon einmal gewesen war. Auch mit dem Vater. Er hatte sie ein paar Mal mitgenommen, wenn er seine Streifzüge durch den Wald machte.

Die Hütte erschien ihr jetzt kleiner als in ihrer Erinnerung. Aber das lag sicher nur an ihrem Wahrnehmungsvermögen. Als Kind sah man immer alles größer, als es in Wirklichkeit war.

Markus drückte die Klinke der Tür zur Hütte herunter, sie war nicht verschlossen. Früher hatten hier die Holzknechte und auch manchmal die Jäger übernachtet. Das hatte irgendwann einmal aufgehört. Von dem Zeitpunkt an benutzte nur noch die Familie Reiter die Hütte für private Zwecke.

Sie betraten die dunkle, etwas muffig riechende Stube. Es war seit Silvester niemand mehr hier oben gewesen.

»Ich muss erst einmal lüften«, meinte der Förster und öffnete die Fenster und die Balken. »Ich bin seit dem Herbst nicht mehr hier oben gewesen«, stellte er fest. »Aber die Vroni hat noch mit Freunden hier Silvester gefeiert«, fiel ihm ein. »Warst du nicht dabei?«

Regina schüttelte den Kopf. Sie dachte daran, wie Vroni sie gebeten hatte mitzukommen. Aber da waren ein paar Leute bei der Gesellschaft, die sie nicht mochte, und so war sie nicht mitgegangen.

»Warum denn nicht?« Er runzelte die Stirn. Sie sah dabei die steile Falte, die von der kurzen, geraden Stirn bis zur Nasenwurzel lief. Früher war ihr diese Falte nicht aufgefallen, da war sein Gesicht noch ganz glatt und weich gewesen. Jetzt war sie ganz charakteristisch für ihn und immer zu sehen, wenn er erstaunt oder bedrückt war.

»Mir haben ein paar Leute nicht gepasst, die sie eingeladen hatte.«

»Du bist ein wenig eigenwillig, stimmt's?« Er sah sie lächelnd an und strich ihr dabei zärtlich ein paar Tannennadeln aus dem Haar, die sich während ihrer Wanderung darin verfangen hatten.

»Warum soll ich Silvester mit Leuten verbringen, die ich nicht mag?«

»Ich würde mir so wünschen, dass du in Zukunft jedes Silvester mit mir verbringst«, raunte er ihr zu. Er wollte sie küssen. Doch sie wandte sich ab. Sie verwehrte ihm auch seine Umarmung und sah sich stattdessen in der Stube um. Sie wusste, in dieser Einsamkeit hier oben, ganz allein mit Markus in der Hütte, würde sie ihren

Gefühlen nur allzu schnell erliegen, wenn sie nicht aufpasste. So versuchte sie, sich auf andere Gedanken zu bringen.

»Ich glaube, ich bin mit dem Vater schon einmal hier in der Hütte gewesen«, bemerkte sie leise und nachdenklich.

Markus ließ seufzend von ihr ab. Er wollte sie nicht bedrängen. Wusste auch, dass dies gar keinen Sinn bei Regina hatte. Damit würde er nur alles verderben.

Regina fuhr mit der Hand über den Tisch, auf dem sich eine Staubschicht gebildet hatte. »Eine gründliche Reinigung täte not«, meinte sie lachend.

»Aber es ist nicht dreckig«, protestierte Markus, »nur ein wenig staubig.« Er stand nun vor ihr; groß, breitschultrig, das dunkle, glatte Haar kurz geschnitten und die hellgrauen Augen fragend auf sie gerichtet.

»Wir können gleich wieder gehen, wenn du willst, wir können aber auch noch ein wenig bleiben.«

Sie spürte, wie ihr Widerstand unter diesem Blick auf den Nullpunkt sank, und auch Markus wurde dies schnell klar.

Er trat wieder zu ihr hin. So nahe, dass sein Atem ihr Gesicht streifte. Sie spürte die animalische Kraft, die gerade von ihm ausging. Seine heißen Lippen berührten ihre Wange, ihre Stirn, suchten ihre Lippen. Regina konnte nichts dagegen tun, dass ihre Knie weich wurden und ihr Herz wie rasend schlug, als sie in diese ausdrucksstarken, hellen Augen blickte, in das Verlangen, das sich in ihnen spiegelte. Doch sie wollte sich nicht vergessen. Es war auch noch viel zu früh dazu. Irgendwie hatte sie auch das Gefühl, dass sie in seiner Achtung sinken würde, wenn sie schon jetzt seinem Verlangen nachgeben würde. Die Vernunft, der Verstand gewann wieder die Oberhand. Mit einem heftigen Ruck wandte sie sich von ihm ab.

»Wir können schon noch ein wenig bleiben«, meinte sie beherrscht und kühl. »Warum auch nicht?« Sie sah sich weiter im Raum um und hatte sich nun wieder völlig im Griff. »Es könnte hier gemütlich sein, wenn es nicht so kalt wäre.«

»Ich kann ja einheizen«, erwiderte Markus mit rauer, enttäuschter, aber auch etwas verlegener Stimme. Es schien ihm jetzt peinlich zu sein, dass er ihr so nahe gekommen war. Auch er riss sich zusammen. »Ich muss draußen dann allerdings noch Holz holen, vielleicht sogar hacken. So wie ich die Vroni kenne, hat sie das ganze ofenfertige Holz Silvester verbrannt. Die Bande war ja auch fast zwei Tage hier oben.« Sein Lachen klang etwas gezwungen und heiser. Er sah zum Fenster hinaus, zum angebauten Schuppen hinüber, wo er im Herbst das Holz aufgeschichtet hatte. Es waren zwei stattliche Zeilen gewesen, davon gab es jetzt nur noch einen kläglichen Rest.

Er versuchte nun auch einen kühlen Kopf zu bewahren. Regina war nicht so leicht zu erobern, das hätte er sich eigentlich denken können. Doch er liebte das Mädchen und sagte sich, dass er im

Grunde enttäuscht von ihr gewesen wäre, wenn sie seiner Leidenschaft, die ihn gerade so übermannt hatte, jetzt schon nachgegeben hätte. Er konnte sich gedulden. Diese wunderbare Frau war ihm das wert.

»Wir könnten dann noch Tee trinken. Ich habe welchen dabei.« Er schloss die Fenster und untersuchte dann den Ofen. Es lag viel Asche im Kasten.

»Prima! Dann bleiben wir noch ein wenig.« Regina spielte nun die Unbekümmerte. Sie nahm ein Geschirrtuch zur Hand, das an einem Balken über dem Ofen hing, und begann zuerst den Tisch, dann Bank und Stühle abzustauben. Auch die Kommode und das Wandbord wollte sie sich noch vornehmen.

Markus machte sich erst einmal über das Holz her, das noch im Korb lag, und heizte damit ein.

Sie hatten noch ihre Anoraks an, als sie sich an den Tisch setzten und Markus die Thermoskanne aus seinem Rucksack zog.

Regina holte zwei Tassen. Sie spülte und trocknete sie und stellte sie auf den Tisch. Markus schenkte ein, und sie prosteten sich lachend zu. »Es ist ein wenig Rum drin«, gestand er ihr grinsend.

Regina schüttelte gespielt vorwurfsvoll den Kopf: »Bei euch Männern geht es wohl nie ohne Alkohol.« Doch dann wurde sie ernst. »Ich kann mich jetzt genau erinnern, dass ich schon einmal in dieser Hütte war. Es ist mir erst nicht eingefallen, aber nun bin ich mir ganz sicher.«

»Mit deinem Vater?«

Regina nickte und blickte dabei zur Seite, zum Fenster hin.

»Er leidet wohl sehr unter seiner Behinderung?«, fragte Markus mitfühlend.

»Das stimmt. Er war mit Leib und Seele Jäger, und er wollte den Wilderer unbedingt stellen, der ja jahrelang den Wald unsicher gemacht hatte. Sein Ehrgeiz ist ihm zum Verhängnis geworden.«

»Es tut mir leid für deinen Vater«, murmelte Markus und fuhr dann langsam fort: »Aber weißt du, dein Vater lebt wenigstens noch, der meine ist tot. Mit dreiundsechzig einem Herzinfarkt erlegen, und weißt du, wo das war?«

»Hier in der Hütte?«, fragte Regina vorsichtig.

Markus nickte. »Du hast es erraten. Er hat sich gerne hier oben aufgehalten. Er war noch ein Förster vom alten Schlag. Die Natur war ihm wichtiger als der wirtschaftliche Nutzen. Ich kann nicht mehr so denken, selbst wenn ich es wollte. Die Zeiten haben sich geändert.«

»Wie ist es denn geschehen? War er allein?« fragte Regina betroffen. Sie wusste, dass der Forstdirektor einem Herzinfarkt erlegen war, aber dass es hier oben geschehen war, hatte sie nicht gewusst.

»Wie es passiert ist, weiß kein Mensch. Die Mutter hat sich natürlich Sorgen gemacht, als er am späten Abend immer noch nicht daheim war. Sie ist dann mit meiner Schwester Monika, mit Stirnlampen ausgerüstet, heraufgewandert, um nach ihm zu schauen. Da lag er tot in der Hütte.

Auf diesem Sofa ist er gelegen.« Er blickte zu dem Sofa hin, das gleich neben der Eingangstüre stand.

Markus stand auf und legte die restlichen Holzscheite in den Ofen. »Ich muss dann noch einmal hinaus und Holz hacken, die Vroni hat ja nichts übrig gelassen. Das habe ich mir schon gedacht.«

Regina nickte selbstvergessen.

Er wusste nicht, ob sie über den Tod seines Vaters oder über den Unfall ihres Vaters nachdachte. Sie schien gar nicht zu bemerken, dass er sie betrachtete. Markus wusste in diesem Augenblick, dass sie die einzige Frau war, die er heiraten wollte. Keine andere kam mehr für ihn in Betracht, seit er sie wiedergesehen hatte. Er musste wissen, ob sie ihn auch wollte.

»Regina«, begann er zögernd und spürte dabei einen Kloß in seinem Hals. »Es ist mir ernst mit dir. Aber ich weiß nicht, ob das der Beginn einer Liebe oder schon das Ende ist. Du fährst morgen nach München zurück. Ich weiß nicht, wann du wiederkommst. Ich weiß nicht, was du willst, ob du mich willst. Einmal glaube ich es und dann wieder nicht. Du machst es mir sehr schwer.« Er stockte hilflos. Dem redegewandten Mann fiel nichts mehr ein. Er stand nun hinter ihr, legte die Arme auf ihre Schultern. »Es wird gleich warm hier drinnen«, flüsterte er ihr zu.

Regina nahm seine Hände von ihren Schultern und drehte sich zu ihm um. Er hatte sie aus düsteren Gedanken gerissen. Die Hütte war ihr plötzlich unheimlich.

»Hast du mir überhaupt zugehört? Ich will dich zu meiner Frau.«

Er runzelte die Stirn, warf ihr einen zweifelnden, ja beinahe verzweifelten Blick zu.

»Es ist doch noch viel zu früh, um über so etwas zu reden«, wich sie wieder aus. »Ich habe doch jetzt ganz andere Sachen im Kopf. Meine Praxis …«

Er wandte sich von ihr ab. Sein Gesicht verdunkelte sich. »Genau diese Antwort habe ich wieder einmal erwartet«, stieß er heftig, beinahe zornig hervor.

Nun griff sie nach seiner Hand. »Ich will dich doch nicht verletzen. Aber mir geht das einfach alles zu schnell.«

»Aber du kannst dir ja trotzdem deine Praxis aufbauen. Das eine hat mit dem anderen doch nichts zu tun!«, beschwor er sie. »Ich möchte nur endlich Klarheit. Einmal habe ich das Gefühl, dass du mich genauso lieb hast wie ich dich, dann meine ich wieder, dass ich dir gar nichts bedeute.«

»Du bedeutest mir sehr viel, Markus. Im Gegensatz zu dir habe ich dich all die Jahre nie vergessen. Wie lange ist es her, als wir uns zum ersten Mal geküsst haben? Zehn Jahre?« Sie lächelte. »Mit fünfzehn hätte ich dich gleich geheiratet, aber jetzt musst du mir Zeit lassen.«

»Ich verstehe dich zwar nicht, aber ich muss es wohl akzeptieren. Die Liebe beflügelt doch eigentlich«, versuchte er es trotzdem noch einmal.

»Das hat die Vroni auch zu mir gesagt«, erwiderte Regina lächelnd.

»Ach, die Vroni«, meinte er ein wenig abfällig, »die muss ihr Leben erst einmal selbst in den Griff bekommen.«

»Sprich nicht so über deine Schwester. Sie ist meine beste Freundin und ein prachtvoller Mensch. Und sie ist so musikalisch.«

»Und was hat sie daraus gemacht? Sie hat ihr Studium abgebrochen und arbeitet jetzt als ungelernte Kraft in einer Gärtnerei. Wenn das der Vater wüsste! Er hat immer so große Stücke auf sie gehalten, weil sie musisch so begabt war. Sie konnte wunderbar zeichnen und Klavier spielen. Keine dieser Begabungen hat sie genutzt.« Markus blickte düster vor sich hin. Dann wandte er sich wieder Regina zu.

»Ich will aber jetzt nicht über die Vroni reden, vielmehr will ich wissen, wie es zwischen uns beiden weitergeht.«

Regina zog ihre Hand zurück, was er wieder als schlechtes Omen bewertete, aber sie wollte nur einen Schluck Tee trinken, der inzwischen lauwarm geworden war. Sie gab ihm jedoch keine Antwort, sah nur schweigend vor sich hin.

»Du bist ein harter Brocken, und ich kenne mich mit dir nicht aus. Soll ich also auf dich warten, bis deine Praxis läuft? Darf ich mich dann wieder bei dir melden?« fragte er sie spöttisch.

»Vielleicht hast du recht«, erwiderte sie schwach, »vielleicht hat das eine wirklich nichts mit dem anderen zu tun.«

»Ganz sicher habe ich recht«, raunte er ihr zu und ergriff wieder ihre Hand. Er drückte sie ganz fest.

Markus stand immer noch am Tisch. Er blickte jetzt zum Fenster hinaus. Draußen hatte es wieder zu regnen begonnen. Selbst in dieser Höhe kam der Niederschlag als Regen herunter. Trotzdem war es immer noch ungemütlich kalt in der Hütte. »Ich muss jetzt hinaus. Es wird eine Weile dauern«, bemerkte er, und seine Stimme klang dabei etwas gequält.

Regina nickte gedankenverloren. Sie folgte seinem Blick. Es war nun ganz grau draußen, der Nebel hatte sich über das ganze Almgebiet gezogen. Die Gipfel, Scharten und Kämme waren nicht mehr zu erkennen.

Er wandte sich vom Fenster ab. »Also, dann lass ich dich jetzt eine Weile allein. Du könntest inzwischen nach dem Schlüssel suchen.«

»Welcher Schlüssel?«

»Der Hüttenschlüssel. Die Vroni hat wieder einmal vergessen, sie abzuschließen, als sie das letzte Mal hier war.«

»Wo soll denn der Schlüssel sein?«, fragte Regina, »und wie sieht er aus?«

»Er muss sich in einem der Schubfächer befinden. Sieh einmal alles durch. Es ist ein großer, langer, klobiger Schlüssel. Er muss hier irgendwo sein. Meine Schwester ist so unzuverlässig«, schimpfte er. »Sie wird sich nie ändern. Aber wenn sie wieder so einen Saustall hinterlässt, dann lass ich sie mit ihrer Clique nicht mehr hinauf.«

»Sie hat keinen Saustall hinterlassen«, verteidigte Regina ihre Freundin.

»Und den Schlüssel werde ich schon finden.«

»Du hast recht«, musste er zugeben, »ich habe ihr Unrecht getan. Aber dass sie die Holzhütte nicht abgesperrt hat, ärgert mich doch. Ich bin in zehn Minuten wieder da.« Markus ging mit dem leeren Korb hinaus. Regina hörte kurz darauf, wie er mit dem Beil das Holz spaltete.

Sie begann zuerst, in der alten Kommode zu suchen. Zog ein Schubfach nach dem anderen auf, konnte den Schlüssel aber nirgends finden. Dann fiel ihr Blick auf eine alte versilberte Blechdose. »Vielleicht ist er hier drinnen«, dachte sie und öffnete die Dose. Es lag aber nur ein Blatt Papier drin. Sie wusste nicht warum, doch sie nahm das Blatt zur Hand. Es war beschrieben, und zwar mit geübter, aber sehr fliehender Schrift, als ob die Hand des Schreibers stark gezittert hätte. Aus einem Instinkt heraus, weniger aus Neugierde, begann sie zu lesen. Es waren nur ein paar Zeilen, doch als Regina sie las, wurde ihr zuerst ganz heiß, dann eiskalt, und sie wurde blass bis in die Lippen. Nun zitterte auch ihre Hand, so wie vor Jahren die des Schreibers. Wie betäubt und in Trance legte sie den Zettel wieder in die Dose, dann schob sie diese noch weiter in der Schublade nach hinten, als sie sie vorgefunden hatte. Sie hörte noch immer das monotone Klopfen draußen. Ihr erster Gedanke war, zu Markus hinter die Hütte zu laufen, aber dann tat sie das absolute Gegenteil: Sie griff nach ihrem Rucksack und rannte hinaus. Sie lief die steile Leite hinunter, in den dichten Nebel hinein, der sie schnell verschluckte. Erst bei der Forststraße unten hörte sie auf zu rennen, ging aber mit schnellen Schritten weiter.

Als Markus nach einer Viertelstunde mit dem vollen Holzkorb die Stube wieder betrat, konnte er Regina nirgends finden. Er dachte sich, dass sie wohl die anderen Räume inspizierte. Da gab es noch zwei Schlafräume und eine Speisekammer, die sah sie sich wohl an. Doch sie war nirgends zu finden. Dann erst fiel ihm auf, dass ihr Rucksack weg war.

»Sie ist weggelaufen!«, fuhr es ihm durch den Kopf. »Einfach so.« Er konnte es nicht glauben. Er ging hinaus, ging um die Hütte herum, hinter den Zaun, ein paar Schritte den Hang hinunter, in den Nebel hinein. Er konnte es einfach nicht fassen. »Das kann doch nicht sein!« Er glaubte zu spinnen. »Ist sie verrückt geworden?« Schließlich, nachdem er eine halbe Stunde auf sie gewartet hatte, darauf hoffend, dass sie sich aus irgendeinem Grund für eine kurze Zeit von der Hütte entfernt hatte, sah er ein, dass sie tatsächlich ins Tal zurückgegangen war. Ohne ihm etwas zu sagen!

Deprimiert und tief enttäuscht setzte er sich wieder an den Tisch. Er trank die ganze Thermoskanne mit Tee aus. Der Rum stieg ihm ein wenig in den Kopf. »Sie ist hysterisch«, dachte er, »und es nicht wert, dass ich sie liebe und es ernst mit ihr meine.« Er erhob sich, ging zum

Herd, legte nach. Dann setzte er sich wieder an den Tisch, starrte auf den Schein des Feuers, den die Herdplatten an die weiße Wand zauberten. »Ich werde ihr nicht nachlaufen«, befahl er sich selbst. »Hoffentlich kommt sie gut hinunter«, war sein nächster Gedanke, und sein Ärger wich Beunruhigung und Sorge. Doch er machte keine Anstalten, ihr nachzulaufen, nach ihr zu suchen. Er hätte sie auch nicht mehr eingeholt. Wie angenagelt blieb er noch eine Stunde am Tisch sitzen und starrte mit dumpfem Blick auf den glühenden Herd, den rosa Schein an der Wand, dann sah er wieder aus dem Fenster. Der Nebel war noch etwas dichter und grauer geworden. Es war ein scheußlicher Tag. Er hoffte, dass sie wenigstens die Forststraße und nicht den gefährlichen Jagersteig hinuntergegangen war. »Sie ist hier aufgewachsen und kennt die Berge«, beruhigte er sich schnell wieder. »Ihr Vater war Jäger und hat ihr die Natur erklärt. Sie wird nicht leichtsinnig sein.« Er verfiel wieder in ein dumpfes Brüten. »Ich muss und werde sie vergessen«, sinnierte er weiter, während er auf die Tischplatte starrte. »Nun ist es warm und gemütlich in der Stube, und sie ist nicht mehr da«, dachte er dann wieder, und sein Gesicht verzog sich dabei schmerzlich.

»Es hat nicht sollen sein«, sagte er sich. »Immer ist sie mir ausgewichen. Es ist besser so. Sie weiß nicht, was sie will. Wenn sie mir nach dieser Unverschämtheit jetzt wieder die Liebende vorspielt, kann sie mich gern haben.«

Dann verließ auch er die Hütte. Sicherheitshalber wählte er die Forststraße, denn der Nebel war noch immer sehr dicht.

»Ich muss trotzdem bei ihren Eltern nachfragen, ob sie gut heimgekommen ist«, sagte er sich.

Regina war gut nach Hause gekommen. Die Eltern waren sehr überrascht gewesen, als ihre Tochter völlig aufgelöst gegen vier Uhr nachmittags zu Hause auftauchte. Ein einsamer Wanderer, der das schlechte Wetter nicht gescheut hatte, hatte sie nahe des Wanderparkplatzes mit ins Dorf genommen. Auf die Fragen ihrer Eltern hin, warum sie denn so durcheinander sei, gab sie keine Antwort.

»Wenn ich mich beeile, dann erwische ich noch den Fünf-Uhr-Bus, und um sechs geht ein Zug nach München«, sagte sie nur. Mehr war aus ihr nicht herauszubringen.

»Es hängt mit Markus zusammen. Mit dem ist sie doch weg«, vermutete Josef.

Emmi nicke. »Es kann gar nicht anders sein. Wahrscheinlich haben sie sich gestritten.«

»Na, wenn sie jetzt schon streiten, wo sie noch nicht einmal richtig zusammen sind, ist es besser, sie gehen wieder getrennte Wege«, erwiderte Josef und stopfte sich seine Pfeife.

»Sie war aber doch sehr verstört«, meinte Emmi nachdenklich. »So habe ich sie noch nie gesehen.«

»Aber gesagt hat sie nichts.« Josef runzelte nachdenklich die Stirn, zündete dann die Pfeife an.

»Sie wird uns schon noch alles erzählen.« Emmi griff nach ihrem Strickzeug und setzte sich an den einfachen Kachelofen.

Dann hörten sie, wie ein Auto draußen am Straßenrand parkte.

Emmi ging zum Fenster. »Es ist der Förster.«

Sie eilte zur Haustür und öffnete sie, als Markus noch beim Gartentor stand, das wieder einmal klemmte.

»Ist die Regina gut heimgekommen?«, fragte er nur. Er hatte Frau Stadler kurz und reserviert gegrüßt. Sein Gesicht wirkte verschlossen, und die Lippen pressten sich, nachdem sie ihm dies bestätigt hatte, sofort wieder fest aufeinander.

»Sie ist schon wieder nach München gefahren. Vor einer halben Stunde ist sie los.«

»Das habe ich mir schon gedacht.« Markus verabschiedete sich kühl, ging wieder zu seinem Wagen.

Emmi sah ihm nach, wie er etwas zu schnell den Jeep wendete und Richtung Dorf zurückfuhr. Sie schüttelte nachdenklich den Kopf. Sie konnte sich keinen Reim darauf machen, was zwischen den beiden vorgefallen war.

6

Als die Biologin Dr. Andrea Schultes ihren Wagen an der Raststätte Hochfelln-Süd anhielt, um ein kleines Frühstück zu sich zu nehmen, zeigte sich die Voralpenlandschaft von ihrer schönsten Seite. Es war noch früh, aber Andrea ahnte bereits, dass ein schöner Frühlingstag vor ihr lag. Obwohl sie bereits um vier Uhr morgens aufgestanden war, verspürte sie keinerlei Müdigkeit und stieg beschwingt aus ihrem Auto. Sie sah sich um. Es war das erste Mal, dass sie sich in dieser Gegend aufhielt. Mit allen Sinnen nahm die Naturfreundin die Landschaft in sich auf. Mit ihrem Fernglas, das sie immer bei sich hatte, sah sie ins grüne Tal hinunter zu den Streuwiesen im Moos, die von rosa Mehlprimeln und weißem Wollgras durchzogen wurden. Sie blickte auf Birken und Fichten, konnte Bekassinen, Kiebitze und Wachteln im langsam sich auflösenden Nebel ausmachen. Sie steuerte ihr Fernglas weiter zu den grünen, steilen Wald- und Grashängen, bis zu den hellgrauen Kämmen, Scharten und Gipfeln hinauf. Zwischen den niedrigeren Voralpenbergen schimmerte weit im Süden die Silhouette des noch tief verschneiten Hochgebirges durch die dunstige Atmosphäre.

Als sich Andrea an der herrlichen Landschaft nach zehn Minuten endlich sattgesehen hatte, dachte sie vergnügt, dass nun auch ihr leerer Magen, der bereits bedenklich knurrte, zu seinem Recht kommen müsste.

Wenig später ließ sie sich mit einem voll beladenen Tablett an einem kleinen Tisch bei den großen, fast bis zum Boden hinunterreichenden Fenstern nieder. So konnte sie weiter die Schönheit der Landschaft genießen.

Andrea Schultes war ein Mensch, der eigentlich nur in der Gegenwart lebte, jetzt aber schweiften ihre Gedanken ab, und sie fragte sich, was ihr die Zukunft bringen würde. Sie dachte auch an Jochen, von dem sie sich vor ein paar Wochen getrennt hatte. Es war das erste Mal an diesem allerdings noch sehr jungen Tag, dass er ihr in den Sinn kam, wie sie ein wenig beschämt zugeben musste. Schließlich waren sie acht Jahre lang ein Paar gewesen. Sie hatten sich auf der Universität kennengelernt. Bereits im ersten Semester. Andrea hatte lange geglaubt, dass sie für immer zusammenbleiben würden. Sie hatten die gleichen Interessen, die gleiche Weltanschauung gehabt. Das, was ihr gefallen hatte, hatte auch ihm gefallen, das, was er mochte, mochte auch sie. Und dann hatten sie sich doch auseinandergelebt. Ihr Beruf war daran schuld gewesen, der sie beide in immer neue Länder, und das oft für viele Monate, getrieben hatte. Sie wollten es beide so und hatten dann die Quittung dafür bekommen – in der Form, dass sie sich plötzlich, bedingt durch ihre langen Trennungszeiten, nichts mehr zu sagen hatten. Ihr Beruf war wichtiger als ihre Liebe geworden.

Sie fuhr sich durch ihr kurzgeschnittenes, dunkelbraunes Haar und schob dann das Tablett, auf dem sich auf kleinen Tellern noch Reste von Marmelade, Käse und Rührei befanden, ein Stück von sich weg. Sie schmunzelte vor sich hin, weil sie sich sagte, dass sie eigentlich nur wenig essen wollte und dann doch wieder viel zu viel aufgehäuft hatte.

Doch dann wurde sie wieder ernst, blieb noch ein paar Minuten ganz in Gedanken versunken sitzen, ohne etwas um sich herum wahrzunehmen, und grübelte über ihre verlorene Liebe nach. Dabei fragte sie sich, ob sie nicht doch ein kalter, egoistischer Mensch war, der nur an sich selbst dachte. Aber ich habe doch kein Herz aus Stein, rechtfertigte sie sich vor sich selbst. Ich liebe meine Eltern über alles, meine Geschwister, habe viele Freunde, die mich schätzen. Ich bin hilfsbereit. Trotzdem, fuhr sie in Gedanken fort, während sie durch das große Glasfenster in den sich langsam erwärmenden Frühlingsmorgen hinausblickte, ohne ihn jetzt jedoch wahrzunehmen. Bin ich nicht doch egoistisch? Hat mich das Leben, das es mir bisher so leicht gemacht hat, nicht dazu geformt?

Sie dachte daran, dass ihr im Leben tatsächlich alles zugeflogen war. Wohlbehütet und liebevoll war sie aufgewachsen. Die Eltern hatten alles für sie getan und es doch dabei geschafft, sie zu einem lebenstüchtigen Menschen zu erziehen. Ja, sie hatte eine glückliche Kindheit gehabt, eine glückliche Jugend, und jetzt, da sie »langsam erwachsen wurde«, wie sie sich selbst oftmals lächelnd eingestand, hatte dieses Glücksgefühl eine andere Dimension bekommen, waren Übermut und Überschwang einer tiefen Selbstzufriedenheit und Selbstsicherheit gewichen. Ihr Beruf füllte sie zwar ganz und gar aus, doch ihr Privatleben kam dabei nicht zu kurz. Sie trieb Sport, ging ins Theater und in Konzerte. Dabei war es ihr ganz egal, ob es ein klassisches oder ein Popkonzert war. Man konnte sie in einer Disko oder einem Open-Air-Festival ebenso wie in einem klassischen Konzertsaal finden.

Die Trennung von Jochen war ihr viel leichter gefallen, als sie sich dies je hätte vorstellen können. Jochen war viel betroffener, zerknirschter als Andrea, als sie auseinandergingen. Er wollte einen Neuanfang, aber sie konnte sich das nicht mehr vorstellen. Beim Gedanken daran verspürte sie ein leises Schuldgefühl.

Jochen Weidner war eigentlich Meeresbiologe, beschäftigte sich aber auch mit anderen Projekten. Sie selbst konzentrierte sich ganz auf den Tierschutz. Zurzeit setzte sie sich für die im bayerischen Voralpenland äußerst seltene und vom Aussterben bedrohte Wildkatze ein.

»Ist der Tisch bald frei?« Ein kleiner, rundlicher Mann stand vor ihr, im Schlepptau seine ebenso mollige Frau und drei übergewichtige Kinder.

Die Familie, die an ihren Tisch wollte, hatte Andrea aus ihren Gedanken gerissen, und das war gut so. Sie wollte jetzt nach vorne schauen und nicht zurückblicken.

Andrea nickte ein wenig geistesabwesend, nahm ihr Tablett mit den Essensresten und stellte es im Geschirrwagen ab. Sie hörte noch, wie die Familie sich lärmend an ihrem Tisch niederließ, und ging hinaus.

Es war warm geworden. Ein sanfter Frühlingswind streichelte ihr Gesicht mit dem gesunden, bräunlichen Teint. Einen Augenblick blieb sie noch stehen, blickte noch einmal über den Parkplatz hinweg zu den Bergen hin, dann aber steuerte sie auf ihren Wagen zu.

Frau Berger wird schon auf mich warten, überlegte sie und blickte auf die Uhr beim Armaturenbrett, als sie ihren schnittigen Wagen startete. Sie hatte ihre Ankunft für circa neun Uhr angekündigt. Aber das konnte sie ja noch schaffen. Sie gab Gas.

Noch eine halbe Stunde Fahrzeit, und sie würde ihr Ziel erreicht haben.

Frau Berger stand gerade am Fenster ihrer geräumigen Küche, als Andrea eintraf. Die Biologin hatte dank ihres Navis rasch zu dem kleinen Haus gefunden, das etwas außerhalb des Dorfes lag. Die Vermieterin bemerkte den Wagen mit dem Augsburger Kennzeichen sofort und trat vor das Haus.

»Pünktlich sind Sie, Frau Doktor«, begrüßte sie ihren Gast freundlich, »fast auf die Minute.«

Andrea fand ihre Vermieterin auf Anhieb sympathisch und erwiderte die Begrüßung ebenso herzlich. Sie spürte schon jetzt, dass sie sich die nächsten Monate in diesem Haus sehr wohlfühlen würde.

»Aber jetzt kommen Sie doch erst einmal herein«, forderte die grauhaarige Frau sie auf. »Ihr Gepäck können Sie später reintragen. Sie haben sicher noch nicht gefrühstückt.«

»Doch«, erwiderte Andrea. »Kurz vor der Hochfelln-Raststätte habe ich solch einen Hunger bekommen, dass ich dort Halt gemacht habe.«

»Na, dann wenigstens noch eine Tasse Tee«, meinte Rosa Berger und führte sie in die sonnige Küche.

Andrea sah sich um. Die Küche war blitzsauber. Der kleine Flur, durch den sie eben gegangen waren, ebenso ordentlich und rein. Dann würde ihr Zimmer sicher auch gemütlich und sauber sein. Sie schien bei der Auswahl ihres Quartiers eine gute Wahl getroffen zu haben.

»Eine Biologin sind Sie also«, meinte Frau Berger ein wenig ehrfurchtsvoll und schenkte Andrea Tee ein. Sie konnte sich so gar nicht vorstellen, was so eine Biologin machte. Sie war eine einfache Hausfrau, hatte nur ein paar Jahre in Teilzeit in einer Bäckerei gearbeitet. Aber das war schon lange her. Seit vier Jahren war sie Witwe. Ihre drei erwachsenen Töchter lebten weit von ihr entfernt. Sie hätte gerne wieder jemanden bemuttert, so wie sie früher ihre Kinder und ihren Mann bemuttert hatte. Für andere zu sorgen und da zu sein, war ihr ganzer Lebensinhalt. Aber ob sich diese junge, selbstbewusste und gescheite Frau bemuttern ließ? Sicher stellte sie Ansprüche, denen sie nicht gerecht werden konnte.

»Ich will die Wildkatzen hier in dieser Gegend wieder ansiedeln«, erklärte Andrea. »Sie sind nämlich vom Aussterben bedroht. Das ist meine Aufgabe.« Sie schlürfte genüsslich an dem guten, heißen Tee und dachte daran, dass der Kaffee an der Raststätte für ihren Geschmack zu dünn gewesen war.

»Der Tee schmeckt aber gut«, bemerkte sie anerkennend.

»Das ist auch keiner aus dem Teebeutel und vom Supermarkt«, entgegnete die mollige Frau stolz, »sondern von mir selbst zusammengestellt, mit Kräutern aus meinem Garten.«

»Das schmeckt man wirklich.« Andrea warf Frau Berger einen anerkennenden Blick zu.

Nachdem ihr die Vermieterin erklärt hatte, aus welchen Kräutern der Tee bestand, kamen sie wieder auf Andreas Tätigkeit in St. Valentin zu sprechen.

»Es kann sein, dass Sie mich drei oder vier Monate ertragen müssen«, meinte Andrea mit einem verschmitzten Lächeln. »Ich bleibe so lange, bis ich mein Projekt verwirklicht habe.«

»Ja, darüber haben wir ja schon am Telefon gesprochen.« Rosa Berger blickte ein wenig nachdenklich vor sich hin. »Ich bin froh, wenn noch jemand im Haus ist«, bemerkte sie dann leise.

Andrea spürte sofort, dass sich die Frau einsam fühlte. Sie wusste, dass Frau Berger Witwe war, und fragte sie nun behutsam:

»Wie lange ist denn Ihr Mann schon tot?«

»Vier Jahre werden es nun bald. Wir hatten eine gute Ehe. Mit meinen drei Töchtern habe ich weniger Glück. Sie besuchen mich nur selten. Aber ich will mich nicht beklagen. Sie haben auch viel zu tun. Die eine lebt in Berlin, die andere in München und die jüngste in Passau.«

Hoffentlich sieht sie in mir jetzt nicht die Ersatztochter, zuckte es Andrea durch den Kopf. Ich werde auch nicht viel Zeit für sie haben. Ihre Stirn kräuselte sich leicht, jedoch nur für einen Augenblick, dann glättete sie sich sogleich wieder. Nein, diese Frau war nicht geschwätzig und aufdringlich. Sie würde sie in Ruhe arbeiten lassen. Ihr genügte es sicher, dass sie, wenigstens für eine Zeit, nicht mehr allein im Haus war und ab und zu ein wenig Unterhaltung hatte. Diese würde sie ihr auch nicht verwehren.

»Wir haben gar nicht darüber gesprochen, ob ich auch für Sie kochen soll?« fragte Rosa und hoffte dabei, dass sie es durfte. »Vielleicht möchten Sie lieber im Wirtshaus essen.«

»Sie würden für mich kochen?« Andreas Gesicht hellte sich auf. »Das wäre ja fantastisch!«

Rosa schenkte der jungen Frau ein warmes Lächeln. »Ja, das mache ich gern. Ich esse auch lieber in Gesellschaft. Und wenn es bei Ihnen mal später wird, ist das auch kein Problem. Dann wärme ich Ihnen das Essen auf.«

»Das wäre gut, denn ich bin sicher nicht immer pünktlich daheim.«

Andrea trank ihren Tee aus und erhob sich dann. »Jetzt möchte ich aber gerne mein Zimmer sehen.«

Das große Gästezimmer im ersten Stock war ebenso geräumig wie die Küche. Jetzt am Vormittag noch etwas dunkel, da die vier Fenster nach Süden und Westen zeigten, würde es ab Mittag bei schönem Wetter sonnig und hell sein.

Andrea war zufrieden. Aber sie hatte auch gar nichts anderes erwartet. Sogar einen Schreibtisch besaß der möblierte Raum. Dort konnte sie ihren Laptop unterbringen. Das Schrankbett war praktisch, und auf dem gemütlichen Sofa würde sie sich gut entspannen können. Es war ein Zimmer zum Wohlfühlen.

Andrea hatte es wieder einmal sehr gut getroffen.

7

Markus Reiter saß noch in seinem Büro im Forstamt, nachdem seine Mitarbeiter schon lange Feierabend gemacht hatten. Er schob den Zettel mit seinen Berechnungen seufzend zur Seite. »Ich kann hin und her rechnen«, murmelte er unzufrieden vor sich hin, »aber der Windbruch hat einen Holzschaden von über sechzehntausend Festmetern verursacht.«

Verdammter Sturm! Das Jahr begann nicht gerade erfolgreich für den Forstbezirk. Er ging zum Fenster, öffnete es weit, sodass die frische Frühlingsluft hineinströmen konnte. Er streckte sich, vollzog ein paar Dehnungsübungen. Er fühlte sich ganz verspannt. Als er sich wieder vom Fenster abwandte, fiel sein Blick auf seinen Terminkalender. Den musste er auch noch durchblättern, bevor er endlich Feierabend machen konnte. Auch das noch, dachte er, als sein Blick auf einen rasch hingekritzelten Vermerk fiel. Als ob ich nicht schon genug Sorgen und Arbeit hätte, kommen mir das Ministerium und der Naturschutzbund nun noch mit dem »Aktionsplan Wildkatze« daher. Markus suchte auf seinem Schreibtisch inmitten eines Wustes an Papieren, die noch unbearbeitet waren, nach dem Schreiben des Staatsministeriums. Er fand es schließlich.

»Derzeit erarbeitet das Bayerische Staatsministerium für Ernährung, Landwirtschaft und Forsten einen Aktionsplan zur Förderung der Wildkatze in Bayern. Ein Ziel dieses Aktionsplanes ist unter anderem …«, las er halblaut vor sich hin. Er überflog einen Teil des Schreibens und las dann weiter: »Dr. Andrea Schultes, die das Projekt leitet, wird sich in den nächsten Tagen mit Ihnen in Verbindung setzen.«

Das hat sie bereits getan, erinnerte sich Markus nervös, übermorgen wird sie bei mir im Büro auftauchen. Dabei müsste ich so dringend mit dem Sepp noch einmal zur Fischbachschneid hinauf, um dort den Holzabfall zu untersuchen. Das war seiner Ansicht nach viel wichtiger als diese Wildkatzen, die sich in seinem Revier vermehren sollten. Er hatte diesbezüglich auch Bedenken, ob die Gegend nicht zu hoch für diese Spezies war. Aber diese Biologin wusste es ja sicher besser. Und die Dame wurde vom Staatsministerium geschickt. Das hatte wohl Priorität, wenn auch nicht in seinen Augen. Markus schob das Schreiben unwillig zur Seite. Dann griff er noch einmal nach dem Telefon und rief seinen besten Mitarbeiter, den Hofer-Sepp, zuhause an, um ihm mitzuteilen, dass sie ihre Besichtigung bei der Fischbachschneid um einen Tag verschieben mussten. Als er dieses Telefonat erledigt hatte, ging er noch einmal zum Fenster, das noch weit offen stand. Langsam wurde es kühl draußen, obwohl heute ein ungewöhnlich warmer Apriltag war. Dabei hatte sich der Lenz in diesem Jahr Zeit gelassen.

Nachdem es Ende Januar fast keinen Schnee mehr gehabt hatte, war der Winter Anfang Februar mit voller Wucht zurückgekehrt und dann auch nicht mehr so schnell gegangen. Erst vor einer knappen Woche war es schön und warm geworden. Frost und Schnee hatten sich in die höchsten Bergregionen zurückgezogen.

Markus sog die Luft ganz tief in sich ein. Heute war er kaum aus seinem Büro herausgekommen. Er dachte an Regina. Er konnte nichts dagegen tun. Er dachte jeden Tag an sie und hatte sie doch seit jenem unfreundlichen, nebligen Tag Ende Januar nicht mehr gesehen. Sie war auf und davongelaufen, einfach so, hatte ihn nie angerufen, war nie mehr im Forsthaus aufgetaucht. Sicher hatte sie ihre Eltern in der Zwischenzeit ab und zu besucht, aber sie war ihm dabei nicht begegnet. Er wollte nicht an sie denken. Tagsüber, wenn er den Kopf im Forstamt voller Arbeit hatte, gelang es ihm auch. Aber wenn der Abend kam, dann sah er sie wieder vor sich: Groß und schlank, das honigblonde Haar streng zu einem Pferdeschwanz zusammengebunden, sodass ihr gleichmäßiges Gesicht mit den braunen, klaren Augen, voll zum Ausdruck kam.

»Ich will nicht mehr an sie denken!« Diesen Satz sagte er dieses Mal laut vor sich hin. Er versuchte sich einzureden, dass sie hysterisch war, dass sie nicht wusste, was sie wollte. Nachdem sie damals so grundlos, wortlos, ja, ohne sich noch einmal bei ihm blicken zu lassen, einfach davongelaufen war, musste er sich doch sagen, dass sie es nicht wert war, weiter an sie zu denken. Da musste er sie doch, wenn schon nicht als hysterisch, dann doch als total überspannt betrachten. Das aber widersprach ganz und gar ihrer Art. »Diese Frau ist ein totaler Widerspruch«, sagte er sich, »außerdem will sie mich nicht. Ich muss das endlich einsehen. Sie hatte wohl nicht den Mut, es mir zu sagen. Aber dann einfach davonlaufen …« Er schüttelte den Kopf. »Sie ist es nicht wert, dass ich auch nur noch einen Gedanken an sie verschwende«, redete er sich wieder einmal ein. Zum wievielten Male schon!

Er schloss das Fenster, pfiff Benno, der träge in seinem bevorzugten Eck beim Garderobenständer lag, um dort mit halb geschlossenen Augen den Tag zu verträumen.

»Du hast es gut, Benno«, sagte er zu dem alten Jagdhund, der eigentlich keiner mehr war und seine guten Tage schon lange hinter sich hatte. »Nur Fressen, Saufen und Schlafen. Wenn ich wieder auf die Welt komme, dann werde ich auch ein Hund. Dann hab ich auch keinen Liebeskummer mehr.«

Es war kurz nach sieben Uhr, als Markus Reiter das Forstamt endlich verließ, das er heute Morgen um halb acht Uhr betreten hatte.

Als Markus eine Viertelstunde später sein Elternhaus betrat, das nun schon seit hundert Jahren rund drei Kilometer außerhalb des Dorfes am Rande eines weitläufigen Bergwaldes stand, spürte er sofort, dass irgendetwas nicht stimmte. Es war ungewöhnlich still im Haus, und es roch auch nicht nach dem vertrauten warmen Abendessen. Hat die Mutter heute nicht gekocht?, dachte er. Das wäre fatal, denn sein Magen knurrte jämmerlich. Er rief nach seiner Mutter, sah in der Küche und dann in der Stube nach, stieg schließlich die steile, bei jedem Schritt knarrende Holztreppe in den ersten Stock hinauf, um in ihrem Schlafzimmer nachzusehen. Doch nirgends eine Spur von ihr.

Als er wieder nach unten kam, läutete das Telefon. Markus zuckte unwillkürlich zusammen. Er ahnte plötzlich nichts Gutes. Er hob den Hörer ab. Seine Schwester Monika war am Apparat. Sie hatte in einen großen Bauernhof eingeheiratet.

»Ich musste die Mutter ins Krankenhaus bringen. Sie ist zusammengebrochen. Sie konnte mich gerade noch anrufen«, berichtete Monika aufgeregt.

»Um Gottes Willen!«, rief Markus aus. »Was fehlt ihr denn? Warum hast du mich nicht im Forstamt angerufen?«

»Ich bin nicht dazu gekommen. Ich habe sie sofort ins Krankenhaus gefahren und bin jetzt gerade erst heimgekommen.«

»Aber heute Morgen, wie ich das Haus verlassen habe, hat ihr doch noch gar nichts gefehlt.«

»Dir fällt doch nie etwas auf«, meinte Monika vorwurfsvoll. »Sie muss schon länger schlecht beieinander sein.«

»Sie hat nie gejammert«, rechtfertigte sich Markus. Er fühlte sich von seiner Schwester, mit der er als Kind gar nicht gut ausgekommen war, was sich inzwischen etwas gelegt hatte, ungerecht behandelt.

»Du kennst sie doch!«, sprach Monika weiter. »Die Mutter muss schon auf dem Zahnfleisch daherkommen, bevor sie einmal was sagt. Aber du brauchst heute nicht mehr ins Krankenhaus zu fahren. Es reicht, wenn du sie morgen besuchst. Sie wird erst einmal gründlich untersucht«, sprach Monika nun in ruhigerem und versöhnlicherem Tonfall weiter, da Markus nur betroffen schwieg.

»Soll ich nicht doch heute noch fahren?«

»Nein, es reicht, wenn du sie morgen besuchst. Das hätte heute keinen Sinn mehr. Sie schläft sicher schon. Vermutlich war es ein Schlaganfall. Aber die Ärzte müssen sie erst noch genauer untersuchen. Morgen werden wir mehr erfahren. Ich muss jetzt auflegen, Markus. Ich habe heute noch alle Hände voll zu tun.«

»Ja, ich weiß, du hast viel Arbeit«, antwortete der Bruder, noch immer beunruhigt.

»Du doch auch.« Ihre Stimme klang nun ganz ruhig.

Markus spürte jedoch, dass dies die Ruhe vor dem Sturm war. Er legte auf, ging dann in die Küche, um sich ein paar Spiegeleier mit Speck zu braten. Es dauerte einige Zeit, bis er die Pfanne fand. Dann holte er sich eine Flasche Bier aus dem Kühlschrank und setzte sich sinnierend an den Tisch, der sonst immer pünktlich für ihn gedeckt wurde. Er sorgte sich um die Mutter, doch dann glitten seine Gedanken ab und endeten, ob er wollte oder nicht, wieder bei Regina.

Später kam ihm seine Studentenzeit in den Sinn. Er hatte damals nichts anbrennen lassen, wie er sich nun mit einem leichten Schmunzeln eingestand. Aber seine Beziehungen hatten nie ein Jahr überdauert. Nun, da er schon nach einigen Begegnungen geglaubt hatte, die Frau fürs Leben gefunden zu haben, war ihm diese im wahrsten Sinne des Wortes gleich wieder davongelaufen.

Ich werde wieder für meine Arbeit leben, sagte er sich, und wahrscheinlich Junggeselle bleiben. Auf seiner Stirn bildete sich dabei wieder jene charakteristische, steile Falte. Seine etwas hervorspringende, gerade Stirn überschattete seine grauen Augen.

Er spürte, wie ihm das Bier zu Kopf stieg. Er hatte ja den ganzen Tag über kaum etwas gegessen. Seine Gedanken wanderten wieder zur kranken Mutter hin. Sie war erst fünfundsechzig und bisher immer gesund gewesen. Er hoffte, dass es kein Schlaganfall war. Er konnte sich das einfach nicht vorstellen. Seine Mutter mit dem stets rosigen, runden Gesicht. Seine Mutter, die mit ihrer Wandergruppe jeden Dienstag zum Teil recht anspruchsvolle Bergtouren bewältigte, die jeden Freitag ins Dorf zum Kegeln fuhr und in der Frauengemeinschaft aktiv war.

Nein, das kann nicht sein, dass sie ernsthaft krank ist, redete er sich in Gedanken abermals beruhigend zu. Er hoffte inständig, dass es nichts Ernstes war.

Der Förster erhob sich langsam vom Tisch, räumte ihn ab, spülte und trocknete das Geschirr.

Eine recht ungewohnte Tätigkeit für ihn. Er wusste schon wieder nicht, wo die Pfanne hinkam. Sein Blick fiel auf den Geschirrspüler. Er hatte keine Ahnung, wie man mit ihm umging.

Jetzt ist es schon egal, sagte er sich und holte sich eine zweite Flasche Bier aus dem Kühlschrank, um damit in die Bauernstube zu gehen. Erst jetzt fiel ihm auf, dass in dem Zimmer Unordnung herrschte. Kleidungsstücke lagen herum, und auf dem Tisch standen ein benutzter Teller und eine Tasse. Ein paar Schubladen standen halb offen, und auf dem Boden lag eine Wolldecke. Das war er nicht gewohnt. Bei der Mutter war immer alles aufgeräumt. Es muss ihr wirklich schlecht gegangen sein, als sie die Monika angerufen hat, sagte er sich und blickte grübelnd vor sich hin.

Wenn sie wirklich ernsthaft krank ist und vielleicht sogar Pflege braucht, fragte er sich bang, wie soll es dann weitergehen?

8

Am nächsten Tag hatte Dr. Andrea Schultes zuerst einen Termin beim Bürgermeister. Sie war überrascht, als sie das Gemeindeoberhaupt das erste Mal sah, denn sie hatte sich den Bürgermeister anders vorgestellt. Der ist doch noch keine dreißig!, fuhr es ihr durch den Kopf, als sie ihm gegenüberstand.

Martin Niederberger grinste, als er ihr Erstaunen bemerkte. Eigentlich war er es schon gewohnt, dass jedermann überrascht war, einen so jungen, gut aussehenden Bürgermeister vor sich zu haben. Bei dieser hübschen Biologin allerdings war es ihm nicht egal. Er sonnte sich in ihrer heimlichen Bewunderung, die sie zu verbergen suchte, was ihr jedoch nicht ganz gelang.

Aber auch Martin war von der jungen Frau angetan. Mit einer charmanten Geste bat er sie, in dem bequemen Besuchersessel Platz zu nehmen.

»Ich habe mir das Schreiben vom Staatsministerium durchgelesen. Es freut mich, dass Sie bemüht sind, die Wildkatzen in unserer Gegend wieder anzusiedeln. Wie wollen Sie denn vorgehen?« Martin beugte sich ein wenig nach vorne. Seine braunen Augen saugten sich an ihr fest. Er interessierte sich kein bisschen für ihre Arbeit. Sein Interesse war nur geheuchelt. Er fragte sich, wie er es anstellen könnte, sie bald einmal zum Essen einzuladen. In einer guten Woche würde der Maibaum aufgestellt werden, danach gab es ein großes Fest beim »Alten Wirt«. Das wäre auch eine Gelegenheit, sie näher kennenzulernen. Martin stellte sich vor, wie er mit der hübschen dunkelhaarigen Biologin vor all den Leuten auftauchte, vielleicht sogar mit ihr tanzte. Er war ein sehr guter und eifriger Tänzer. Nur das ging ihm durch den Kopf, als Andrea von ihrer Arbeit erzählte.

»Ich möchte Ihre Jäger testen und wenn nötig schulen, dass sich die Katze hier in der Gegend wieder vermehrt. Dazu sind vor allem Grünbrücken über die Schnellstraße nötig. Wichtig ist, dass ihr Lebensraum nicht weiter zerschnitten, vielmehr wieder vernetzt wird. Das würde dann auch anderen Tieren nützlich sein«, klärte sie ihn auf. Sie besaß eine sehr angenehme, für eine Frau eher dunkle, aber vor allem sehr selbstbewusste Stimme.

Martin hatte nur die Hälfte von ihren Ausführungen mitbekommen, aber er besaß ein gutes Gedächtnis.

»Was die Schnellstraße anbelangt, wäre eigentlich der Bund zuständig. Es handelt sich hier um eine Bundesstraße. Aber ich werde intervenieren«, versprach er mit einer souveränen Geste. »Was die Jäger betrifft, müssten Sie sich mit dem Förster in Verbindung setzen.« Er lehnte sich in seinem Chefsessel etwas zurück. »Ich glaube, das hiesige Forstamt hat auch ein Schreiben vom Staatsministerium bekommen.«

»Ich habe mit Herrn Reiter schon telefoniert und für morgen früh einen Termin vereinbart«, berichtete Andrea.

»Das ist gut.« Martin spielte mit seinem Kugelschreiber. Ihm wurde bewusst, dass sie in Zukunft überwiegend mit dem Förster zusammenarbeiten würde und er mit der Sache nicht mehr viel zu tun haben würde. Wie konnte er es anstellen, dass sie sich trotzdem wiedersahen?

»Sie haben wirklich einen sehr interessanten Beruf«, bemerkte er und blickte dabei auf ihre schlanken Beine, die sie übereinandergeschlagen hatte. Ihr Rock ist etwas zu kurz, dachte er, aber das wird ihr gar nicht bewusst sein. Zumindest kam es ihm nicht so vor, als ob sie mit ihrer guten Figur kokettieren wollte. Sie erschien ihm vielmehr sehr natürlich und kein bisschen affektiert. Auch das gefiel ihm sehr.

»Sie haben aber auch einen interessanten Beruf«, erwiderte Andrea schmeichelnd.

»Bei dem man viel Überzeugungsarbeit leisten muss«, seufzte er, »und sich viel Ärger einhandeln kann. Ich bin jetzt seit drei Jahren im Amt. Mein Vorgänger war auch nicht schlecht. Er amtierte mit einer Unterbrechung beinahe zwanzig Jahre lang. Er hat es geschafft, dass aus einem verschlafenen Bauerndorf ein moderner Fremdenverkehrsort wurde.« Martin Niederberger ließ den Kugelschreiber fallen und versank noch tiefer in seinem drehbaren Sessel, mit dem er leicht von einer Seite zur anderen schwenkte. Er schien etwas abwesend zu sein, als er leise bemerkte: »Aber nun muss es genug sein. Unser schönes Dorf darf nicht weiter verbaut werden, sonst ist es kein Dorf mehr, und das soll es doch bleiben. In erster Linie leben wir hier vom Fremdenverkehr. Aber ganz allein kann man natürlich nicht auf ihn bauen. Doch wir brauchen keine weiteren Supermärkte mehr, und mit der Ausweisung von neuen Bebauungsgebieten muss auch Schluss sein. Dafür setze ich mich ein.«

Er wandte sich Andrea nun wieder zu und sagte: »St. Valentin soll seinen Charakter als Berg- und Bauerndorf bewahren. Das ist mein Ziel.« Er sah sie prüfend an, um die Wirkung seiner Worte auf ihrem hübschen Gesicht abzulesen.

»Super!«, rief Andrea begeistert aus. »So eine Einstellung habe ich gar nicht erwartet. Das kommt meinem Projekt natürlich sehr entgegen.«

»Ich würde mich freuen, wenn Sie einmal in der Woche bei mir im Rathaus vorbeischauen würden, um mich bezüglich Ihrer Arbeit auf dem Laufenden zu halten.« Martin freute sich insgeheim, dass er wieder einmal die richtigen Worte gefunden hatte. Dass sie nicht gerade ehrlich gewesen waren, verursachte ihm kein schlechtes Gewissen.

Er richtete sich auf und blickte auf seine teure Armbanduhr. Er dachte daran, dass er noch einen Termin mit einem Architekten und einem Bauingenieur hatte. Sie warteten schon beim »Winkelgraben« auf ihn, der zu einem neuen Bebauungsgebiet umgewidmet werden sollte. Aber die Wasserschutzbehörde stand dem noch im Wege.

»Leider habe ich jetzt noch einen Termin«, meinte er mit einem entschuldigenden Blick. »Ich hätte mich so gerne noch länger mit Ihnen unterhalten.«

Auch Andrea erhob sich rasch. »Ich möchte Ihre knapp bemessene Zeit ohnehin nicht länger in Anspruch nehmen«, sagte sie schnell. »Ich wollte mich nur bei Ihnen vorstellen und Ihnen meine Arbeit erklären.« Sie reichte ihm herzlich die Hand. »Ich glaube, dass ich mit Ihnen gut zusammenarbeiten kann. Darüber bin ich sehr erleichtert. Bis jetzt musste ich bei den Gemeinden eher unangenehme Erfahrungen machen.«

»Ja, Umweltschutz und Wohlstand einer Region lassen sich halt oft nicht vereinbaren«, seufzte Martin. Er schlüpfte in seine maßgeschneiderte Trachtenlederjacke. Andrea beobachtete ihn dabei. Er war mittelgroß, schlank, der gut geformte Kopf, nach neuester Mode, kahl geschoren.

Bei der perfekten Kopfform kann er sich das leisten, musste Andrea unwillkürlich denken, und weiter: Manchen Menschen wird alles in die Wiege gelegt, was für ein gutes, erfolgreiches Leben nötig ist. Sie lächelte bei dem Gedanken, dass auch sie zu diesen Menschen gehörte.

»Ich bin jederzeit für Sie erreichbar, wenn Sie irgendwelche Probleme haben«, bemerkte der Bürgermeister noch und ging dann zur Tür, natürlich ließ er Andrea dabei den Vortritt. Sein Schritt war beschwingt. Höflich öffnete er ihr die Tür, die ins Vorzimmer führte. Seine Sekretärin

Anna Lehnert streifte Andrea mit einem abschätzenden Blick. Sie war in ihren Chef heimlich verliebt und auf jede junge Frau eifersüchtig, die sein Büro betrat.

»Übrigens, demnächst ist bei uns im Dorf Maibaumfest«, sagte er zu ihr, als sie schon draußen auf der Straße standen. Ich würde mich freuen, Sie dort zu sehen. Ein Platz für Sie an unserem Tisch ist selbstverständlich reserviert.«

»Ich werde darauf zurückkommen.« Andrea schenkte ihm ein kokettes Lächeln und ging dann mit festen Schritten zu ihrem Auto.

9

Am nächsten Tag regnete es ganz unverhofft, was Andrea nicht davon abhielt, den Bergwald zu durchforsten. Am Morgen hatte sie beim Förster vorgesprochen. Das Gespräch hatte nicht allzu lange gedauert und war auch nicht sehr erfolgreich gewesen. Sie war dann gleich in den Wald gegangen.

Als sich der Tag dem Abend zuneigte, hörte der monotone Regen auf. Ein zarter, weißer Dunst stieg vom Wiesengrund der Waldlichtung auf, die sie jetzt überquerte. Langsam war es Zeit, Feierabend zu machen. Sie war ein wenig deprimiert, denn sie hatte keine Spuren von ihren kleinen, unscheinbaren »Tigern« entdecken können. Dabei war sie den ganzen Tag durch den Wald gestreift. Trotz ihrer wetterfesten Kleidung fror sie. Vor Jahren hatte man in dieser Gegend einige Katzen ausgesetzt. Der damalige Aktionsplan wurde jedoch nur halbherzig umgesetzt. Andrea wollte dieses Mal Nägel mit Köpfen machen. Bevor sie nicht all ihre Bestrebungen in Bezug auf die Wildkatze durchgesetzt hatte, würde sie St. Valentin nicht verlassen.

Schon oft waren ihr bei ihren Aktivitäten Steine in den Weg gelegt worden, aber sie hatte sich jedes Mal gegenüber den Behörden durchsetzen können. Daran zweifelte sie auch dieses Mal nicht. Den jungen, feschen Bürgermeister, der zweifellos von ihr angetan war, hatte sie schon auf ihrer Seite. Da machte ihr der Förster mehr Schwierigkeiten, wie sie heute Morgen feststellen musste.

»Eigentlich habe ich andere Sorgen«, hatte er ihr direkt ins Gesicht gesagt. Das hatte Andrea sehr enttäuscht. Doch auch von ihm würde sie sich nicht einschüchtern lassen.

Trotz ihrer ein wenig getrübten Stimmung und des ebenso trüben Wetters genoss sie die wilde Schönheit der Natur, die sie umgab. Sie hatte die Lichtung überquert und kam wieder in den Wald. Nichts entging ihrem Blick. Auch nicht die unscheinbaren Eigenheiten der schon vor vielen Jahren entwurzelten Kiefer, die von Sonne und Regen gebleicht worden war und ihr den Weg versperrte. Der Frost vieler Winter hatte die Rinde vom Holz gerissen. Sie kraxelte über den quer stehenden Baum, dessen armselige Krone sich zwischen anderen Bäumen verfangen hatte. Das tote Holz war nun das Reich der Käfer geworden. Aber direkt neben der abgestorbenen Kiefer grünte bereits eine neue.

Stirb und werde, dachte sie unwillkürlich. Es war der Spruch, der auf dem Grabstein ihres Großvaters stand, der ein Freigeist gewesen war.

Als Andrea die Forststraße erreichte, bog gerade ein grüner Jeep um die Ecke. Andrea hatte ihren Wagen beim Wanderparkplatz geparkt, das waren noch gut drei Kilometer Fußmarsch.

Es war der Förster. Er hielt an und fragte Andrea, ob er sie bis zum Parkplatz mitnehmen solle. Andrea nahm das Angebot dankend an.

»Warum fahren Sie nicht weiter in den Wald hinein, Frau Doktor?«, fragte er sie ein wenig spitz. »Sie haben doch eine Berechtigung.«

»Ich bin vom Wanderparkplatz aus aufgebrochen«, erklärte sie ihm, »und habe von dort aus den Wald durchstreift.«

»Und, etwas ausfindig gemacht?« Er warf ihr unter seiner hervorspringenden Stirn, die seine hellgrauen Augen heute noch ein wenig tiefer überschattete, einen leicht spöttischen Blick zu.

Sie hätte ihn erwürgen können für seinen Zynismus.

Andrea schüttelte ihr nasses, dunkles Haar. »Haben Sie etwas, womit ich meine Haare trocknen kann?«, fragte sie ihn, ohne auf seine sarkastische Frage einzugehen.

»Nur das alte Handtuch auf dem Rücksitz, mit dem ich Benno immer die Pfoten sauber mache, damit er mir nicht das ganze Auto versaut.«

»Nein, danke. Es wird schon gehen.« Andrea lachte hart und unfreundlich auf.

»So weit reicht dann Ihre Tierliebe wohl doch nicht«, meinte er und grinste dabei breit.

Andrea sah ihn von der Seite her an. Er war ebenso gut aussehend wie der Bürgermeister, aber auf eine ganz andere Art. Er war alles andere als ein Schönling, was man von Martin Niederberger eher behaupten konnte. Sein Gesicht nicht so weich, sondern scharf geschnitten. Unter der Stirn sprang gerade und kräftig die Nase hervor. Sein Kinn wirkte energisch, die Lippen zeigten sich straff gespannt. Nichts an ihm war weich, alles hart, gerade und konsequent.

»Sie mögen mich nicht, stimmt's?«, fragte Andrea nun geradeheraus. »Ich habe das schon bei unserem Gespräch am Telefon gemerkt.«

Markus Reiter sah sie überrascht an. »Wie kommen Sie denn darauf?« Er schien wirklich erstaunt zu sein.

»Das spüre ich einfach. Sie nehmen meine Arbeit nicht ernst. Sie denken nur an Wirtschaftlichkeit, Gewinn und Ertrag. Alles andere scheint Ihnen egal zu sein. Die Förster sind auch nicht mehr das, was sie einmal waren«, setzte sie sarkastisch hinzu.

Markus schwieg kurz, denn sie waren beim Wanderparkplatz angekommen. Er hielt den Jeep an.

»So, da wären wir«, meinte er und warf ihr dabei einen unsicheren Blick zu.

Andrea dachte nicht daran, gleich auszusteigen. »Sie haben meine Frage nicht beantwortet«, sagte sie und versuchte, dem Förster dabei direkt in die Augen zu sehen, was bei ihm nicht so leicht war.

»Ich hab doch nichts gegen Sie. Ich respektiere Ihre Arbeit. Aber Sie müssen auch die meine respektieren.« Er konnte den Blick plötzlich nicht mehr von ihr wenden. Aus ihrem dunkelbraunen Haar tropfte das Wasser und lief über ihr hübsches Gesicht. Er musste sich eingestehen, dass sie ihm gefiel. Vermutlich hatte er sich die junge Biologin noch gar nicht so richtig angesehen. Erst jetzt bemerkte er, dass sie ziemlich attraktiv war.

»Das tue ich doch. Aber ist es Ihnen denn ganz egal, dass Tiere, die bereits vor dreihunderttausend Jahren Ihre Heimat bevölkert haben, aussterben? Mit den Wildkatzen natürlich auch noch andere Tierarten, wenn wir nicht gegensteuern«, antwortete Andrea heftig.

»Natürlich ist mir das nicht egal.« Er blickte auf die Uhr. Er wollte heute noch ins Krankenhaus, seine Mutter besuchen.

»Ich sehe schon, ich stehle wieder einmal Ihre Zeit«, bemerkte Andrea enttäuscht und öffnete die Tür. Sie brachte sie nicht gleich auf.

Markus beugte sich halb über sie und half ihr dabei. Er verspürte dabei ein leises Prickeln unter seiner Haut. Er betrachtete sie mit einem lässigen, abschätzenden Blick. Ich werde es Regina heimzahlen, dachte er plötzlich in einem Anflug von Trotz. Diese Frau wäre es jedenfalls wert.

»Könnten wir unsere Differenzen nicht einmal bei einem Glas Wein bereinigen?«, meinte er versöhnlich, als sie bereits ausgestiegen war. »Dabei redet es sich besser als im Forstamt.«

»Ich bin mir nicht sicher, ob ich das will«, entgegnete sie kühl.

»Am Sonntag wird bei uns in St. Valentin der Maibaum aufgestellt. Diesen Brauch dürfen Sie sich nicht entgehen lassen. Beim Alten Wirt wird dann noch gefeiert. Ich würde mich freuen, wenn ich Sie zu diesem Fest abholen dürfte. Aber ziehen Sie sich ein Dirndlkleid an, sonst fallen Sie unangenehm auf.« Markus ging nun in die Offensive. Er fühlte sich momentan wesentlich besser als heute Morgen im Forstamt.

»Danke für die Einladung. Aber ich wurde bereits eingeladen, und zwar vom Bürgermeister«, erwiderte sie schnell, obwohl das nicht ganz stimmte. Eingeladen hatte er sie bisher noch nicht. »Und ein Dirndlkleid werde ich ganz gewiss nicht anziehen.« Sie warf ihm einen triumphierenden Blick zu und lachte in sich hinein, als sie sein dummes Gesicht bemerkte.

»Wie sollen wir dann unsere Unstimmigkeiten bereinigen?«, fragte er sie und gestand sich dabei ein, dass es ihm sauber stank, dass Martin Niederberger schneller gewesen war als er. Ausgerechnet der Martin, dachte er, vor dem kein Rockzipfel in und um St. Valentin herum sicher war.

»Wir sollten schon noch einmal in Ruhe miteinander reden«, lenkte sie schließlich doch noch ein und kräuselte dabei die Stirn. »Es muss ja nicht gerade beim Maibaumfest sein. Dazu ist die Angelegenheit wirklich zu ernst. Ich habe tatsächlich das Gefühl, dass Sie mir bisher überhaupt nicht richtig zugehört haben. Ich werde mich nächste Woche noch einmal telefonisch bei Ihnen melden.« Andrea wartete seine Antwort nicht ab, sondern schlug, ein wenig zu heftig, die Autotür zu.

Ich habe mich nicht einmal fürs Mitnehmen bedankt, sagte sie sich, als sie eine Minute später in ihrem eigenen Wagen saß. Vielleicht bin ich doch ein wenig zu unhöflich gewesen. Ich würde jetzt immer noch auf der Forststraße marschieren, wenn er mich nicht mitgenommen hätte, dachte sie weiter, als sie sah, dass es wieder stark zu regnen begonnen hatte. Trotzdem, so sagte sie sich dann, der Förster ist wirklich ein zynischer und unzugänglicher Geselle. Er hat es nicht anders verdient, als dass ich mich ihm gegenüber so verhalte. Er soll es nur merken, wie ich über ihn denke.

Markus war noch kurz im Wagen sitzen geblieben und hatte durch die Windschutzscheibe in den wieder stärker einsetzenden Regen gestarrt, bevor er den Wagen startete. Andrea bog da bereits um die erste Kurve. Sie fuhr zu schnell für die enge, steile Straße, und er verlor ihren kleinen, roten Wagen schnell aus den Augen. Er hatte damit gerechnet, dass sie ihm wenigstens noch zuwinken würde. Aber sie hatte gar nicht mehr zu ihm hingesehen. Obwohl ihm die hübsche Biologin mit Doktortitel gefiel, obwohl er Regina mit ihr eifersüchtig machen wollte, dachte er doch nicht daran, sich von ihr zum Deppen machen zu lassen. »Die glaubt wohl, dass es auf der ganzen Welt nichts Wichtigeres als ihre Wildkatzen gibt«, murmelte er ärgerlich vor sich hin.

Er blickte auf die Uhr seines Armaturenbretts. Es war gleich sieben Uhr. Er entschloss sich, gar nicht mehr ins Forsthaus zurück, sondern gleich ins Krankenhaus zu seiner Mutter zu fahren.

10

Der behandelnde Arzt fing Markus im Flur ab, als er gerade das Krankenzimmer betreten wollte.

»Herr Reiter«, sprach ihn der Oberarzt an. »Bevor Sie zu Ihrer Mutter hineingehen, möchte ich kurz mit Ihnen sprechen.«

Markus hob besorgt den Blick.

»Es war nun doch ein Schlaganfall, und zwar kein leichter, den Ihre Mutter erlitten hat. Ausgelöst durch ein Blutgerinnsel im Kopf. Eigentlich hat sie noch Glück gehabt. Aber ihr rechter Arm wird wohl gelähmt bleiben, und auch das Sprachzentrum wurde getroffen. Es wird einige Zeit dauern, bis sich Ihre Mutter von diesem Schlag erholt. Sie muss mindestens zwei bis drei Monate auf Reha. Aber so ganz wie früher wird es wohl nicht mehr werden.«

»Mit dem rechten Arm ist nichts mehr zu machen?«, fragte Markus und dachte daran, dass die Mutter den Haushalt jetzt nicht mehr bewältigen konnte. Gleichzeitig schämte er sich für diesen egoistischen Gedanken. Wichtig war doch nur, dass sie wieder einigermaßen gesund wurde.

Dr. Nolte schüttelte den Kopf. »Viel ist da sicher nicht mehr zu machen. Aber damit er nicht ganz steif wird, ist es ganz wichtig, dass sie, sobald sich ihr Gesundheitszustand etwas gebessert hat, über Monate, vielleicht sogar über Jahre hinweg, Therapien in Anspruch nimmt. Wenn Ihre Mutter von der Reha wieder daheim ist, sollten Sie sich nach einer Physiotherapeutin und einer Logopädin umschauen. Das ist ganz wichtig für Ihre Mutter.«

»Ich werde mich darum kümmern.«

»Das wäre gut.« Der Arzt warf Markus einen fragenden Blick zu. Er spürte, dass er noch etwas auf dem Herzen hatte.

»Und sonst? Braucht sie sonst auch noch Betreuung?«, rückte er schließlich damit heraus. Markus runzelte die Stirn. Er hatte beruflich so viel um die Ohren, und nun auch noch das Problem mit seiner Mutter. Aber er liebte sie und würde alles für sie tun, so wie sie stets alles für ihre Kinder getan hatte.

»Auf keinen Fall kann sie mehr den Haushalt bewältigen und wird auch sonst ein wenig Hilfe brauchen. Aber Sie haben ja jetzt ausreichend Zeit, dies alles in die Wege zu leiten. Wir werden Ihre Mutter jetzt noch eine Woche hier behalten. Danach könnte sie nach Bad Aibling in die Reha, wenn Sie einverstanden sind.«

»Ich bin mit allem einverstanden, wenn es nur zur Genesung meiner Mutter beiträgt«, erwiderte der Förster.

»So ganz gesund wird sie wohl nicht mehr werden. Machen Sie sich da bitte keine falschen Hoffnungen. Sie müssen eher darauf hoffen, dass kein neuer Schlaganfall dazukommt. Ihre Gefäße sind nicht die besten.«

Markus blickte ein wenig ratlos drein. Aber dann reichte er dem Arzt die Hand und bedankte sich für das offene Gespräch.

Heidemarie Reiter blickte ihrem Sohn erwartungsvoll entgegen. Sie hatte seine Stimme draußen im Flur gehört und freute sich über seinen Besuch. Sie wusste wohl am besten, wie es um sie stand, und war trotzdem zuversichtlich und jammerte nicht.

Markus drückte ihre Hand, fuhr dann über ihren rechten, steifen Arm.

»Das wird schon wieder«, meinte er. »Jetzt bleibst du noch eine Woche im Krankenhaus, und dann kommst du auf Reha.«

»Wer soll sich denn jetzt um dich k … ümmern?« Ihre Stimme klang schleppend und undeutlich. Aber die Worte, die ihr so schwer von den Lippen kamen, wurden trotzdem von einem verschmitzten Lächeln begleitet.

»Dich wirft wirklich gar nichts um«, murmelte Markus und bekam dabei feuchte Augen.

»Ich hatte doch bis jetzt immer Glück im Leben«, erwiderte sie. »Ein … mal kommt halt was.«

»Der Vater ist viel zu früh gestorben und so plötzlich«, erinnerte Markus sie.

»Das sti … stimmt. A … ber ich habe ja immer gewusst, dass er ein schwaches Herz hat. Ich musste damit r … echnen, dass ich früh Witwe werde.«

Manchmal suchte Heidemarie nach den richtigen Worten. Doch ihr Sohn konnte sich mit ihr unterhalten. Markus wusste von Schlaganfällen, da hatte der Betroffene die Sprache gänzlich verloren. Das schien bei seiner Mutter, Gott sei Dank, nicht der Fall zu sein.

»Ich muss mich nach einer Haushaltshilfe umsehen«, sagte er. »Vielleicht kann mir die Monika dabei helfen.« Er tätschelte wieder ihre Hand.

»Hat sich denn die Vroni einmal bei dir gemeldet? Ich habe sie in München angerufen. Dreimal habe ich es versucht und dann auf ihren Anrufbeantworter gesprochen«, bemerkte Markus.

»Sie wird sich schon noch rühren.« Heidemarie strich sich eine von Schweiß feuchte Strähne ihres dunklen, von feinen, grauen Fäden durchzogenen Haars aus der Stirn. Sie war innerhalb weniger Tage um zehn Jahre gealtert. Sie, die immer viel jünger ausgesehen hatte, als sie war, wirkte nun älter.

»Das Sp … rechen fällt mir so schwer«, murmelte sie. »Auch wollen mir die Worte oft nicht einfallen. Das trifft m … ich am meisten.«

»Das wird schon wieder werden«, tröstete sie Markus. Er merkte jetzt, dass ihm die Mutter etwas vorgemacht hatte. Sie litt sehr unter ihrer so plötzlich über sie hereingebrochenen Behinderung.

Nach einer Weile hörten sie beide im Flur draußen das laute Trippeln von Stöckelschuhen, das vor ihrer Tür verharrte. Dann klopfte es, und schon stürmte Vroni herein. Sie steuerte zuerst auf ihre Mutter zu und umarmte diese mit einem Schwall besorgter Worte, dann umarmte sie auch ihren Bruder.

Markus schüttelte über ihr Aussehen den Kopf, hielt sich jedoch vorerst mit einem Kommentar zurück. Vielmehr sagte er:

»Hast du doch noch den Anrufbeantworter abgehört?«

»Ja, aber erst heute Nachmittag. Ich war übers Wochenende in Südtirol, und heute Morgen musste ich gleich zur Arbeit. Hatte sowieso verschlafen.«

Sie drückte nun sanft die rechte Hand der Mutter, die bewegungslos auf dem weißen Betttuch lag. »Mein Gott, Mama! Was machst du denn für Sachen?«

»P ... plötzlich wurde mir schlecht, alles d ... rehte sich um mich. Ich konnte gerade noch die Monika anrufen«, schilderte Heidemarie den Schlaganfall. Jedes Wort bereitete ihr große Mühe. Sie schien nun auch sehr erschöpft zu sein. Trotzdem freute sie sich riesig, dass auch ihre Jüngste gekommen war. Sie warf ihr einen besorgt fragenden Blick zu. »Geht es dir auch g ... gut?«

»Du liegst im Krankenhaus und fragst mich, ob es mir gut geht.« Vronis hellblaue Augen füllten sich mit Tränen. »Jetzt tut es mir so leid, dass ich mich seit Wochen nicht mehr gerührt habe.«

»Ist doch nicht so schlimm.« Sie tätschelte die mollige, von der Arbeit in der Gärtnerei gerötete Hand ihrer Tochter. »Was hast du denn mit deinen schönen b ... raunen Haaren gemacht?« Die Mutter warf ihr einen verständnislosen Blick zu.

Vroni fuhr sich mit einer trotzigen Bewegung durch das feuerrot gefärbte, bleistiftkurze Haar. »Ich lebe in München, da muss man auffallen, sonst sieht dich keiner an.«

»Aber du hast doch einen F … reund?« Die Mutter warf ihr einen fragenden Blick zu. »Oder ist es schon wieder aus?«

Vroni nickte. »Ich bin wohl beziehungsunfähig.«

»Dein Freund war aber auch so ein richtiger Münchner Strizzi«, bemerkte Markus trocken. »Da kannst du wirklich froh sein, dass du den los bist.«

»Es wird schon noch der Richtige k … kommen«, meinte die Mutter mit einem schwachen Lächeln auf den trockenen, bläulichen Lippen.

Markus erhob sich. »Wir sollten dich jetzt lieber in Ruhe lassen«, meinte er. »Das viele Reden ist viel zu anstrengend für dich.«

»Ich komme morgen wieder.« Vroni beugte sich tief über ihre Mutter, und küsste sie auf die weiße Stirn. »Ich hab mir drei Tage frei genommen.«

Eine Stunde später saß Markus mit seiner Schwester in der Küche im Forsthaus beim Abendbrot. Sie aßen Wurst und Käse aus dem Papier. Sie hatten sich keine Zeit genommen, den Tisch anständig zu decken.

»Das wird schon wieder mit der Mutter«, meinte Vroni zuversichtlich.

»Aber es wird nie mehr so, wie es vorher war«, erwiderte Markus zerknirscht.

»Sie hat dich eben zu sehr verwöhnt.« Vroni nahm sich mit den Fingern noch eine Scheibe von der Aufschnittwurst und steckte sie sich gleich in den Mund.

»Was ist denn mit der Monika? Kann sie nicht helfen?« fragte sie ihren Bruder mit vollem Mund.

»Die Monika arbeitet auf ihrem Bauernhof beinahe rund um die Uhr. Es ist ganz unmöglich, dass sie sich jetzt auch noch um die Mutter kümmert.« Markus lehnte sich zurück. Er wollte nach Regina fragen, aber er dachte sich, dass jetzt nicht der richtige Zeitpunkt dafür war. Außerdem wollte er sich keine Blöße geben, und er musste sie ja auch vergessen.

»Wie geht es denn in München? Du bist also mit deinem Freund auseinander?« fragte er stattdessen. »Wie hieß er denn gleich wieder?«

»Toni.« Sie grinste und lehnte sich zurück. Sie griff in die Jackentasche ihres Cardigans, von dem Markus ausging, dass er ihr mindestens zwei Nummern zu groß war, und kramte dort eine Schachtel Zigaretten hervor. Markus gab ihr grinsend Feuer, und dachte sich dabei, dass sie immer noch nicht erwachsen geworden war. Er stopfte sich nun auch eine Pfeife. Normalerweise ging er zum Rauchen hinaus, weil die Mutter den Qualm nicht vertrug.

»Es scheint dich ja nicht allzu tief zu treffen.« Markus lachte ein wenig auf. »Das war vielleicht eine Marke! Ich habe ihn zum Glück ja nicht oft gesehen.« Er wurde wieder ernst, warf seiner Schwester einen prüfenden Blick zu. »Wie stellst du dir denn deine Zukunft vor? Du hast ein Musik- und ein Kunststudium abgebrochen.

Willst du für immer in einer Gärtnerei arbeiten?«

Vroni antwortete nicht gleich, sondern blickte sinnierend den blauen Wölkchen ihrer Zigarette nach, die sie ausgestoßen hatte. »Natürlich nicht. Mit dem Geld, das ich in der Gärtnerei verdiene, komme ich kaum über die Runden. Leisten kann ich mir beinahe gar nichts.«

»Aber jetzt warst du gerade in Südtirol.«

»Das waren nur drei Tage. Ich bin mit einer Freundin gefahren. Ich wollte über die Trennung hinwegkommen. Ich wusste ja, dass unsere Liebe keine Zukunft hat, aber wir waren doch zwei Jahre zusammen.«

Mit welcher Freundin?, wollte er fragen. Regina? Doch er riss sich zusammen und presste die Lippen aufeinander. Nein, sagte er sich, ich werde nicht nach ihr fragen. So viel Stolz habe ich. Er stocherte mit gerunzelter Stirn in seiner Pfeife, zündete sie schließlich an.

»Es ging nicht mehr mit dem Toni. Ich habe gemerkt, wie verschieden wir sind. Aber es war alles in allem doch eine schöne Zeit mit ihm. Viele Erinnerungen, die ich nicht vergessen werde.« Sie sah aus dem Fenster. »Er hatte so eine Art«, meinte sie mit einem leichten Schmunzeln, »der konnte ich nicht widerstehen. Aber jetzt ist es vorbei. Ist besser so.«

»Ich habe ihn ja nur zwei oder drei Mal gesehen«, erwiderte Markus grinsend.

Vroni sah ihren Bruder an und merkte, dass er gar nichts von ihrem ehemaligen Freund gehalten hatte, was ja auch verständlich war. Dass Toni auch seine Qualitäten hatte, das konnte Markus natürlich nicht wissen.

Vroni zog wieder nachdenklich an ihrer Zigarette. »Er war nichts für mich. Kam aus ganz einfachen Verhältnissen und hatte überhaupt keine Bildung. Ein bisschen anspruchsvoller bin ich doch.«

»Diese Einsicht kommt spät, aber nicht zu spät«, meinte Markus mit einem leichten Schmunzeln. »Hast du ihm das gesagt?«

Vroni schüttelte den Kopf. »Ich habe ihm gesagt, dass ich mich in einen anderen verliebt hätte. Was gar nicht stimmt.«

Markus warf ihr einen überraschten Blick zu.

»Ich glaube, wenn ich ihm die Wahrheit gesagt hätte, hätte ich ihn viel mehr verletzt«, gab Vroni zu bedenken.

Markus sagte nichts dazu. Er dachte an Regina. Sie hätte zu ihm gepasst. Sein Gesicht verzog sich schmerzlich.

Vroni sah grübelnd vor sich hin. »Weißt du«, bemerkte sie langsam zu ihrem Bruder, »wir kommen doch wirklich aus einem anständigen Haus. Das kann man im Leben nicht mehr ablegen. Ich habe den Toni geliebt und doch gewusst, dass er nicht zu mir passt, dass ich ihn nicht heiraten kann. Es ist nicht leicht, wenn man in einem solchen Zwiespalt lebt. Ich halte mich nicht für was Besseres. Aber irgendwann ist die Leidenschaft vorbei, und was kommt dann? Ich habe gemerkt, dass ich über seine Witze nicht mehr lachen kann, und etwas anderes hatte er nicht zu bieten. Wie soll man so ein ganzes Leben zusammen sein?«

Markus blickte nachdenklich vor sich hin. »In dieser Beziehung kann ich wohl nicht so recht mitreden«, erwiderte er knapp und mit verschlossenem Gesichtsausdruck.

Vroni musterte ihn scharf von der Seite her. »Warum fragst du gar nicht nach der Regina?«, wollte sie plötzlich wissen. »Bedeutet sie dir gar nichts mehr? War es nur ein Strohfeuer?«

Markus zog an seiner Pfeife, er wunderte sich selbst, dass er plötzlich so gelassen bleiben konnte. »Es ist wohl eher umgekehrt, und du, als ihre beste Freundin, wirst das sicher wissen.«

Vroni schaute nun nachdenklich zur Seite. »Du wirst dich wundern, aber wir haben uns in den letzten zwei Monaten kaum mehr getroffen. Einmal waren wir zusammen in unserem Stammcafé. Aber es war nicht wie sonst. Sie wirkte so verschlossen und unzugänglich. Ich weiß nicht, was sie hat. Aber irgendetwas stimmt nicht mit ihr.«

»Du weißt ja, dass sie einfach davongelaufen ist, als wir in unserer Hütte auf der Dürrnbachalm oben waren«, erwiderte Markus mit traurigem Blick. »Ich war draußen, Holz machen. Sie sollte nach dem Schlüssel suchen, den du wieder einmal verschlampt hast. Als ich nach einer Viertelstunde zurückgekommen bin, war sie nicht mehr da.«

»Das weiß ich nicht«, antwortete Vroni überrascht. »Sie hat mir kein Wort davon erzählt und du bisher auch nicht.«

»Nicht einmal dir?« Markus schüttelte den Kopf. »Was ist nur mit ihr los?«

»Das frag ich mich auch«, entgegnete Vroni leise und zog gedankenverloren an ihrer Zigarette.

»Will sie noch die Praxis bei uns im Dorf eröffnen?« Markus warf seiner Schwester von der Seite her einen fragenden Blick zu.

Vroni nickte. »Ja, im Juni. Das war das Einzige, über das wir in dem Café gesprochen haben. Als ich nach dir fragte, hat sie sich abgewandt, und die Tränen sind ihr in die Augen gestiegen. Aber es war kein Wort mehr aus ihr herauszubringen. Ich habe es schließlich aufgegeben.«

Markus dachte lange nach, aber er kam zu keinem Resultat.

»Und was hast du jetzt für Pläne?«, fragte er Vroni nach einer Weile. »Willst du wirklich weiter in der Gärtnerei für diesen Hungerlohn arbeiten? Und das in München, wo alles so teuer ist. Ich wundere mich überhaupt, wie du das schaffst.«

Vroni drückte ihre Zigarette aus, ohne zu antworten.

»Du hast wieder einmal gar keinen Plan. Lebst einfach in den Tag hinein«, bemerkte er ein klein wenig verächtlich.

Vroni zog ihre überdimensionale graue Strickjacke etwas enger um ihren vollen Busen. »Es ist kalt hier«, meinte sie, ohne auf seine Bemerkung einzugehen. »Hast du nicht eingeheizt?«

»Wir heizen in der Küche nur im Winter ein. Jetzt haben wir Mai.«

»Ende April«, stellte sie richtig. »Außerdem hat es heute den ganzen Tag geregnet, und es war ziemlich kühl.«

»Wir können ja in die Stube gehen, dann heize ich den Kachelofen ein.«

Vroni blickte auf die Uhr. Es war bald halb zehn. »Nein, das zahlt sich nicht mehr aus. Ich bin hundemüde. Können wir morgen weiterreden?«

»Ist mir auch recht.« Er sagte sich, dass es ungemütlich im alten Forsthaus war, seit sich die Mutter im Krankenhaus aufhielt. Sie hatte für Wärme gesorgt, für körperliche und seelische Wärme.

Vroni drückte ihre zweite Zigarette aus und räumte den Tisch ab. »In welchem Zimmer kann ich denn schlafen?«, fragte sie ihren Bruder.

»Na, in deinem natürlich!« Markus war erstaunt, dass sie dies überhaupt fragte. »Es hat sich nichts darin verändert. Es ist noch genauso eingerichtet, wie du es verlassen hast. Deine Puppen sitzen auch noch auf deinem Bett und dein Teddybär«, antwortete er grinsend.

»Die Mutter wollte es doch als Gästezimmer einrichten. Das hat sie zumindest gesagt, als ich Weihnachten hier war.«

»Davon weiß ich nichts. Anscheinend hat sie es sich anders überlegt.«

»Es ist schön, wieder daheim zu sein«, murmelte Vroni mit einem dankbaren Blick zu ihrem Bruder hin, und stieg dann die Holztreppe hinauf, die bei jedem Schritt knarrte. Sie fand ihr

Zimmer immer noch so vor, wie es nun schon seit vielen Jahren war. Sie freute sich darüber, dass die Mutter es doch so gelassen hatte. Sie fühlte sich so geborgen und behütet wie schon lange nicht mehr. Nur der Gedanke an die kranke Mutter dämpfte ihr Wohlbefinden. Doch sie besaß eine optimistische Natur und war sich sicher, dass die Mutter bald wieder gesund werden würde und nach Hause kommen könnte.

Als Markus am nächsten Morgen die Küche betrat, hatte Vroni schon den alten Holzofen eingeheizt und den Frühstückstisch liebevoll gedeckt.

»Wann bist du denn schon aufgestanden?«, fragte er sie angenehm überrascht.

»Vor einer Stunde.« Vroni schenkte ihrem Bruder Kaffee ein und setzte sich dann zu ihm an den Tisch.

»Markus«, meinte sie nach einer Weile des Schweigens, »du hast mich gestern nach meinen Plänen gefragt, und ich habe dir darauf keine Antwort gegeben. Vielleicht, weil ich noch einmal über alles nachdenken wollte, alles überschlafen. Doch jetzt bin ich mir ganz sicher, dass ich wieder heim will. Seit es mit dem Toni aus ist, habe ich mit dem Gedanken gespielt. Es hat also mit Mutters Schlaganfall nichts zu tun. Ich will nicht mehr länger in München leben. Ich will wieder heim. Wenigstens für eine Zeit. Ich könnte mich dann um die Mutter kümmern, und du wärst deine Sorgen los.«

Markus spürte, wie ihm ein Stein vom Herzen fiel. Er hatte es kaum zu denken gewagt, Vroni zu bitten, die Pflege der Mutter wenigstens für eine Zeit zu übernehmen. Trotzdem fragte er sie jetzt: »Hast du dir das auch wirklich gut überlegt?«

Vroni nickte. »Ja, das habe ich.« Vronis hellblaue, klare Augen, die überhaupt nicht zu ihren grässlich rot gefärbten, sehr kurz geschnittenen Haaren passen wollten, bekamen einen verträumten Ausdruck.

»Momentan geht es mir nicht besonders gut. Die Arbeit in der Gärtnerei nervt mich total. Ich muss wirklich über meine Zukunft nachdenken. Vielleicht sollte ich doch noch studieren. Aber ich will jetzt nichts überstürzen. Ich war mir bis gestern immer noch nicht schlüssig, wie ich weiterleben will. Aber jetzt weiß ich ja, dass ihr mich braucht, die Mutter und du. Das hat jetzt den Ausschlag gegeben.« Zwischen ihren dunkel getuschten Wimpern schimmerte es feucht. Anscheinend war sie über sich selbst sehr gerührt.

Markus konnte sich ein amüsiertes Lächeln nicht verkneifen. Doch er wusste gleichzeitig, dass sie es wirklich ernst meinte. Vroni war ein sehr impulsiver, manchmal auch unzuverlässiger und wankelmütiger Mensch. Aber sie war eine gute, treue Seele. Das hatte er eigentlich immer gewusst, wenn er sich auch oft über die Schwester geärgert hatte.

»Ich würde mich riesig freuen, Vroni, wenn du heimkommen würdest, aber nicht nur, weil du die Mutter pflegen und den Haushalt führen könntest.«

Vroni strahlte ihren Bruder an. »Wir beide haben uns doch immer gut vertragen. Ich glaube, wir haben der Monika als Kinder das Leben oft ganz schön schwer gemacht.«

»Da könntest du recht haben«, meinte Markus grinsend. »Sie war halt immer die große, vernünftige Schwester und hat das ziemlich heraushängen lassen.«

»Ich werde sie heute noch besuchen. Sofern sie Zeit für mich hat. Dann fahre ich noch einmal ins Krankenhaus und übermorgen dann zurück nach München, um meine Wohnung und meine Stellung in der Gärtnerei zu kündigen.«

»Überstürze jetzt nichts! Du hast noch genug Zeit. Die Mutter kommt ja erst in Reha. Bis sie wieder daheim ist, werden zwei bis drei Monate vergehen.«

»Ich war schon immer eine Frau der schnellen Entschlüsse«, erwiderte sie salopp. »Ich mag nichts in die Länge ziehen.«

»Trotzdem solltest du alles in Ruhe angehen.« Er runzelte leicht die Stirn. Er hatte Angst, dass Vroni jetzt wirklich zu schnell entschied und es dann womöglich bereute. Damit war ihm aber nicht gedient. Er wollte sichergehen. Er kannte ihr unstetes Wesen.

»Mach dir keine Sorgen. Du kannst dich auf mich verlassen.« Vroni erhob sich vom Tisch und legte im Herd ein Holzscheit nach.

»Einheizen kann sie noch«, musste Markus anerkennend denken. Aber dann sah er auf die Uhr. »Du lieber Himmel! Ich müsste schon längst im Forstamt sein.«

11

Andrea öffnete die beiden Flügel ihres Zimmerfensters ganz weit, nachdem sie aufgestanden war. Sie war noch im Nachthemd, unfrisiert und ungewaschen.

Es war ein prächtiger Maitag. Ein Morgen mit all seinem Frühlingszauber, mit seiner Frische und Wärme und den kühlen, langen Schatten, die noch die Feuchtigkeit der Nacht in sich bargen.

Von ihrem Fenster aus konnte Andrea das ganze Dorf überblicken. Die teils sanft, teils steil ansteigenden Wiesenhänge, in die St. Valentin im Osten, Süden und Westen eingebettet war und die sich bis zum Bergwald hinaufzogen. Sie blickte zu den Gipfeln hin: zu den felsigen, schattigen im Osten, zu den hohen Zweitausendern im Süden und den bewaldeten, niedrigeren Bergen im Westen. Auf dem Moränenhügel stand die schöne, große Pfarrkirche. Ein Barockbau aus dem achtzehnten Jahrhundert. Etwas höher der Friedhof mit seinen uralten, schmiedeeisernen Kreuzen. Ein Fluss schlängelte sich durch das Tal, einem glasklaren kleinen See entsprungen, und vereinte sich mitten im Dorf mit einem zweiten Flüsschen, das sich weiter westlich sein Bett gegraben hatte. Von dort floss die Traun weiter nach Norden, wo sich das Tal ins Flachland hin öffnete. Weite

Felder, Moore und Wälder prägten dort die Gegend. Es war eine Landschaft, die von den Kräften der Eiszeit geformt worden war.

Andrea schloss das Fenster wieder, denn sie fror nun doch ein wenig in ihrem dünnen Nachthemd. Es wurde auch Zeit für das Frühstück, das sie jeden Tag mit Frau Berger zusammen in deren gemütlicher Küche einnahm. Wochentags um sieben Uhr, an Sonn- und Feiertagen eine Stunde später. Es war gleich acht Uhr, und Andrea musste sich beeilen.

»Heute Vormittag wird der Maibaum aufgestellt«, berichtete Frau Berger gleich, als Andrea eine Viertelstunde später die sonnige Küche betrat. »Die Zellerer, die ihn stehlen wollten, haben es nicht geschafft.«

Andrea lachte. »Ich kenne den Brauch gar nicht.« Sie setzte sich an den Tisch und beobachtete amüsiert ihre Vermieterin, wie sie emsig in der Küche hin und her lief. Sie war etwas spät dran, weil sie heute schon am Dorfplatz gewesen war.

»Um zehn Uhr spielt die Blasmusik, und es gibt Freibier«, erzählte sie weiter und stellte endlich die Kaffeekanne auf den Tisch. Wie immer wollte sie Andrea einschenken, aber das ließ die Biologin nicht zu und schenkte sich den Kaffee selbst ein. Sie wollte sich nicht so bedienen lassen, obwohl sie wusste, dass Frau Berger dies gern tat. Hatte sie doch so lange ihre Familie bedient, bis einer nach dem anderen das Haus verließ. Erst die drei Töchter mit Koffern und

Schachteln, dann, vor vier Jahren, der Mann auf der Totenbahre.

»Sie werden doch auch gleich auf den Dorfplatz gehen nach dem Frühstück?«, fragte Frau Berger und setzte sich nun auch an den Tisch. »Das dürfen Sie sich nicht entgehen lassen, wenn die Burschen den Baum aufstellen. Das ist eine Riesengaudi. Als junges Mädel bin ich selbst beim Schmücken dabei gewesen, so hab ich auch meinen Mann kennengelernt.« Sie bekam ganz verträumte Augen, und ihre vollen Wangen, die ein Netz von roten Äderchen durchzog, wurden eine Spur dunkler.

»Das sind sicher schöne Erinnerungen, die Sie ans Maibaumaufstellen haben«, meinte Andrea sanft und berührte dabei mitfühlend den Arm der gutmütigen Frau.

»Ja, das sind wunderbare Erinnerungen. Was wäre das Leben ohne die Erinnerungen an schöne, wenn auch längst vergangene Zeiten.« Eine Träne schlich sich in ihre Augenwinkel, als sie daran dachte.

»Trotzdem sollte man im Hier und Jetzt leben. Auch wenn man schon vieles hinter sich hat, ist die Gegenwart wichtig«, warnte Andrea. »Für manche Leute ist sogar das Alter die beste Zeit, weil sie es in ihren jungen Jahren oft viel schwerer hatten.« Andrea nahm einen Schluck Kaffee und stellte die Tasse dann sorgfältig auf den Unterteller. Sie blickte nun auch nachdenklich vor sich hin. Ihr war es bisher im Leben gut gegangen. Aber würde das auch immer so bleiben? Sie wusste es nicht. Keiner wusste, was das Leben für ihn bereithielt.

Sie hörten durch das geöffnete Fenster den Lärm und die Jauchzer der jungen, übermütigen Burschen vom Dorfplatz her.

»Ich werde erst heute Nachmittag ins Dorf gehen«, beschloss Andrea, nachdem die beiden so unterschiedlichen Frauen eine Weile geschwiegen hatten, wobei eine jede über ihr eigenes Leben gegrübelt hatte.

»Der Herr Bürgermeister will mich abholen.« Andrea schmunzelte etwas und lebte nun wieder ganz in der Gegenwart, die für sie momentan recht aufregend war. »Ich habe ihn gefragt, ob er mich abholt, weil ich nicht allein hingehen wollte.«

Frau Berger warf ihr einen unbestimmten Blick zu, den Andrea falsch auffasste. »Mein Gott! Sie hätte ich ja auch fragen können, ob Sie mich begleiten. Daran habe ich gar nicht gedacht. Entschuldigen Sie bitte.«

Rosa Berger lächelte wieder. »Sie brauchen sich deswegen wirklich nicht zu entschuldigen. Aber seit mein Mann tot ist, gehe ich auf kein Fest mehr.«

»Das sollten Sie aber«, meinte Andrea. »Das Leben muss schließlich weitergehen. Sie dürfen sich nicht so abkapseln. So alt sind Sie doch auch noch nicht.«

»Ach was, ich bin jetzt über siebzig. Ich habe mein Leben gelebt.«

»Das dürfen Sie wirklich nicht sagen. Sie sind doch gesund, und Sie schauen mindestens zehn

Jahre jünger aus«, erwiderte Andrea. Sie wollte die Frau aufmuntern und schlug vor, dass sie doch trotzdem mitkommen könnte. Wenn sie auch vom Bürgermeister abgeholt wurde, wäre das doch kein Problem.

Aber Rosa Berger wollte nicht. Sie schüttelte den Kopf mit dem schönen, silbernen, kräftigen Haar. »Machen Sie sich wegen mir keine Gedanken. Ich habe das auch nicht so gemeint, als ich sagte, ich habe mein Leben gelebt. Freilich hat auch das Alter noch seinen Reiz und seine Annehmlichkeiten. Aber dazu gehören keine ausgelassenen Feste mehr. Zumindest nicht mehr für mich.«

»Sie müssen es ja nicht ganz so toll treiben«, scherzte Andrea und bestrich sich noch eine von den wunderbar knusprigen, dunklen Roggensemmeln. Sie hatte heute Morgen einen besonders guten Appetit.

»Genießen Sie den Tag, und machen Sie sich wegen mir keine Sorgen.«

Frau Berger schien im Gegensatz zu Andrea wenig Hunger zu haben. Sie aß überhaupt nicht viel, und Andrea fragte sich manchmal, woher die Frau nur ihre mollige Figur hatte. Sie selbst aß das Doppelte und war gertenschlank.

»Der Bürgermeister hat Sie also eingeladen, mit ihm zum Alten Wirt zu gehen«, hakte sie nach.

»Nein, *ich* habe ihn gefragt, ob er mich abholt«, stellte Andrea lachend richtig.

Frau Berger stimmte in ihr Lachen nur halbherzig ein. »Sind Sie mit ihm schon so speziell?«

Andrea wurde ernst. »Er ist eigentlich der Einzige, außer Ihnen natürlich, zu dem ich näheren Kontakt habe. Aber ich bin ja auch erst knappe zwei Wochen hier.«

»Eigentlich müssten Sie doch mehr mit dem Förster zusammenarbeiten?«

»Sie treffen den Nagel auf den Kopf«, erwiderte Andrea und biss dabei herzhaft in ihre Semmel. »Aber gerade mit dem Herrn Reiter komme ich gar nicht klar.«

»Seltsam«, erwiderte Rosa mit abgewandtem Gesicht. »Ich finde den Markus eigentlich viel sympathischer als den Martin. Ich kenne die beiden jungen Männer ja nun schon, seit sie noch Kinder waren. Ich habe einmal ein paar Jahre bei uns in der Bäckerei ausgeholfen, wissen Sie. Da kamen die beiden Buben immer herein, um sich alles Mögliche an Schleckereien zu kaufen. Die beiden waren einmal dicke Freunde. Das scheint jetzt nicht mehr der Fall zu sein. Nun ja, der Markus hat unser Dorf schon mit neunzehn verlassen, um in Freiburg zu studieren, und der Martin hat nach seiner Lehre in der Gemeinde die Verwaltungsfachschule in München besucht. Er war also auch ein paar Jahre weg. Sie haben sich halt auseinanderentwickelt. Sie sind überhaupt recht unterschiedlich.« Frau Berger betrachtete Andrea nun mit einem nachdenklichen Blick. »Ich möchte Ihnen den schönen Tag nicht verderben, und der Bürgermeister ist ja sicher auch nur ein Begleiter für Sie. Trotzdem möchte ich Sie vor ihm warnen. Er ist ein rechter Weiberheld. Vielen gefällt das hier im Dorf nicht, andere sagen: Solange er seine Sache gut macht, und das tut er offenbar, kann den Leuten sein Privatleben egal sein.«

Andrea ließ sich Frau Bergers Worte durch den Kopf gehen. Sie fragte sich, ob sie sich bereits ein wenig in den gut aussehenden und charmanten Mann verschaut hatte. Sie hatte ihn bis jetzt drei Mal gesehen. Das letzte Mal nur sehr kurz. Dabei hatte sie ihn ganz direkt gefragt, ob sie nicht zusammen zum Maibaumfest gehen könnten. Sie hatte sich zu dieser Frage gar nicht überwinden müssen, denn von Anfang an war ihr der junge Mann sympathisch und vertraut gewesen. Andererseits hatte sie ihn auch fragen müssen, sonst würde sie sich heute Nachmittag vor dem Förster blamieren, wenn sie allein auftauchte. Martin Niederberger hatte nur gegrinst und ihr geantwortet, ob sie immer so schnell wäre, denn sie wäre ihm mit ihrem Vorschlag zuvorgekommen.

Andrea hatte Frau Berger keine Antwort gegeben, aber über ihre Worte nachgedacht. Die beiden Frauen erhoben sich und räumten zusammen den Tisch ab. Die Vermieterin protestierte nicht mehr, dass Andrea ihr dabei half. Sie sprachen noch über ein paar Nebensächlichkeiten, und Andrea sagte ihr, dass sie am Vormittag noch ein wenig an der Traun spazieren gehen wollte.

Rosa nickte. »Ich bin dann auch bald weg. Ich werde heute eine gute Freundin in Traunstein besuchen.«

Andrea warf ihr einen prüfenden Blick zu. Sie sagte sich dabei, dass Rosa wohl diesem Tag, der so viele schöne Erinnerungen für sie barg, entfliehen wollte. Dabei war sie gerade noch so euphorisch gewesen und sogar vor dem Frühstück zum Dorfplatz gelaufen. Vielleicht gehörte aber auch dies zu ihrer Art Vergangenheitsbewältigung. Sie mochte ihre Vermieterin. Sie erinnerte sie an ihre Mutter, die genauso warmherzig und fürsorglich war, sodass ihr jetzt gar nichts abging.

12

Andrea befand sich mitten im Getümmel und unterhielt sich prächtig. Vor allem mit Martin Niederberger, der ihr seine ganze Aufmerksamkeit schenkte. So gut es eben ging, denn er wurde von allen Seiten begrüßt, schließlich war er der Bürgermeister und musste mit den verschiedensten Leuten zumindest ein paar Worte wechseln. Wenn er jedoch seine Pflicht erfüllt hatte, wandte er sich gleich wieder Andrea zu. Er war von ihrem Anblick überwältigt gewesen, als er sie am frühen Nachmittag vor dem kleinen Einfamilienhaus abgeholt hatte. Obwohl sie ein eher burschikoser Typ war, stand ihr das hellgrüne Dirndlkleid, das sie sich noch schnell besorgt hatte, ausgezeichnet.

Beide waren sich darüber im Klaren, dass sie heute im Kastaniengarten beim Alten Wirt für Gesprächsstoff sorgen würden.

Die junge Biologin kannten eigentlich nur wenige im Dorf. Nur ein paar Leute waren darüber informiert, dass es sich bei der jungen, attraktiven Frau um die Tierschützerin Dr. Andrea Schultes handelte.

An dem langen Tisch, an dem sie saß, hatten sich die Gemeinderäte und ihre Partner niedergelassen, einige Geschäftsleute, der Landrat und der Pfarrer. Am nächsten Tisch befanden sich die

Leute vom Forstamt: Angestellte, Arbeiter, der alte Oberforstrat Merkl mit seiner Frau und natürlich der jetzige Förster, Markus Reiter. Er saß Andrea gegenüber. Sie befand sich also in seinem Blickfeld und er in dem ihren. Andrea versuchte jedoch, nicht so viel Gebrauch davon zu machen, was ihr nicht recht gelingen wollte. Sie gestand sich ein, dass ihr der Förster eigentlich doch besser als der Bürgermeister gefiel, wenn Ersterer nur nicht so ein Sturkopf und Zyniker wäre, aber vielleicht reizte sie gerade das.

Was hat sie zu mir gesagt? Dass sie garantiert kein Dirndlkleid anziehen wird! Und jetzt hat sie eines an, dachte Markus, als er sie am gegenüberliegenden Tisch erblickte. Martin wird es ihr nahe gelegt haben, und auf ihn hat sie dann sofort gehört, dachte er verärgert. Er musste sie immer wieder ansehen, ob er wollte oder nicht, denn sie sah einfach bezaubernd aus. Die weiße Bluse betonte die Bräune ihrer Haut, die nicht von der Sonne oder einem Solarium stammte, sondern die ihr die Natur mitgegeben hatte. Das sah er sofort, denn seine Schwester Vroni war auch so ein Typ, nur war sie viel molliger. Das grüne Mieder umschloss eine gertenschlanke Taille. Der ebenso grüne Rock mit der schwarzen Schürze bauschte sich kaum, wenn sie aufstand, sondern fiel glatt über ihre schmalen Hüften. Sie besaß keine üppig weiblichen Formen. Ihr Busen war eher klein, die Hüften alles andere als ausladend. Trotzdem wirkte sie fraulich mit ihrem dunkelbraunen, welligen, kurz geschnittenen Haar und den großen, grünlich schillernden Augen. Das Dirndlkleid passte perfekt zu ihren Augen und ihrem dunklen Teint.

»Wer ist denn die junge Frau dort drüben?«, wurde Markus gerade von dem alten Oberforstrat gefragt, der nächstes Jahr neunzig Jahre alt wurde.

»Das ist die Frau Doktor Schultes. Eine Tierschützerin«, gab Markus mit betont sachlicher Stimme Auskunft und räusperte sich dabei.

»Was Sie nicht sagen! Das hätte ich mir nicht gedacht. So ein junges Mädchen und schon eine Frau Doktor! In meiner Jugend durften die Mädchen noch gar nicht studieren. Zumindest war es sehr schwierig für eine Frau.« Der alte Forstrat konnte es gar nicht fassen und blickte nun auch ziemlich auffällig zu Andrea hinüber, die dies jedoch nicht bemerkte. Das wäre auch schwierig gewesen bei dem alten Herrn, dessen schlaffe, dünne Lider so weit über die wasserblauen, tränenden Augen hingen, dass sie diese halb verdeckten. Ebenso verdeckt wurde sein Mund durch einen langen, weißen Vollbart. Sein Kopf hingegen war kahl und glänzte in der Sonne.

»Was treibt denn diese Tierschützerin in St. Valentin?«, fragte er interessiert weiter.

»Sie will bei uns die Wildkatze wieder verbreiten«, antwortete Markus nun in einem leicht spöttischen Tonfall.

»Sind denn die beiden zusammen, der Niederberger und die Frau Doktor?«, mischte sich die neugierige Frau des Forstrates ins Gespräch ein.

Sie war eine kleine, geschwätzige Person. Ihre »Ratschereien« hatten dem Forstrat, als er noch in Amt und Würden war, oft große Schwierigkeiten bereitet, wenn seine Frau wieder einmal Verdächtigungen verbreitet hatte, die an böswillige Unterstellungen grenzten. Er hatte es nicht leicht gehabt mit dieser unscheinbaren Frau, die voller Energie und Tatkraft war. Vor vierzig Jahren hatte es einmal im Dorf geheißen, dass der Oberförster – damals hatte er noch nicht seine hohe Stellung inne – ein »Liebchen« hätte. Dieses Gerücht hatte sich nie bestätigt, doch wenn er tatsächlich eine Geliebte gehabt hätte, so hätte man es dem beliebten Mann nur allzu gern verziehen. Auch wenn er seiner geschwätzigen Ehefrau treu geblieben war: Tatsache blieb, dass der alte Forstrat kein Frauenverächter war – selbst jetzt nicht, in seinem hohen Alter.

»Wundern würde mich das nicht, dass sich unser junger, fescher Bürgermeister so eine saubere Frau an Land zieht«, scherzte der Alte in seinem ausgeprägten Oberpfälzer Dialekt, den er, obwohl er nun schon fünfzig Jahre in St. Valentin lebte, nie abgelegt hatte.

»Das glaube ich nicht«, stellte Markus mit nüchterner Stimme richtig. »Die Frau Dr. Schultes ist ja noch nicht einmal zwei Wochen hier. So schnell geht das dann auch wieder nicht.«

»Na, was nicht ist, kann ja noch werden«, erwiderte der Forstrat und lachte dabei dröhnend, dann hob er seinen Maßkrug und prostete Markus augenzwinkernd zu.

Nachdem die Dirndln und Buam vom Trachtenverein St. Valentin ihren Sternen- und Kronentanz aufgeführt hatten, wurde auch die Allgemeinheit zum Tanz gebeten.

Der Bürgermeister begab sich als Erster auf den Tanzboden, natürlich mit Andrea.

Das war auch nicht anders zu erwarten, fuhr es Markus durch den Kopf. Er ärgerte sich, dass die beiden jetzt auch noch miteinander tanzten. Er saß mit dem Rücken zur Tribüne und konnte sie deshalb nicht mehr sehen. Allzu gerne hätte er sich umgedreht, doch er beherrschte sich.

Dann stand plötzlich Vroni vor ihm, die erst vor ein paar Tagen nach München zurückgefahren war. Er vergaß die Biologin wieder, und seine Augen blickten sich suchend um. Hatte sie Regina dabei? Er konnte sie nirgends entdecken, dafür hatte seine Schwester eine andere Freundin mitgebracht.

»Ist an eurem Tisch noch Platz für zwei schlanke, sittsame Damen?«, fragte sie scherzend.

»Vroni!«, rief Markus überrascht aus. »Bist du schon wieder da?«

»Ist es dir denn nicht recht?«, fragte sie schmollend. »Ich wollte mir doch das Maibaumfest nicht entgehen lassen. Und da meine Münchner Freundin, die gar keine Münchnerin ist, sondern aus Sachsen kommt, so ein Fest unbedingt einmal miterleben wollte, bin ich die paar Kilometer eben hergefahren.«

»Paar Kilometer ist gut«, meinte Markus grinsend, doch dann überschattete sich sein Gesicht gleich wieder. Er sagte sich, dass Vroni wohl nicht mehr so oft mit Regina zusammen war, sonst wäre sie sicher mitgekommen. Dabei waren sie so gute Freundinnen gewesen. So viele Jahre lang.

Alle am Tisch wandten sich den beiden jungen Frauen zu.

»Das ist Mandy«, stellte Vroni ihre Freundin vor.

»Mandy«, bemerkte Markus schmunzelnd. »Was ist denn das für ein Name?«

»Meiner eben«, antwortete das Mädchen ein wenig schnippisch.

»So setzt euch doch«, forderte Markus die beiden auf und musterte kurz das stark geschminkte Mädchen, das ganz und gar nicht sein Typ war. Da gefiel ihm die Biologin schon wesentlich besser.

Mandy sah sich etwas nervös um. »Schön ist es hier. So ursprünglich«, stellte sie leicht lispelnd fest.

Markus rief die Bedienung an den Tisch. »Eine Maß Bier für die beiden Damen.«

»Oh, hoffentlich vertrage ich das!«, kicherte Mandy.

Markus versuchte fröhlich zu sein. Er hatte sich ganz fest vorgenommen, diesen Tag zu genießen. Das musste ihm doch gelingen.

Mandy verdeckte den Blick zum gegenüberliegenden Tisch, sodass er Andrea nicht mehr sehen konnte. Schade, er hätte gern ein wenig mit Andrea geflirtet. Sie wäre es ihm wert gewesen, aber nicht diese alberne Mandy mit ihrer Lispelstimme und ihrem fingerdicken Make-up. Vronis Freundinnen sind auch nicht mehr das, was sie einmal waren, dachte er verärgert. Er merkte dann aber schnell, dass Mandy aus Sachsen anfangs nur ein wenig unsicher gewesen, aber eigentlich ein recht nettes Mädel war.

Der Schönling von Bürgermeister, der einmal sein Freund gewesen war, ging mit Andrea an ihm vorbei. Die beiden Männer grüßten sich nur flüchtig. Sie hatten sich kaum mehr etwas zu sagen und verkehrten nur noch beruflich miteinander.

Will mich dieses Fräulein Doktor provozieren?, ging es Markus durch den Kopf. Warum geht sie mit Martin immer an unserem Tisch vorbei zum Tanzen? Sie könnte auch anders herum gehen. Aber nein, sie muss bei mir vorbei und wirft mir dabei solche Blicke zu.

Obwohl er die Biologin an diesem schönen, geselligen Nachmittag immer wieder ansah und sich eingestand, dass sie ihm gefiel, bekam er auch heute Regina nicht völlig aus dem Kopf. Er hatte gehofft, dass sie auch zum Maibaumfest kommen würde. Aber sie war nirgends zu sehen. Auch ihre Eltern nicht.

Regina war ein stilles Kind gewesen, verlor er sich für eine Weile in Erinnerungen. Sie war so ruhig und sanft. Hatte so eine angenehme Art. Es fiel ihm jetzt alles wieder ein. Erinnerungen wurden wach, die er lange nicht mehr hervorgeholt hatte, und die doch nie erloschen waren. Ich muss mich zusammenreißen, dachte er, die Frau Merkl schaut mich schon wieder so neugierig an. Sicher will sie meine Gedanken lesen. Aber das kann sie dann doch nicht. Er blickte zu Andrea hin. Mandys Platz war gerade leer, und so war sie wieder in sein Blickfeld gerückt. Die sächsische Münchnerin hatte einen Verehrer gefunden. Einen Trachtler aus dem Dorf. Markus kannte ihn flüchtig. Er wohnte auf einem ziemlich verkommenen, abgelegenen Bauernhof, war ein Trunkenbold und bei jeder Rauferei dabei.

Das ist ein Paar, musste Markus grinsend denken, dann prostete ihm Andrea plötzlich vom gegenüberliegenden Tisch übermütig zu. Er hob seinen Maßkrug in ihre Richtung und schmunzelte. Sie ist ja gar nicht mehr wiederzuerkennen, dachte er. Sonst immer so beherrscht und nur auf ihre Wildkatzen fixiert. Als ob es nichts anderes auf der Welt gäbe als ihren Beruf.

Ich muss sie einmal zum Tanzen holen, sagte er sich und erhob sich, als die Blaskapelle erneut aufspielte.

Mandy wurde schon wieder von dem Trachtler geholt, der alte Forstrat tanzte mit seiner Frau, und Vroni wurde von einem Schulkameraden aufgefordert.

Der lange Tisch leerte sich zunehmend.

»Ich bin leider kein guter Tänzer«, stellte Markus sofort klar, als er Andreas schlanke Taille umfasste.

»Das geht doch ganz gut«, erwiderte sie lachend. »Polka ist auch nicht gerade meine Stärke.«

»Dafür tanzen Sie aber recht gut.«

»Wir sind ja heute so höflich zueinander«, bemerkte Andrea ein wenig spitz. »Das ist doch sonst nicht unsere Art.«

»Heute sind wir ja auch privat beisammen und nicht beruflich.«

»Warum sind Sie eigentlich so gegen mein Projekt?« Sie blickte ihn herausfordernd an.

»Das bin ich doch gar nicht«, widersprach er.

»Na, besonders entgegenkommend sind Sie nicht gerade.«

Markus zog sie näher zu sich heran. »Wir wollen doch heute nicht über unsere Arbeit reden. Die holt uns ohnehin morgen wieder ein.« Er setzte sein charmantestes Lächeln auf. »Das Dirndlkleid steht Ihnen ausgezeichnet. Es passt zu Ihren grünen Augen.«

»Ah, Sie kennen schon meine Augenfarbe!«

»Die ist nicht zu übersehen.«

Andrea lachte etwas verlegen.

»Und zu mir haben Sie gesagt, Sie würden gerade extra kein Dirndl anziehen. Da hat Sie wohl der Martin überredet?«

»Der Bürgermeister?« Sie verdrehte die Augen.

»Ja, genau der.«

»Ich lass mir doch von einem Mann nicht vorschreiben, was ich anziehen soll.«

»So habe ich Sie eigentlich auch eingeschätzt.« Er drehte sie schneller im Kreis. Markus war plötzlich übermütig geworden. Vielleicht ist dieser Nachmittag doch noch zu retten, dachte er.

»Nicht gar so heftig«, bat sie ihn. Sie war ein wenig außer Atem gekommen.

Die Kapelle spielte nun ein langsameres Stück, was den beiden nur lieb war.

»Eine Bitte hätte ich noch«, sagte sie nach einer Weile und schmiegte sich aufgrund der Schmusemusik ein wenig an ihn.

»Und die wäre?« Er blickte ihr tief in die Augen. Die sind ja blau, dachte er. Er hatte geglaubt, sie wären grün. Jetzt kamen sie ihm blau vor. Es ist wohl eine Mischung aus beiden Farben, überlegte er.

»Ich glaube, ich kann Ihnen gerade gar nichts abschlagen.« Er zog sie noch ein wenig fester an sich.

»Könnten Sie mir nicht die Forsthütte oben bei den Dürrnbachalmen zeitweise zur Verfügung stellen? Ich möchte dort ab und zu übernachten.«

»Um auf Wildkatzensuche zu gehen?«

»Was denn sonst?«

»Sie haben sich also schon erkundigt, dass das Forstamt dort oben eine Hütte hat?«

»Sonst hätte ich Sie nicht gefragt.«

»Das müsste schon gehen«, murmelte er. »die Hütte wird jetzt nur noch von meiner Familie genutzt. Wir haben sie vom Forstamt gepachtet. Aber jetzt wird wirklich nicht mehr über die Arbeit geredet, versprochen?« Er warf ihr einen eindringlichen Blick zu. In seinen hellgrauen Augen lag dabei ein fast zärtlicher Schimmer.

»Versprochen«, antwortete sie lächelnd.

»Der Martin wird schon ganz eifersüchtig«, meinte sie nach einer Weile lachend.

»Soll er doch«, erwiderte Markus grinsend.

Als der Tanz zu Ende war, brachte der Förster Andrea an ihren Tisch zurück. »Darf ich Sie noch einmal holen?«

»Warum denn nicht«, erwiderte sie gut gelaunt und blickte dann in das grimmige Gesicht des Bürgermeisters.

Markus fühlte sich jetzt besser, und es gelang ihm sogar, eine Zeit lang nicht mehr an Regina zu denken, sie nicht zu vermissen. Er holte Andrea noch zwei Mal zum Tanz und freute sich diebisch, als er sah, wie sehr Martin sich darüber ärgerte.

Vroni kam nach einer Stunde auch wieder einmal an den Tisch der Forstleute zurück und fragte nach Mandy, die nirgends mehr zu finden war. Sie betrachtete ihren Bruder aufmerksam und bemerkte, dass er immer wieder zu jener dunkelhaarigen jungen Frau hinübersah, die am Tisch der Honoratioren saß. Anscheinend hatte er Regina schon wieder vergessen. Dabei musste sie sich betrübt eingestehen, dass es auch bei ihr in den letzten Monaten nicht mehr so war wie all die Jahre vorher. Immer waren Regina und sie so dicke Freundinnen gewesen, und nun zog sich Regina mehr und mehr von ihr zurück. Was hatte sie nur? Warum war sie so verändert? Sie wollte nicht mehr darüber nachdenken, denn das verdarb ihr nur diesen schönen Nachmittag. Sie wollte fröhlich sein.

»Wer ist denn die hübsche, junge Frau, die da neben unserem Bürgermeister sitzt?«, fragte sie ihren Bruder.

»Das haben mich heute schon mindestens zehn Leute gefragt«, erwiderte Markus grinsend.

»Dann wird es auf deine Lieblingsschwester wohl auch nicht mehr ankommen. Außerdem siehst du dauernd zu ihr hin und hast heute schon mindestens vier oder fünf Mal mit ihr getanzt.«

»Du scheinst mich ja sehr genau zu beobachten.«

»Ich muss doch auf meinen Bruder aufpassen, damit er keine Dummheiten macht«, scherzte sie.

»Sie ist Biologin und will die Wildkatze in unserer Region wieder verbreiten«, antwortete Markus knapp. Zu wie vielen Leuten habe ich das heute schon gesagt, dachte er genervt.

»Sie scheint dir ja sehr zu gefallen«, ließ Vroni nicht locker. »Ist die Regina schon vergessen?«

»Ich will nicht über sie reden.« Markus nahm einen tiefen Schluck aus seinem Maßkrug.

»In Ordnung, dann belästige ich dich nicht länger. Mir gegenüber scheinst du ja heute nicht sehr gesprächig zu sein.«

»Schau doch einmal nach, wo sich deine bezaubernde Freundin Mandy herumtreibt«, meinte Markus spöttisch.

»Ich sehe schon, du willst mich loswerden.«

»Von mir aus kannst du schon bleiben, aber ich befürchte, dass du dich wirklich um deine Freundin kümmern musst.«

»Anscheinend nicht, sonst wäre sie ja hier.«

»Ich an deiner Stelle würde es trotzdem tun. Nicht, dass sie zu viel trinkt. So wie ich sie einschätze, verträgt die gar nichts und ist mit diesem Rowdy unterwegs.«

»Du hast recht. Ich werde einmal nach ihr schauen.« Vroni erhob sich, nun doch etwas besorgt über ihre neue Freundin. Markus sah seine

Schwester an diesem Nachmittag nicht wieder und Mandy auch nicht mehr.

»Entschuldigen Sie«, wandte sich Markus nun dem Oberforstrat Merkl zu, der näher zu ihm hingerückt war und ihn etwas gefragt hatte, das Markus überhört hatte. Andrea beherrschte wieder einmal seine Aufmerksamkeit.

»Diese Biologin ist aber auch wirklich eine fesche Person«, scherzte der Oberforstrat außer Dienst. »Ich kann schon verstehen, dass sie gerade in Gedanken bei ihr waren.«

»So ist es auch wieder nicht«, widersprach Markus ein wenig verlegen.

»Ist doch nicht schlimm! Wenn ich so alt wäre wie Sie und noch frei, dann würde ich mich gleich an sie ranmachen.« Ottmar Merkl lachte so dröhnend, dass ihm seine Frau einen tadelnden Blick zuwarf. Gott sei Dank wusste sie gerade nicht, worum es ging.

Marianne Merkl wandte sich wieder Frau Gruber zu, mit der sie sich schon eine Weile angeregt unterhielt. »Schauen Sie sich diesen Langbauer-Siegi an, der bestellt sich jetzt schon die dritte Maß!« Sie schüttelte den Kopf mit dem dünnen, grauen Haar. »Wenn Sie mich fragen: Der Mann hat ein Alkoholproblem.«

»Das befürchte ich auch«, erwiderte Frau Gruber seufzend.

»Schauen Sie, die Frau Hofer! Jetzt ist sie eh schon so dick, und jetzt isst sie schon wieder! Die hat doch schon eine ganze Speckplatte verdrückt.« Marianne Merkl, Zeit ihres Lebens dünn wie ein

Strich, konnte es nicht fassen. »Und da wundern sich die Leute dann, dass sie so dick werden. Die brauchen sich gar nicht zu wundern!«

Breite Sonnenstrahlen hatten einen Weg durch die blühenden Bäume gefunden und brannten den Festbesuchern auf der Haut.

Die spiegelnde Glatze von Forstrat Merkl, der voll in der Sonne saß, begann sich bedenklich zu röten.

»Warum hast du auch keinen Hut aufgesetzt«, bemerkte die Gattin besorgt und wollte schon ihr Brusttuch aus dem Ausschnitt ziehen, um es ihrem Mann auf den Kopf zu legen.

»Das lass aber mal schön bleiben!«, wehrte sich der alte Mann. »Wie seh ich denn da aus!« Und dann sieht man auch noch deine Hühnerbrust. Das muss wirklich nicht sein, dachte er. Ein anderer Mann hätte das vielleicht sogar laut ausgesprochen, aber der Forstrat war Frauen gegenüber immer noch ein Kavalier der alten Schule, sogar bei seiner Ehefrau.

»Dann setz dich wenigstens in den Schatten!«, ermahnte sie ihren Mann.

Aber der alte Forstrat, der heute in seinem Element war, hatte sich schon wieder von seiner Frau ab und Frau Gruber zugewandt.

»Kennen Sie den schon?«, fragte er sie und begann, der eher zurückhaltenden Frau einen recht unpassenden Witz zu erzählen. Die Forstsekretärin wusste nicht recht, wie sie auf ihn reagieren sollte, zumal sie ihn auch gar nicht richtig verstand. Sie lachte gezwungen auf.

»Darf ich Sie zum Tanz bitten?«, fragte Markus Frau Merkl, denn es fiel ihm gerade ein, dass es höchste Zeit war, auch einmal mit ihr zu tanzen. Das erforderte der Anstand.

»Sehr gern.« Die braunen, flinken Äuglein der alten Frau, die wie Blitze durch die Gegend sausten, begannen zu glänzen.

Sie spielten gerade eine flotte Polka. Markus mochte Polka und Walzer am liebsten. Mit den modernen Tänzen hatte er es nicht so. Er war überrascht, wie gut die alte Dame noch tanzen konnte. Es war ein Vergnügen für ihn, sie zu führen, denn sie bewegte sich in seinen Armen leicht wie eine Feder. Sie hielt während der drei Tänze, die sie aufs Parkett legten, auch überwiegend den Mund und gab sich ganz dem Rhythmus hin.

Als sie nach einer Viertelstunde an den Tisch zurückkehrten, spürte Markus, dass es kühl wurde.

Er sah wieder zum Nebentisch. Dort schien eine Bombenstimmung zu herrschen. Die Frauen prusteten und die Männer hielten sich den Bauch vor Lachen. Irgendwer hatte anscheinend einen deftigen Witz erzählt.

Andrea schien auch nicht mehr ganz nüchtern zu sein. Sie rückt ja immer näher an Martin heran, bemerkte Markus und fühlte sich nicht mehr wohl auf dem Fest.

»Wo ist denn die Vroni?«, fragte er seine Sekretärin, Frau Gruber, die nun neben ihm saß. Außer ihr befanden sich noch der Forstrat Merkl und seine Frau, das Lehrmädchen Silke, sein Vorarbeiter, der Hofer-Sepp, und zwei Forstarbeiter, der Langbauer-Siegi und der Breitner-Adi, mit ihren Frauen am Tisch. Die anderen waren schon heimgegangen oder saßen inzwischen woanders.

»Ich habe sie vorhin an irgendeinem Tisch beim Eingang sitzen sehen«, antwortete Frau Gruber und fügte lachend hinzu: »Die wird so schnell nicht mehr auftauchen. Sie scheint sich sehr gut zu amüsieren.«

»Typisch Vroni!«, meinte Markus mit einem nachsichtigen Schmunzeln.

»Ich werde dann schön langsam aufbrechen. Es ist gleich sieben Uhr, und es wird schon kühl.« Obwohl er den Nachmittag über zwei Maß Bier getrunken hatte, fühlte er sich stocknüchtern.

Die Gesellschaft löste sich auf. Der Forstrat wäre gerne noch in die Wirtsstube gegangen, in die jetzt besonders die jüngeren Leute hineinströmten, um weiterzufeiern. Doch seine Frau warf ihm einen strengen Blick zu, und so meinte er seufzend: »Dann gehen wir halt heim. In meinem Alter ist das vielleicht vernünftiger.«

Andrea machte eine auffordernde Geste in Markus' Richtung, als sie mit einer Schar ausgelassener Leute auf den Eingang des Wirtshauses zuging. Doch Markus ignorierte sie. Er wollte heim und verließ schnell den Biergarten.

Einem plötzlichen Impuls folgend, schlug er jedoch nicht gleich den Weg zum Forsthaus ein. Er wusste, wenn er über den Kurpark ging, würde er an der Bushaltestelle vorbeikommen.

Hoffte er, dort doch noch auf Regina zu treffen? Wenn sie dieses Wochenende daheim gewesen war, könnte er ihr dort begegnen, denn um diese Zeit fuhr sie Sonntagabend immer nach München zurück.

Aber das wäre reiner Zufall gewesen. Er war in den letzten Wochen oft hier mit seinem Jeep vorbeigefahren und hatte sie nie mehr getroffen.

Markus war sich ganz sicher, dass sie nicht dort war. Er schaute auf die Uhr, während er durch das Dorf schlenderte. Es waren nur wenige Leute auf der Straße. Entweder sie waren schon daheim oder noch beim Fest.

Doch dann sah er Regina tatsächlich vor dem Bushäuschen stehen. Sie war es ohne Zweifel, wie er schon von Weitem erkennen konnte. Noch konnte er umdrehen, aber er hatte das Gefühl, dass sie ihn schon gesehen und erkannt hatte.

Sollte er wortlos an ihr vorübergehen? Sollte er grüßen und dann weiter gehen? Sollte er ein paar belanglose Worte mit ihr wechseln? Noch nie war er sich so dumm vorgekommen.

»Ich habe die Situation heraufbeschworen, jetzt muss ich da irgendwie durch«, sagte er sich und ging geraden Schritts weiter. »*Sie* muss sich schämen, nicht ich«, redete er sich gut zu. »Sie ist einfach davongelaufen.«

Er stand nun vor ihr. Sie hatte ihm entgegengesehen, ohne sich zu rühren. Auch jetzt blieb sie wie eine Statue stehen. In ihrem klaren, ruhigen Gesicht zeichneten sich keine Emotionen ab. Entweder sie hatte sich so gut im Griff, oder er war ihr völlig gleichgültig geworden.

»So sieht man sich wieder«, bemerkte er und verzog dabei den Mund zu einem ironischen Grinsen. Mit Ironie und Sarkasmus hatte er bisher prekäre Situationen am besten meistern können, und auch heute schien ihm das wieder zu gelingen.

»Es tut mir leid, dass ich damals einfach so davongelaufen bin«, erklärte sie ruhig und ohne Verlegenheit.

»Das hab ich schon wieder vergessen.« Er betrachtete sie mit einem lässigen Blick und verzichtete darauf, sie um eine Erklärung zu bitten, die dann auch nicht kam. Er kramte in seiner Hosentasche nach den Zigaretten. Eigentlich rauchte er Pfeife, aber heute hatte er sich am Automaten eine Schachtel herausgelassen. Er zündete eine Zigarette an, stieß scheinbar gleichgültig den Rauch aus.

»Warum warst du denn heute nicht auf dem Maibaumfest, wenn du schon einmal hier bist? Die Vroni war auch da. Vermutlich ist sie noch immer dort.«

»Setzen wir uns doch, bis der Bus kommt«, schlug Regina vor.

Markus nickte, und sie ließen sich auf der schmalen Bank im Bushäuschen nieder.

»Der Bus wird gleich kommen.« Regina blickte auf ihre Armbanduhr.

»Die Eltern wollten nicht mitgehen«, kam sie auf seine Frage zurück, »und ich wollte sie nicht allein lassen, wenn ich sie schon einmal besuche. Ich bin sechs Wochen nicht mehr daheim gewesen.«

»Ich habe gehört, dass deine Mutter einen Schlaganfall hatte«, wechselte sie das Thema. Aus ihrer Stimme klang dabei ehrliche Anteilnahme. »Wie geht es ihr denn?«

»Es geht ihr den Umständen entsprechend gut«, erwiderte Markus. »Sicher wird es lange dauern, bis sie wieder völlig hergestellt ist. Und sie braucht dann weiterhin Therapien.«

»Dabei kann ich gerne behilflich sein«, bot Regina ihm an. »Ich würde auch zu euch ins Forsthaus kommen, wenn ihr das lieber ist.«

»Ich werde darauf zurückkommen«, antwortete Markus kühl. »Wann eröffnest du denn deine Praxis?« fragte er sie in nüchternem Tonfall.

»Anfang Juni. Ich freue mich schon darauf. Hoffentlich geht alles gut«, meinte sie mit einem schwachen Lächeln.

»Warum sollte es nicht gut gehen? Du bist doch tüchtig und willst ja auch ganz für deinen Beruf leben«, setzte er ironisch hinzu.

Regina ging auf seinen spöttischen Tonfall nicht ein. Sie wusste, dass er davon ausging, dass sie auf der Hütte oben plötzlich Panik bekommen hatte, sich fest an ihn zu binden. Er konnte nicht ahnen, dass es einen ganz anderen Grund gab, warum sie so kopflos fortgelaufen war.

Regina spielte einen Augenblick mit dem Gedanken, ihm zu sagen, was sie oben auf der Hütte entdeckt hatte. Doch diesen Gedanken verwarf sie sehr schnell wieder. Sie hatte damals total den Kopf verloren, das wusste sie. Auch dass sie sich völlig hysterisch benommen hatte. Aber es war mittlerweile zu spät, diesen Fehler wieder auszubügeln. Ihr war aber auch klar, dass sie nun ein schlimmes Geheimnis hütete. Würde je irgendjemand anderes es lüften? Sie hatte dieses unheilvolle Blatt Papier nicht vernichtet, es nicht an sich genommen. Sie hatte es wieder dort verstaut, wo es sich zuvor jahrelang, scheinbar unentdeckt, befunden hatte. Sie hatte sich in den vergangenen drei Monaten niemandem mitgeteilt, nicht den Eltern und auch nicht ihrer Freundin Vroni. Das Verhältnis zu ihrer besten Freundin war seither getrübt. Das lag einzig und allein an ihr, denn sie hatte kaum mehr Zeit für Vroni gehabt. Das war natürlich eine Ausrede, aber sie konnte ihr plötzlich nicht mehr in die Augen sehen.

Markus betrachtete sie mit versteckten Blicken. Regina hatte ihn kaum angesehen. Er hätte viel dafür gegeben, jetzt ihre Gedanken zu erraten, die sich vermutlich nicht um ihre Praxis drehten.

Regina dachte hingegen, dass er sie sicher für albern und überspannt hielt. Er ließ sie dies auch gerade stark spüren. Kein Wunder, so wie sie sich benommen hatte. Doch sie würde ihn in diesem Glauben lassen. Es war besser so. Sie würde ihm nicht sagen, was sie wusste. Vielleicht erfuhr er es selbst, wenn er einmal auf diese alte, versilberte Blechdose stieß. Sie starrte auf ihre Hände. Nein, dachte sie dann, ich würde damit nichts besser machen, sondern alles nur viel schlimmer.

»Der Bus kommt.« Regina erhob sich schnell. Gott sei Dank, dachte sie erleichtert, denn das

Schweigen zwischen ihnen war inzwischen peinlich geworden.

Die zynische Lässigkeit verschwand aus Markus' Gesicht, als sie sich kurz von ihm verabschiedete. Er sah ihr nach, wie sie einstieg, dann wandte er sich von dem Bus ab und ging weiter.

Regina hatte ihm noch einen langen, traurigen Blick zugeworfen, den er jedoch nicht wahrgenommen hatte.

Ist das nötig gewesen?, fragte sich Markus jetzt, Ich habe doch damit rechnen müssen, sie dort zu treffen. Ich wollte es, und was habe ich jetzt davon? In seinen Augen lag ein Ausdruck ratloser Verlassenheit. Ich hätte mich mehr um Andrea kümmern sollen. Warum bin ich nicht in die Gaststube mitgegangen! Sie hat mich doch geradezu aufgefordert, mitzukommen, als sie mit den anderen hineingegangen ist. Das wäre besser gewesen, als an diesem Bushäuschen vorbeizugehen. Jetzt fühle ich mich erst recht schlecht. Dann sagte er sich wieder, dass die Biologin nur auf Martin scharf war. Er fühlte sich hin- und hergerissen zwischen seiner wahren, aber aussichtslosen Liebe zu Regina und dem Abenteuer, das ihn in Gestalt dieser bezaubernden jungen Biologin erwarten könnte.

Ich will nicht am Leben vorbeigehen, redete er sich zu, während er durch den inzwischen kühl und etwas windig gewordenen Maiabend schlenderte. Dieses Fräulein Doktor gefiel ihm. Er hätte sich heute in sie verliebt, wenn er Regina endlich vergessen könnte. Sie wollte doch nichts von ihm. Warum ging das nicht in seinen verdammten Schädel! Andrea hingegen, das hatte er genau gemerkt, stand doch ein wenig auf ihn. Sie spielte jetzt zwar mit ihm, aber mit Martin genauso. Sie war übermütig, hatte sich noch nicht entschieden.

Langsam verließ er den Ortskern, die Häuser wurden weniger, und nach einer Stunde befand er sich auf dem einsamen, sich durch Bauernwiesen hindurchschlängelnden Weg, der zu seinem Elternhaus führte. Der auffrischende Bergwind fuhr durch sein Haar und zerzauste es. Er spürte eine gewisse Unzufriedenheit in sich, die sich jetzt erst, da er allein war, Raum schaffte. Wahrscheinlich verspürte er diese schon lange, aber er hatte sie früher verdrängt: Die Arbeit im Forstamt hatte ihn so in Anspruch genommen, dass ihm wenig Zeit zum Grübeln blieb. Wenn er von der Arbeit heimgekommen war, gestaltete ihm die Mutter den Feierabend so angenehm, dass er nur noch abschalten wollte. Bevor er sich in Regina verliebte, hatte er geglaubt, dass ihm nichts abging. Doch er hatte sich etwas vorgemacht. Er sehnte sich nach Liebe und Zweisamkeit. Regina wollte ihm diese Liebe nicht geben. Aber er wollte nicht länger darauf verzichten.

Schließlich kam ihm noch seine Schwester Monika in den Sinn. Er hatte sie heute beim Maibaumfest nirgends entdecken können. Dabei hatte sie ihm noch vor ein paar Tagen gesagt, dass sie mit ihrem Mann und den Kindern hingehen würde. Vermutlich war sie wieder einmal vor lauter Arbeit nicht dazu gekommen.

In den Räumen des stillen, alten Hauses war es bereits dämmrig. Als er die Stube betrat, kam ihm Benno mit wedelndem Schwanz entgegen, und er führte ihn noch eine Viertelstunde Gassi. Dann gingen sie beide wieder hinein. Vroni war noch nicht da. Irgendwie war er froh darüber, denn sie würde sicher mit ihrer Freundin auftauchen. Diese flotte Sächsin war nicht unrecht, aber er wollte heute niemanden mehr sehen. Um dieser eventuellen Situation zu entgehen, ging er schon um neun Uhr ins Bett. Er fühlte sich so allein wie schon lange nicht mehr. Dann merkte er, dass zwei Maß Bier für einen guten Schlaf doch förderlich waren, denn er schlief schnell ein.

13

Es war Sommer geworden in St. Valentin. Die Kirschbäume hatten ihre weißen Blüten schon lange abgeschüttelt, und es hatten sich dafür prächtige rote Früchte entwickelt.

Regina ging mit weit ausholenden Schritten durch den warmen Frühsommertag zum kleinen Haus ihrer Eltern. Sie hatte das Dorf bereits hinter sich gelassen, marschierte nun den schmalen Feldweg entlang, der von Obstbäumen gesäumt wurde.

Ihr Elternhaus stand einen guten Kilometer außerhalb des Dorfes. Es war ein bescheidenes Haus, das jedoch von einem großen Garten umgeben war, in dem sich das Häuschen beinahe verlor. Die Eltern hatten nie das Geld gehabt, ein größeres Haus zu bauen oder zumindest das alte zu erweitern.

Regina hatte nun eine Praxis in St. Valentin und war stolz darauf, weil sie gut lief. Mittags schloss sie ihre Behandlungsräume für zwei Stunden. Dafür arbeitete sie abends oft bis sieben Uhr.

Heute hatte sie wieder einmal beschlossen, während der Mittagspause ihre Eltern zu besuchen, was sie zwei, drei Mal in der Woche tat. Dabei gingen ihr schwere Gedanken durch den Kopf. Sie überlegte hin und her, ob sie den Eltern erzählen sollte, was sie oben auf der Forsthütte entdeckt hatte. Aber würde sie ihnen damit nicht eine wahnsinnige Enttäuschung zufügen? War es nicht doch besser zu schweigen? Andererseits, so überlegte sie wieder, müssen sie es wissen. Gerade sie!

Auch die Natur schien zu dieser Stunde, da die Sonne am höchsten stand, Mittagsruhe zu halten. Nichts regte sich. Selbst der Wind hatte sich zur Ruhe begeben. Sie vernahm nur das Summen der Bienen, aber dieses verstärkte eher noch die Stille, die sie umgab.

Als Regina die Allee hinter sich ließ und nun ein großes Weizenfeld entlangschritt, schien wenigstens der Wind wieder erwacht zu sein, denn der rote Mohn und die blauen Kornblumen am Rand des Feldes begannen, sich sanft zu biegen.

Nach zehn Minuten stand Regina schließlich vor dem elterlichen Häuschen, das in den Fünfzigerjahren aufs Einfachste erbaut worden war. Westlich und nördlich des Hauses standen drei knorrige, aber noch gut tragende Kirschbäume. An einem der Bäume lehnte eine Leiter. Die Eltern hatten also schon mit der Ernte begonnen, so wie jedes Jahr. Die Mutter kletterte an den starken Ästen noch immer weit hinauf. In dieser Beziehung zeigte sie keine Angst.

Regina trat durch das von Rosen umrankte, schmiedeeiserne Eingangstor. Das Türchen klemmte immer nur bei Feuchtigkeit. Wenn es trocken und warm draußen war, ließ es sich leicht öffnen. In den Duft der Rosen mischte sich der Geruch von wildem Majoran. Sie hielt einen Augenblick inne, um diese Düfte ganz tief in sich aufzunehmen. Wie hatte sie das alles in München vermisst, zumal sie in einem Stadtteil gewohnt hatte, der wirklich nur aus alten Mietshäusern mit reizlosen Hinterhöfen, ausgestattet mit Teppichstangen und Aschentonnen, und aus Straßenschluchten bestanden hatte. Ein billiges Viertel, aber sie hatte sich keine bessere Wohngegend leisten können. Doch jetzt war sie ja wieder daheim und schätzte ihre Heimat deshalb umso mehr. Sie könnte zufrieden sein. Die Praxis lief gut, viel besser, als sie es in ihren kühnsten Träumen erwartet hatte. Sie war ihr eigener Herr, beliebt bei den Patienten und bei all den Leuten, mit denen sie zu tun hatte. Zumindest hatte sie diesen Eindruck. Was hinter ihr getuschelt wurde, wusste sie natürlich nicht. Aber es war ihr noch nichts Negatives zu Ohren gekommen.

Sie dachte oft an Markus. Seit damals, als sie sich kurz an der Bushaltestelle wiedergesehen hatten, war er ihr nicht mehr über den Weg gelaufen. Sie sagte sich oft, dass sie ihr Glück verspielt hatte. Sie hatte nun zwar beruflich erreicht, was sie wollte, und doch ging ihr etwas ab. Etwas, was ganz natürlich war in ihrem Alter. Doch seit sie Markus wieder gesehen hatte, wollte sie keinen anderen Mann mehr. Wie sollte sie aber wieder den Weg zu ihm finden? Sie selbst hatte sich diesen Weg verbaut durch ihre Kopflosigkeit. Sie selbst hatte sich zuzuschreiben, dass alles so gekommen war. Nun war sie allein. Sie hatte

Markus verloren, weil sie es so wollte. Sie dachte daran, dass sie mit Vroni in letzter Zeit wieder öfter zusammengekommen war. Wenigstens diese Freundschaft bereitete ihr jetzt keine Probleme mehr. Die letzten Wochen, die sie in München verbracht hatten, hatten die beiden Mädchen es regelrecht krachen lassen. Sie wollten das Stadtleben noch einmal so richtig genießen, bevor sie sich einem anderen, ruhigeren Leben zuwandten. Das war nun vorbei. Regina war froh darüber. Sie konnte den Münchner Lokalen, in die Vroni sie geschleppt hatte, schnell nichts mehr abgewinnen. Sie verabscheute die billige Anmache der Männer, die dort verkehrten. Ihre seichten Gespräche und dreckigen Witze stießen sie ab. Keiner war unter ihnen gewesen, der Markus auch nur im Entferntesten hätte das Wasser reichen können.

Wieder dachte sie an das Geständnis, das sie auf der Hütte vorgefunden hatte. Wie lange wollte sie noch mit diesem Geheimnis leben? Niemand hatte bisher die Wahrheit gewusst außer dem Schreiber.

Ich muss mit den Eltern reden, nahm sie sich vor. Sie sind die Betroffenen. Sie müssen es wissen. Regina stand noch immer im Garten, blickte auf die Blumenbeete: Leuchtend rot zeigte sich die »Brennende Liebe«, blau, gelb und violett die Lupinien, gelb, rot und weiß der Islandmohn. Der Garten war der Stolz ihres Vaters. Er lebte auf, wenn er sich hier betätigen konnte, wenn es blühte und grünte.

Reginas Blick wanderte weiter zur Fassade des kleinen Hauses. Sie war ganz mit Efeu umrankt. Im Sommer sah das Häuschen allerliebst aus, während es im Winter eher ärmlich wirkte.

Sie konnte noch nicht hineingehen. Sie musste noch nachdenken, musste sich die Worte zurechtlegen. Es war alles nicht so leicht, aber sie konnte dieses Wissen nicht mehr länger mit sich herumschleppen. Aber schon während sie dies dachte, verwarf sie alles wieder. »Es würde doch gar nichts ändern«, sagte sie sich dann wieder. Es würde nur Unruhe und Ratlosigkeit, vielleicht sogar Hass in das Leben ihrer Eltern streuen. Wollte sie das wirklich? Sie lehnte sich an die warme Hauswand. Die Sonne brannte ihr ins Gesicht. Sie schloss die Augen, über ihr Gesicht lief ein gequältes Zucken.

Mizzi kam schnurrend aus dem Haus, strich um ihre Fesseln. Gedankenverloren streichelte sie das schwarz-weiß gefleckte Fell des Tieres.

Sie musste plötzlich an ihren früheren Freund Thomas denken. Sie wusste erst nicht, warum er ihr gerade jetzt in den Sinn kam. Monatelang hatte sie nicht mehr an ihn gedacht. Vielleicht durch Mizzi, denn er hatte die Katze so gern gehabt. Drei oder vier Mal hatte Thomas sie begleitet, wenn sie zu ihren Eltern gefahren war. Sie waren zwei Jahre zusammen gewesen, dann hatten sie sich beide einvernehmlich getrennt. Das war nun schon wieder ein gutes Jahr her. Sie dachte noch ab und zu an Thomas, jedoch mit einer Gleichgültigkeit, die sie selbst verblüffte. Schließlich hatten sie doch schon von Heirat gesprochen.

Die Stille, die sie umgab, wurde ihr auf einmal unheimlich. Hatten die Eltern sie immer noch nicht bemerkt? Nichts rührte sich, weder im Haus noch ums Haus herum. Doch es war ganz ausgeschlossen, dass sie nicht zu Hause waren. Einer von beiden war immer daheim. Wie einfach die Eltern leben, dachte sie jetzt. Nie sind sie in Urlaub gefahren. Nicht ein einziges Mal hatten sie sie in München besucht. Sie hatte es ihnen so oft angeboten. Sie wollte ihnen die Stadt zeigen, die so schön sein konnte, wollte, dass sie einmal aus ihren vier Wänden herauskamen. Aber da war nichts zu machen gewesen. Ein wehmütiger Zug lag nun um ihren Mund. Was haben sie nicht alles versäumt, überlegte sie. Oder vielleicht doch nicht? Vielleicht haben sie gar nichts versäumt!

»Was stehst du denn da vor dem Haus und lässt dich in der Sonne braten?«, rief die Mutter durchs Fenster. »Komm doch endlich herein!«

Die laute Stimme der Mutter kam so unverhofft, dass Regina zusammenzuckte.

Sie betrat den kühlen, dunklen Gang. Sie ließ die Tür offen stehen, sodass das gleißende Sonnenlicht hineinströmen konnte. Mizzi war ihr gefolgt und strich unentwegt um ihre Beine. Immer hatten sie eine Katze gehabt. Mizzi war jetzt die vierte. Wie vertraut ihr das alles war, in all seiner Einfachheit, von Kindheit an.

»Warum habt ihr euch denn bei dem schönen Wetter ins Haus verkrochen?«, fragte Regina und versuchte dabei zu lächeln.

Die Mutter saß schon wieder am Tisch und entkernte die Kirschen.

»Schließlich müssen wir die Kirschen einwecken.« Sie hatte nur einen kurzen Blick auf ihre Tochter geworfen und sich dann gleich wieder ihrer Maschine zugewandt.

»Hast du Hunger?«, fragte sie dann. Sie fragte dies immer als erstes, wenn die Tochter zu Besuch kam, obwohl diese ihr jedes Mal eine abschlägige Antwort erteilte.

»Ich habe schon einen Joghurt gegessen. Aber zu einer Tasse Kaffee würde ich nicht Nein sagen.«

»Du ernährst dich wohl nur von schwarzem Kaffee und Joghurt. Darum bist du auch so dünn.« Die Mutter schüttelte seufzend den Kopf.

»Du weißt, dass ich mir abends immer etwas koche. Aber mittags esse ich nur einen Joghurt.«

»Warum wohnst du nicht bei uns? Du könntest bei uns mitessen und dir die Miete für die Wohnung im Dorf sparen.« Die Mutter sah sie fragend an.

»Es ist doch so eng bei euch. Das weißt du genau. Außerdem ist es praktisch, wenn ich meine Wohnung gleich neben der Praxis habe. Dafür brauche ich kein Auto. Da spare ich mir auch einiges. Und die Wohnung ist nicht teuer.«

Regina setzte sich an den Tisch und übernahm das Entkernen der Kirschen, während die Mutter Kaffee kochte.

Die Küche war spartanisch eingerichtet. Es hatte sich seit ihrer Kindheit nichts in ihr geändert. Ein einziges Heiligenbild schmückte die weißen

Wände. Ein einfaches Kruzifix hing in der Ecke über der Bank. Sie konnte nicht verstehen, warum die Eltern die Küche nicht gemütlicher gestalteten.

»Wo ist denn der Vater?«, fragte Regina und naschte eine der süßen, saftigen Früchte.

»Der legt sich gerne hin nach dem Essen. Du weißt ja, seine Prothese! Er kann nie lange stehen. Heute Vormittag hat er mir beim Ernten geholfen. Er kann ja nur die Kirschen ganz unten pflücken. Aber selbst das wird ihm schnell zu viel. Das Gehen fällt ihm immer schwerer, und durch die mangelnde Bewegung kommt er immer schneller ins Schnaufen. Ich denke mir, dass auch sein Herz nicht mehr das Beste ist.«

»Dabei ist er früher ein so guter Bergsteiger gewesen und auch ein guter Skifahrer«, bemerkte Regina mit einem betrübten Blick.

»Ach, reden wir nicht mehr davon.« Die Mutter winkte ab.

»Er müsste einmal zu einem Kardiologen. Was sein Bein anbelangt, so hab ich ihm schon oft angeboten, zu mir in die Praxis zu kommen. Bis jetzt ist er noch nicht aufgetaucht. Ich bin mir zwar nicht sicher, ob ich ihm helfen kann, aber einen Versuch wäre es wert.«

Emmi, eine einstmals recht hübsche, aber zu früh gealterte Frau Mitte fünfzig, seufzte zustimmend. »Er muss sich einmal gründlich untersuchen lassen. So richtig durchchecken. Aber er will ja nicht.«

»Ja, er ist leider unbelehrbar. Was soll ich dazu sagen.« Regina überließ das Entkernen der

Kirschen wieder der Mutter und nippte an ihrem Kaffee. In München hatte sie sich das Rauchen angewöhnt und war versucht, sich eine Zigarette anzuzünden. Da sie wusste, wie sehr die Mutter dies bei ihr verabscheute, riss sie sich jedoch zusammen und verzichtete darauf. Sie rauchte nicht viel. Aber zu einer Tasse Kaffee schmeckte ihr eine Zigarette besser als ein Stück Kuchen.

Inzwischen war der Vater in die Küche gekommen. Er war ein kleiner, schmächtiger Mann. Früher war er natürlich auch nicht viel größer gewesen, hatte aber einen strammen, durchtrainierten Körper besessen. Trotzdem fragte sich Regina, warum sie diese stattliche Größe erreicht hatte. Von ihren Eltern hatte sie diese zumindest nicht geerbt.

Josef begrüßte seine Tochter mit einem herzlichen Augenzwinkern. Auch jetzt zeichnete es sich auf seinem Gesicht wieder ab, wie stolz er auf sie war. »Bist du zu Fuß gekommen?«, fragte er sie.

» Wie denn sonst? Wenn ich in München ohne Auto ausgekommen bin, werde ich es auf dem Land auch schaffen«, erwiderte Regina und versuchte dabei ihrer Stimme einen unbekümmerten Tonfall zu verleihen.

»Das würde ich nicht sagen. Auf dem Land braucht man eher eines als in der Stadt.« Er setzte sich zu den Frauen an den Tisch.

»Bis jetzt habe ich es noch nicht vermisst.«

»Aber wenn du einmal Hausbesuche machen willst?« Der Vater hantierte schon wieder an seiner Prothese.

»Gut«, musste sie zugeben, »daran habe ich noch nicht gedacht, denn bis jetzt war das noch nicht der Fall.«

»Dann kannst du dir ja immer noch eines anschaffen. Du verdienst ja jetzt gut«, meinte die Mutter.

»Wie geht es deinem Bein?«, wollte Regina von ihrem Vater besorgt wissen.

»Das wird nicht mehr besser.« Der Jäger außer Dienst winkte ab. »Was soll ich ständig darüber jammern.« Aber dann meinte er doch: »Es ist schon verrückt, aber mir tut der Unterschenkel weh, obwohl er gar nicht mehr da ist.«

»Die Schmerzen gehen vom Gehirn aus«, erklärte ihm Regina. »Da spielt es keine Rolle, ob das Glied noch da ist oder nicht. Das nennt man Phantomschmerz.«

»Willst du auch einen Kaffee?«, fragte Emmi ihren Mann.

Er nickte seiner Frau zu.

»Wärst eine gute Ärztin geworden«, bemerkte Josef wieder einmal. »Schade, dass du nicht studiert hast. Das wolltest du doch erst.«

»Ich bin froh, dass ich es gelassen habe«, antwortete Regina nachdenklich. »Mein Beruf füllt mich völlig aus. Ich denke mir manchmal, wenn ich Ärztin geworden wäre und mir wäre ein Kunstfehler passiert, an dem vielleicht noch ein Mensch gestorben wäre, das hätte mich völlig aus der Bahn geworfen. Da hätte ich sicher meinen Beruf gleich wieder an den Nagel gehängt. Als Physiotherapeutin kann so etwas nicht passieren. Entweder meine Behandlung hilft – oder nicht.«

»Du musst doch nicht immer vom Schlimmsten ausgehen«, meinte Josef und schüttelte über seine Tochter leicht den Kopf, dann stopfte er sich seine Pfeife.

»Hauptsache, deine Pfeife schmeckt dir noch«, bemerkte Regina gutmütig lächelnd.

»Deine Praxis läuft ja gut an«, kam der Vater wieder auf Reginas Beruf zurück. Er versuchte, die Schmerzen in seinem Bein zu ignorieren, indem er sich ablenkte. Manchmal gelang ihm das, manchmal aber auch nicht. Sicher hatte seine Tochter recht, wenn sie sagte, dass alles vom Gehirn aus gesteuert wird.

»Ja, ich bin selbst erstaunt darüber. Die Leute sind so froh, dass sie jetzt für ihre Therapien nicht mehr nach Traunstein fahren müssen. Mein Kundenstamm wird von Woche zu Woche größer. Wenn das so weitergeht, muss ich mir jemanden einstellen. Anscheinend sind die Patienten zufrieden mit mir.« Regina nippte an ihrem Kaffee. Sie blickte sinnierend vor sich hin. Die Eltern sind so genügsam, haben immer so wenig vom Leben erwartet und waren doch zufrieden. Selbst ihren Schicksalsschlag haben sie gottergeben hingenommen. Der Vater hat sich mit seinem amputierten Unterschenkel abgefunden.

Warum soll ich in ein Wespennest stechen, zuckte es ihr wieder durch den Kopf. Sie beschloss nun definitiv zu schweigen.

»Wie habt ihr euch denn eigentlich kennengelernt?«, fragte sie ihre Eltern plötzlich. Sie hatten mit ihr nie darüber gesprochen. Es war Regina gerade so eingefallen. Sie wollte einfach an etwas anderes denken.

Josef und Emmi warfen ihrer Tochter einen überraschten Blick zu.

»Wie kommst du denn jetzt darauf?«, riefen sie beide gleichzeitig aus.

Regina schmunzelte. »Ihr habt es mir halt nie erzählt. Ich weiß überhaupt recht wenig von früher. Wahrscheinlich gibt es da dunkle Geheimnisse«, fügte sie scherzend hinzu.

»Du bist gut!«, bemerkte Josef mit einem Schmunzeln und sah dann zu seiner Frau hinüber. »Als ob wir beide so eine große Vergangenheit gehabt hätten.«

»Aber irgendwo und irgendwie müsst ihr euch doch kennengelernt haben. Du stammst aus Miesbach. Wie bist du denn nach St. Valentin gekommen?«, wandte sich Regina an ihren Vater. Vielleicht hatten die Eltern darüber gesprochen, doch momentan wusste sie es wirklich nicht.

»Ich bin als junger Jäger hierher versetzt worden. Das musst du doch wissen!«, gab Josef kopfschüttelnd zur Antwort.

Kannst dich denn nicht mehr an deine Miesbacher Großeltern erinnern?«, fragte Emmi. »Sie sind früh gestorben. Sieben Jahre alt warst du damals.«

»Ja, ich kann mich schon an sie erinnern. Aber jetzt weiß ich immer noch nicht, wie ihr euch kennengelernt habt.«

»Ich habe früher in dem kleinen Lebensmittelgeschäft gearbeitet, wo jetzt der große Edeka-Markt steht. Als ich dort Verkäuferin war, war das noch ein kleiner Laden. Da ist der Vater immer zum Einkaufen gekommen. So hat es halt angefangen.«

»Zwei ›Dicke‹ und eine Semmel habe ich immer bei dir gekauft«, warf Josef schmunzelnd ein.

Emmi lachte. »Ja, das stimmt. Und dann hast du mich einmal gefragt, ob ich nicht mal mit dem Motorradl einen Ausflug mit dir machen möchte. Nach Salzburg. Ich habe schon ein bisserl Angst davor gehabt. Bin in meinem Leben noch nie auf einem Motorradl gesessen. Aber dann bin ich doch mit. Ja, das war ein schöner Ausflug.« Sie warf ihrem Mann nun einen beinahe zärtlichen Blick zu.

Josef schmunzelte nur.

Sie lieben sich immer noch, dachte Regina. So einfache Leute. So ein bescheidenes Leben, aber sie waren doch immer zufrieden.

Sie sagte sich, dass es keinen Sinn hatte, ihr Leben durcheinanderzuwirbeln. Es war ja alles so lange her. Sie hatten sich mit dem kaputten Bein abgefunden. Warum sollte sie wieder von dem Wilderer anfangen? Und doch musste sie noch einmal hören, was damals genau geschehen war. Der Vater hatte nicht viel darüber gesprochen. Hatte es wohl verdrängt. Vielleicht wollte er heute einmal darüber reden. Er schien in recht aufgeräumter Stimmung zu sein.

»So war das damals«, sagte die Mutter und nippte an ihrem Kaffee.

»Ihr hattet es ja recht gut zusammen«, meinte Regina nun mit einem schmerzlichen Lächeln, »bis auf den Unfall.«

»Ja, aber wir haben uns auch damit abgefunden. Wir wollen gar nicht mehr darüber reden«, sagte die Mutter. »Derjenige, der es verbrochen hat, wird vor ein höheres Gericht gestellt werden. Dem weltlichen Gericht ist er ausgekommen, aber dem göttlichen entkommt er nicht.«

Regina blieb bei diesen Worten ruhig, worüber sie sich selbst wunderte.

»Weißt du denn wirklich nicht, wer dich angeschossen hat?«, fragte Regina vorsichtig.

»Sicher weiß ich es«, erwiderte Josef und warf seiner Tochter einen verständnislosen Blick zu. »Der Wilderer natürlich! Wer soll es denn sonst gewesen sein?«

»Aber du hast ihn nicht erkannt?«

Josef schüttelte den Kopf. »Ich kann mich genau an jene Nacht erinnern«, begann er leise zu erzählen, und Regina dachte dabei, dass sie den Vater heute tatsächlich in einer sehr aufgeräumten, ja vielleicht sogar mitteilungsbedürftigen Stimmung vorgefunden hatte.

»Wir hatten zunehmenden Mond. Es war nicht direkt dunkel, aber auch nicht mondhell. Ich hörte das Knacken von Zweigen. Dann sah ich eine dunkle Gestalt im Gebüsch. Ungefähr zwanzig, dreißig Meter von mir entfernt. In dem fahlen Mondlicht bemerkte ich, wie er das Gewehr auf mich richtete. An das kann ich mich ganz genau erinnern. Ich werde es bis zu meiner letzten

Stunde vor mir sehen. Ich hab mir gedacht: Jetzt hast nicht du ihn gekriegt, sondern er dich! Ich hatte Angst. Ich glaube, ich hab wie Espenlaub gezittert. Zumindest war meine Hand am Lauf alles andere als ruhig. Ich zielte also auch. Aber der andere war schneller.« Josefs Stimme bebte etwas. Noch nie, so dachten sich seine Frau und Regina, hatte er diese Szene so anschaulich und emotional geschildert.

»Du hast auf ihn gezielt und er auf dich?«, vergewisserte sich Regina noch einmal ausdrücklich.

Josef nickte. Er war blass geworden.

»Ja, so war es«, seufzte er. »Ich hockte im Gebüsch, hatte auch die Waffe auf ihn gerichtet. So wie er die seine auf mich. Dann fiel der Schuss. Ich geriet in Panik. Ich habe auch geschossen, aber nicht gut. Dann bin ich gerannt, so schnell ich konnte. Ich war der festen Überzeugung, dass er noch einmal schießt. Aber es fiel kein Schuss mehr. Ich habe mich selbst darüber gewundert, dass ich mit dem angeschossenen Bein noch so laufen konnte. Erst habe ich gedacht, dass es vielleicht nur ein Streifschuss ist, denn die Schmerzen hielten sich in Grenzen. Ich kugelte mehr, als dass ich lief, den Hang hinunter. Ich glaubte noch immer, dass der Wilderer mir nachlaufen und noch einmal schießen würde. Ich war wohl nicht sehr mutig. Aber es fiel kein Schuss mehr, und er ist mir anscheinend auch nicht nachgelaufen. Der Wilderer ist seither nicht mehr aufgetaucht. Von da an war Ruhe im Revier. Wenigstens hatte ich das erreicht.«

»Der Preis dafür ist ein amputierter Unterschenkel«, meinte Regina bitter, »und nur durch Zufall und viel Glück bist du jetzt noch am Leben und nicht verblutet.«

Josef nickte und begann, weiterzuerzählen: »Ich kam bis zur Forststraße, bis zu meinem Jeep. Wie ich noch fahren konnte, weiß ich heute nicht mehr. Aber das Bein blutete immer stärker. Die Schmerzen wurden immer schlimmer. Ich bin dann noch bis zum Gruttauer-Bauern gekommen. Die Leute waren zufällig noch auf, haben mich notdürftig verbunden und den Notarzt gerufen.«

»Vater, lass es gut sein. Ich sehe doch, wie du dich aufregst. Dass du auch wieder damit anfangen musst, Regina!« Emmi warf ihrer Tochter nun einen vorwurfsvollen Blick zu.

»Aber er hat es mir doch noch nie so genau erzählt«, verteidigte sich diese. »Nur eines noch«, bat Regina, »dann lasst uns von etwas anderem reden. Ihr habt beide eure Gewehre aufeinander gerichtet – der Wilderer und du auch?«

Josef nickte. »Das ist doch ganz klar. Ich kann mich doch nicht so einfach erschießen lassen. Außerdem war ich auf Seiten des Gesetzes.«

»Jetzt lass es doch gut sein, Regina«, meinte Emmi noch einmal beschwörend.

»Nur eines muss ich noch sagen«, fuhr der Vater fort, »dann reden wir von anderen Dingen.« Es schienen ihm nun noch einige Details einzufallen, an die er gar nicht mehr gedacht hatte. »Ich wollte in jener Nacht nicht mehr hinaufgehen.

Ich habe das dem damaligen Förster, dem Vater vom Markus, gesagt. Er war übrigens ein sehr feiner Mann, er hatte Verständnis dafür. Ich habe ihm gesagt, dass es noch zwei jüngere Jäger im Revier gibt, die sich der Sache annehmen sollen. ›Vielleicht haben die mehr Glück‹, habe ich noch zu ihm gesagt. Der Forstdirektor Reiter war damit einverstanden.«

»Und dann bist du doch noch einmal gegangen«, bemerkte Emmi bitter, und ein tiefer Schatten legte sich dabei auf ihr faltiges Gesicht.

Die schwarz-weiß gefleckte Mizzi kam in die Küche. Sie hatte sich eine Zeit lang draußen herumgetrieben, es schien ihr aber doch zu heiß zu sein. Schnurrend strich sie wieder um Reginas Beine, worauf diese sie hochhob und in die Arme nahm.

»So lange hat der Wilderer dort oben auf den Dürrnbachalmen sein Unwesen getrieben, hat mich, den Förster und die Polizei zum Narren gehalten. Ich wollte es noch einmal versuchen, ohne dass jemand etwas davon wusste. Es hat mich wohl der Teufel geritten, dass ich in jener Nacht noch einmal hinaufging. Bis um neun Uhr abends hatte ich es noch gar nicht vorgehabt. Dann hab ich plötzlich mein Gewehr und meinen Umhang genommen und bin los.«

»Du hättest es bleiben lassen sollen.« Emmi entfuhr ein brunnentiefer Seufzer. Wie oft hatte sie das schon zu ihrem Mann gesagt.

»Ich wollte es noch einmal versuchen«, sagte Josef aufgeregt. »Mich hatte noch einmal der

Ehrgeiz gepackt – oder die Wut. Es war ein fataler Fehler.«

»Und hat dich ein Bein gekostet, dich mit knapp fünfzig Jahren berufsunfähig gemacht.« Emmi starrte traurig vor sich hin. Alles war wieder gegenwärtig. Warum musste Regina auch damit anfangen!

»Es hat niemand gewusst, dass du in dieser Nacht noch einmal nach dem Wilderer gesucht hast?«, rief die Tochter überrascht aus.

Josef nickte. »Mich hat nochmal der Rappel gepackt. Im Forstamt hab ich nichts davon erzählt.«

Regina starrte vor sich hin. Das hatte sie nicht gewusst. Sie dachte nach und sagte sich, dass alles womöglich ein fataler Irrtum gewesen war.

»Jetzt lasst es aber endlich gut sein. Ich möchte jetzt wirklich nicht mehr darüber reden.« Emmi schenkte sowohl ihrem Mann als auch Regina und sich selbst Kaffee nach.

»Du hast doch noch ein wenig Zeit?«, fragte sie ihre Tochter.

Regina ließ die wohlig schnurrende Katze wieder auf den Boden, die schmollend zu ihrer Milchschale schlich, lustlos schleckte und sich dann wieder durch die halb geöffnete Küchentür ins Freie verzog.

Regina blickte auf die Uhr. »Eine Viertelstunde kann ich noch bleiben, dann muss ich los.«

»Stell dir vor, unser Nachbargrundstück soll bebaut werden«, wechselte Emmi nun endgültig das Thema. »Ich kann mir das gar nicht vorstellen.« Sie sah ihren Mann an. Er war noch immer blass, hatte aber rote Ringe unter den Augen, die sich bis zu den Wangenknochen zogen.

»Seit meiner Kindheit steht dort eine Wiese. Früher hat dort im Juni so wunderbar der Stengelenzian geblüht. Der ist dann irgendwann verschwunden. Und nun ist es Baugrund geworden. Ich kann es gar nicht fassen. Aber da ist nichts dagegen zu machen«, jammerte Emmi.

»Euer Garten ist doch so groß, da werdet ihr sicher nicht beeinträchtigt«, meinte Regina geistesabwesend. Sie war mit ihren Gedanken noch immer bei der nächtlichen Szene im Wald, genauso wie ihr Vater, der seiner Frau auch nicht richtig zugehört hatte.

»Aber trotzdem!«, klagte ihre Mutter weiter. »Der Baulärm, der jetzt auf uns zukommen wird! Ach, ich darf gar nicht daran denken. Die schöne Wiese.«

Regina hatte ihre Worte gar nicht gehört. Sie sah eine alte, versilberte Blechdose vor sich, eine fahrige, verzweifelte Schrift.

»Ich muss jetzt gehen«, sagte sie plötzlich. »Mir ist gerade eingefallen, dass eine Patientin früher kommt.« Das war gelogen, aber sie hielt es plötzlich nicht mehr in der Küche aus. Es war ihr, als ob sie keine Luft mehr bekommen würde.

»Wann kommst du denn wieder?«, fragte Emmi. Sie war froh, dass die Tochter nun wieder in der Heimat war und sie so oft besuchte. Sie kam auch fast jeden Sonntag zum Mittagessen, und nachmittags saßen sie dann bei Kaffee und Kuchen im Garten. Emmi fragte sich allerdings, wie lange das noch so sein würde, denn sicher würde ihre schöne Tochter bald einmal heiraten. Sie hatte ja schon geglaubt, dass sie mit dem Reiter-Markus zusammenkommen würde, das wäre ihr sehr recht gewesen. Doch so wie es jetzt aussah, hatte es nicht geklappt zwischen den beiden. Sie war ein wenig betrübt und enttäuscht darüber und Josef auch. Er hatte dies sogar ihr gegenüber einmal bemerkt. Obwohl er sonst nicht gern über solche Dinge sprach.

Da Emmi gerade daran dachte, konnte sie es sich nun doch nicht verkneifen, die Tochter zu fragen: »Mit dem Markus kommst du gar nicht mehr zusammen? Ich hab mir gedacht, du hast ihn gern.«

»Ich mag ihn immer noch«, gestand Regina und schaute mit einem verlorenen Blick vor sich hin.

»Aber?« Die Mutter warf ihr einen langen, besorgten Blick zu.

»Nichts aber! Es hat eben nicht sollen sein.«

Sie sah auf die Uhr. »Ich muss jetzt wirklich los.«

Die braunen, kleinen Augen des Vaters hatten inzwischen allen Glanz verloren. Die roten Ränder um seine Augen hatten sich noch verstärkt, und die Blässe war nicht aus seinem Gesicht gewichen. Regina war klar, dass sie ihn heute sehr aufgewühlt hatte. Es tat ihr leid, aber sie sagte sich auch, dass sich der Vater selbst noch einmal alles von der Seele hatte reden wollen. Doch in Zukunft würde sie ihn nicht mehr dazu bewegen. Sie wusste ja jetzt alles. Sie wusste nun vor allem, dass er in jener Nacht gar nicht auf die Alm gewollt hatte. Dann hatte er sich auf einmal anders entschieden.

Welche Ironie des Schicksals, musste Regina denken. Sicher haben schon andere vor mir die Dose in der Hand gehabt, haben vielleicht sogar diesen unscheinbaren Zettel gesehen. Aber keiner ist auf die Idee gekommen, ihn zur Hand zu nehmen und zu lesen. Warum ausgerechnet ich es getan habe, war vielleicht doch Fügung. Manchmal möchte man wirklich an eine höhere Macht glauben. Für die Eltern war das Gott. Sie selbst hatte dabei oft ihre Zweifel. Manchmal glaubte sie ganz fest an ihn, dann zweifelte sie wieder an seiner Existenz. Doch dass das Leben einen höheren Sinn besaß, dessen war sie sich wieder einmal ganz sicher.

Sie erhob sich, umarmte zuerst Emmi, dann Josef. Den Vater noch etwas inniger als die Mutter.

»Schon dich, Vater, und geh endlich einmal zu einem Herzspezialisten.«

»Am Herzen fehlt mir gar nichts«, widersprach er eigensinnig.

»Das sieht die Mutter aber anders.«

»Ach, die macht sich immer viel zu viele Gedanken«, erwiderte Josef brummend.

Nun warf auch Emmi ihrem Mann einen besorgten Blick zu. Heute gefiel er ihr gar nicht. Aber es war wohl die Aufregung. Sie wollte in Zukunft kein Wort mehr über die Sache hören. Der Wilderer würde sowieso nicht mehr gefasst werden, dessen war sie sich sicher. Fünf Jahre war es jetzt her, und man hatte ihn nicht gefunden.

Regina ging zur Tür, drehte sich dort noch einmal um.

»Kommst du morgen Mittag wieder?«, rief ihr die Mutter nach.

»Weiß ich noch nicht. Vielleicht erst Sonntag«, erwiderte sie, dann schlenderte sie ins Dorf zurück. Sie hatte noch Zeit. Erst in einer guten halben Stunde musste sie die Praxis aufsperren.

»Der Kaffee ist kalt geworden«, sagte Emmi, »ich werde einen frischen aufbrühen.« Sie erhob sich vom Tisch und goss Wasser in einen kleinen Topf. Sie besaßen keine Kaffeemaschine, brühten den Kaffee immer noch umständlich auf. Emmi behauptete, dass er so besser schmecken würde.

Nach ein paar Minuten schenkte sie noch einmal die Tassen voll, den kalten Kaffee hatte sie weggeschüttet. Sie öffnete weit das Küchenfenster, das zuvor nur einen Spalt breit offen gestanden hatte. Sonnenlicht und Wärme strömten dabei in die kühle Küche.

»Was für ein Glück wir mit unserer Tochter haben«, meinte Josef, »aber irgendwann wird sie doch heiraten.«

»Deshalb geht sie uns doch nicht verloren. Vielleicht heiratet sie einen aus dem Dorf«, bemerkte Emmi. »Ich habe ja geglaubt, sie käme mit dem Reiter-Markus zusammen.«

»Gehofft hast du es«, grinste Josef. »Du wolltest ja immer hoch hinaus.«

»Ich und hoch hinaus!« Sie wusste, dass diese Bemerkung nur ein Scherz sein konnte.

Als sich Josefs Gesicht wieder überschattete, fragte sie besorgt:

»Hast du wieder Schmerzen in deinem Bein?«

Er nickte. »Aber das vergeht wieder. Es kommt und geht.«

»Dann nimm doch eine Tablette.«

»Ich will mich doch nicht vergiften. Ich halt schon ein bisschen was aus.«

»Gehen wir noch auf den Friedhof? Heute ist der Mutter ihr Todestag. Meinst du, dass du den Weg schaffst?«

Josef nickte. »Das geht schon, wenn du nicht wieder so rennst.«

»Der Förster ist jetzt auch schon drei Jahre tot«, bemerkte Emmi dabei. »Bei der Beerdigung meiner Mutter ist er noch gewesen, und auch die Heidemarie. Das hat mich sehr gefreut.«

»Ja, das war nett.«

»Von seiner Pension hat er ja nicht mehr viel gehabt«, meinte Emmi nachdenklich. »Und jetzt hat auch noch die Heidemarie einen Schlaganfall bekommen. Ich kann das immer noch nicht glauben. Sie hat doch immer so gesund ausgeschaut und ist so voller Elan und Tatendrang gewesen.«

»Unter jedem Dach ein Ach.« Josef lehnte sich zurück und zog an seiner Pfeife. Der Rauch zog zum Fenster hinaus. Er blickte den Wölkchen nach.

Mizzi kam schnurrend in die Küche zurück. Sie wusste heute nicht, was sie wollte. Emmi stand auf und schaute nach, ob noch Milch in ihrem Schälchen beim Herd war. Sie setzte sich wieder an den Tisch und trank ihren Kaffee aus, dabei beobachtete sie lächelnd die Katze, wie sie genüsslich ihre Milch schleckte. Danach entkernte sie den Rest der Kirschen. Gegen sechs Uhr abends ging das Paar dann langsamen Schritts auf den Friedhof.

14

Rosa Berger war inzwischen mit Andrea per Du. Die beiden so unterschiedlichen Frauen verstanden sich glänzend. Andrea sah in ihrer Vermieterin eine Art Ersatzmutter. So wie ihrer eigenen Mutter konnte sie auch ihr alles anvertrauen, und sie hatte zurzeit einiges auf dem Herzen.

Acht Wochen lag nun das Maibaumfest zurück, und Andrea saß wie an jenem Sonntagmorgen wieder mit ihrer Vermieterin in der Küche beim Frühstück. Doch heute strahlte nicht die Sonne vom Himmel, vielmehr regnete es in Strömen. So schön der Mai und der Juni gewesen waren, und auch noch die erste, heiße Juli-Woche, so verregnet und kühl zeigte sich nun das Wetter, da es in den Hochsommer hineinging.

Andrea blickte auf die beschlagene Scheibe des Küchenfensters. Schlechtes Wetter bedrückte sie immer etwas. Aber es war nicht das Wetter alleine. Sie dachte an Martin Niederberger. Erst hatte ihr der Bürgermeister Avancen gemacht, nun versuchte er, sie zu erobern. Einen Monat ging das nun schon so. Aber je mehr er sich um sie bemühte, desto sicherer wurde sie sich, dass sie im Grunde kein bisschen verliebt in ihn war. Trotzdem ging sie mit ihm aus, hatte sich sogar von ihm küssen lassen. Das erste Mal, als er sie von dem feucht-fröhlichen Maibaumfest nach Hause gebracht hatte. Da war sie allerdings ziemlich angeheitert gewesen. Weiter war es jedoch nie gegangen. Andrea hatte es nicht zugelassen. Je mehr Zeit verging, desto weniger wollte sie es. Trotzdem konnte sie noch keinen endgültigen Schlussstrich ziehen, denn sie brauchte die Unterstützung des Bürgermeisters. Sie durfte ihn nicht brüskieren. Er war der Einzige, der stets ein offenes Ohr für ihre Belange hatte, und er war natürlich auch der einflussreichste Mann im Dorf.

Vom Förster fühlte sie sich hingegen immer noch nicht ganz ernst genommen, auch wenn sie sich mittlerweile vernünftig miteinander unterhalten konnten und er sich mit seinem teils offenen, teils versteckten Spott mehr und mehr zurückhielt. Oft sah er sie auch so seltsam an, dass ihr Herz schneller zu schlagen begann, was ihr bei Martin noch nie passiert war. Sie musste sich aber schon wieder über ihn ärgern. Hatte er ihr nicht versprochen, ihr eine Unterkunft oben auf dem Berg zu besorgen, sodass sie spät abends nicht mehr ins Dorf hinunter musste? Doch bis jetzt hatte sich dahingehend noch nichts getan. Sie gab es allmählich auf. Von dem Förster war wirklich kein Entgegenkommen zu erwarten. Dann sagte sie sich, dass sie ihm damit doch ein wenig Unrecht tat, denn er hatte ihr inzwischen erlaubt, Fotofallen im Wald aufzustellen. Auch über »Grünbrücken« hatten sie gesprochen. Er hatte sie aber darauf hingewiesen, dass diese Tierüberquerungen nur auf der stark befahrenen

Straße zwischen St. Valentin und Winkl sinnvoll wären. Diese Straße sei aber eine Bundesstraße, und folglich wäre hierfür der Bund zuständig. Dann hatte sie noch bei ihm durchsetzen können, dass sie vor den Jägern einen Vortrag über den Umgang mit den Wildkatzen halten durfte.

Die beiden Frauen saßen gerade gemütlich beim Frühstück, als es an der Tür läutete. Rosa ging eilig hinaus, und Andrea hörte draußen im Flur die Stimme des Försters. Als sie mitbekam, dass ihre Vermieterin ihn hereinbat, bekam sie plötzlich Herzklopfen. Im Forstamt war ihr dies in seiner Gegenwart noch nicht passiert.

Andrea versuchte, sich zusammenzureißen. Als Markus die Küche betrat, löffelte sie gerade ihr Frühstücksei. Sie konnte es nicht verhindern, dass ihr vor Nervosität etwas Eidotter vom Löffel fiel.

Markus grinste sie an, denn er merkte sehr schnell, dass ihr scheinbares Desinteresse an ihm nur gespielt war.

»Ich möchte Sie abholen, Frau Doktor«, erklärte er ohne Umschweife, »und zwar zu einem kleinen Waldspaziergang. Vorausgesetzt, Sie haben nicht schon etwas anderes vor.«

»Nehmen Sie doch Platz, Herr Reiter.« Frau Berger rückte Markus einen Stuhl zurecht.

Markus setzte sich Andrea gegenüber, während Rosa schon einmal begann, den Tisch abzuräumen, denn sie hatte sich um zehn Uhr mit ihrer Cousine verabredet. Die beiden Frauen wollten sich trotz des schlechten Wetters einen schönen Tag machen. Seit Andrea bei ihr wohnte, fühlte

Rosa sich besser und zog sich auch nicht mehr so zurück. Die junge Frau hatte ihr zugeredet, wieder mehr am Leben teilzunehmen und alte Freundschaften, die sie seit drei Jahren vernachlässigt hatte, wieder aufzufrischen.

»Und, was ist der Sinn dieses Waldspaziergangs?«, fragte Andrea etwas von oben herab. Sie hatte ihre Überraschung, dass der Förster so völlig unerwartet aufgetaucht war, schnell verdaut und fühlte sich nun wieder selbstsicher. Auch ihre Hand blieb ruhig. »Wollen Sie mit mir auf Wildkatzensuche gehen?«, fügte sie mit spitzer Zunge hinzu.

Markus runzelte die Stirn. »Warum können wir zwei uns nicht einmal wie erwachsene Leute benehmen?«, meinte er seufzend. »Ich habe geglaubt, wir hätten unsere Differenzen endlich beseitigt.«

Andrea senkte den Blick. Sie kam sich plötzlich albern vor. Er hatte ja recht; was sollten diese ewigen Sticheleien.

»Gut«, meinte sie, und ihre schönen, großen Augen von undefinierbarer grün-blauer Farbe richteten sich nun fest auf ihn. »Ich habe heute nichts vor.« Sie blickte zum Fenster hin. »Es regnet zwar, aber wenn Sie mit mir in den Wald wollen; ich bin nicht aus Zucker. Ich werde Ihnen dann meine Fotofallen zeigen, die ich vorige Woche aufgestellt habe.«

»Es soll kein normaler Spaziergang werden«, stellte er richtig und sah dabei, wie sich Andreas Gesicht vor Enttäuschung leicht überschattete.

»Ich möchte Ihnen etwas zeigen. Sie haben sich doch für eine Hütte interessiert?«

Andrea nickte. Endlich denkt er daran, dachte sie. Er hat es also doch nicht vergessen.

»Ich hätte da etwas für Sie. Eine Forsthütte. Sie ist eine von vielen, für die kein Bedarf mehr besteht. Früher haben die Holzknechte in solchen Hütten übernachtet. Aber das gehört mittlerweile der Vergangenheit an. Seit einigen Jahren benützt unsere Familie die Forsthütte privat. Wir haben sie ganz nett und gemütlich eingerichtet.«

»Das wäre fein, wenn ich dort ab und zu übernachten könnte«, rief sie erfreut aus.

»Ich würde Ihnen diese Hütte gerne für Ihre Tätigkeit zur Verfügung stellen. Wenn Sie die Tiere zum Beispiel auch nachts beobachten wollen, dann wäre so eine Unterkunft sehr hilfreich«, erklärte er betont sachlich.

»Deshalb habe ich Sie ja darum gebeten. Wenn ich nachts im Wald bleiben könnte, wäre das für meine Beobachtungen sehr von Vorteil.«

»Dann zeig ich Ihnen die Hütte.« Markus erhob sich schon wieder, obwohl Frau Berger ihm gerade eine Tasse Kaffee anbieten wollte. Sie war dann allerdings froh, dass er ablehnte, denn sie hatte es eilig.

»Jetzt, sofort?«, fragte Andrea.

Markus grinste wieder. »Nein, ich habe mir gedacht, ich hole Sie so gegen zwei Uhr ab. Ich möchte mir nämlich nicht den guten Sonntagsbraten entgehen lassen, den meine Schwester heute für mich kocht.«

Andreas Gesicht hellte sich noch mehr auf. »Ich freue mich«, meinte sie und löffelte dann den Rest ihres Eies aus der Schale.

»Das Fräulein Doktor vergisst immer, ihr Ei zu essen«, bemerkte Frau Berger schmunzelnd. »Wenn wir schon mit dem Frühstück fertig sind, fällt ihr ein, dass es noch unberührt vor ihr steht.«

Um Markus' straff gezogene Lippen glitt ein leises Lächeln, als er Andrea betrachtete. Er war sich überhaupt nicht sicher gewesen, ob sie mitkommen würde. Befürchtete sogar, dass sie sich schon mit Martin Niederberger verabredet hatte. Allerdings war ihm auch zu Ohren gekommen, dass der Bürgermeister nicht recht vorankam bei ihr.

»Ich freue mich auch«, erwiderte er und verließ guter Stimmung das Haus. Andrea blickte ihm durchs Fenster hindurch mit einem strahlenden Lächeln nach. Er bemerkte es und musste schmunzeln. Wie schnell sich doch die Gefühle für einen Menschen ändern konnten.

Ich will nicht mehr länger alleine bleiben, dachte er, als er zum Forsthaus zurückfuhr. Ich will nicht mehr länger wie ein Mönch leben. Die Frau, die ich will, bekomme ich nicht. So muss ich mich um eine andere bemühen, und wer könnte dafür geeigneter sein als diese junge Biologin. Mir fällt sonst wirklich keine andere ein.

15

Pünktlich um zwei Uhr holte Markus Andrea ab. Sie war natürlich zweckmäßig gekleidet mit ihrer Regenhose, ihrem teuren, wasserundurchlässigen Anorak mit Kapuze und den ebenso wasserdichten Stiefeln.

Schon zehn Minuten später parkte Markus seinen Jeep auf dem Forstparkplatz. Er pfiff Benno, der auf dem Rücksitz lag und sich nur widerwillig erhob. »Heute musst du mit«, befahl er seinem Hund.

»Wie alt ist er denn?«, fragte Andrea und streichelte das glatte Fell des Jagdhundes.

»Bald sechzehn Jahre. Mit ihm ist nicht mehr viel los.«

Andrea fuhr immer noch zärtlich über das braune Fell des Rüden. »Willst du nicht mitkommen?«, sprach sie im Flüsterton zu ihm. »Das Leben wird dir wohl allmählich zu mühsam.« Sie blickte zu Markus hin. »Er kann doch auch im Auto bleiben.«

»Nein er braucht Auslauf. Heute muss er einmal mitkommen«, erwiderte er in bestimmendem Tonfall. »Also, los jetzt, Benno! Beweg deine alten Knochen. Wir müssen halt etwas langsamer gehen.«

Der Hund erhob sich träge und sprang vorsichtig aus dem Jeep. Andrea streichelte ihn wieder und redete ihm gut zu.

Langsam wanderten sie durch den Wald. Markus wählte dieses Mal die Forststraße, nicht den Jagersteig, den er vor ein paar Monaten mit Regina gegangen war.

Andrea ging neben ihm her. Sie wanderte nie durch den Wald, ohne auf das kleinste Detail zu achten. Markus sah hingegen im Wald in erster Linie den wirtschaftlichen Nutzen.

Es war ein feuchtes, schattiges Gebiet, das sie durchschritten. Nachdem es kurz aufgehört hatte zu regnen, nieselte es nun leicht. Andrea blickte sich um. »Das sind die ledernen Wedel des Rippenfarns«, sagte sie zu Markus, »und das die hellgrünen des Frauenfarns.«

»Das hätte ich dir auch sagen können«, bemerkte er grinsend.

Er hat »du« zu mir gesagt, zuckte es Andrea durch den Kopf. Es ist ihm wohl so herausgerutscht.

Nach einer Weile mussten sie eine kleine Schlucht durchqueren, durch die ein Bach lief. Am Rand der Schlucht strebten hohe Tannen und Fichten dem Himmel zu. Buchen und Bergahorn streckten ihre starken Äste in schwindelnde Höhe. Der Gebirgsbach, der schon bald tief unter ihnen lag, sprang über glatte, rundgewaschene Steine. Sein sprudelndes Wasser sammelte sich in kleinen Gumpen und floss dann weiter dem Tal zu. Nachdem sie den Bach hinter sich gelassen hatten, ging es noch ein Stück tiefer in den Wald hinein. Glänzende Eidechsen mit goldenen Augen liefen ihnen über den Weg, und die Luft war feucht, schwer und würzig. Dann öffnete sich der Wald wieder. Über das weite Almgebiet, das sich nun zeigte, waren die Almhütten verstreut.

Sie überquerten die steil ansteigende Wiese und kamen zur Forsthütte. Markus dachte gerade, dass er ein halbes Jahr nicht mehr hier oben gewesen war, seit dem Tag, als er mit Regina zur Hütte gegangen war. Wieder musste er an sie denken, obwohl er Andrea ansah, wie sie die Forsthütte interessiert betrachtete.

»Alle anderen Almhütten haben ganz flache Dächer, nur die hat ein steiles Dach«, stellte sie fest.

Markus nickte. Er hatte ihr nicht richtig zugehört.

Als er die Hütte aufsperrte und Andrea hinter ihm eintrat, musterte sie das Inventar genauso, wie es Regina getan hatte, damals Ende Januar. Auch Andrea bemerkte, dass hier wieder einmal gründlich abgestaubt werden müsste, und auch sie fror ein wenig, obwohl es jetzt mitten im Sommer war. Sie sah sich nach einer Schlafgelegenheit um, und Markus zeigte ihr die beiden kleinen Nebenräume, in denen sich vier Stockbetten befanden. »Da kannst du dir eines aussuchen«, meinte er grinsend.

Er duzt mich schon wieder, fuhr es ihr durch den Kopf, doch sie machte ihn nicht darauf aufmerksam. Sie gestand sich ein, dass sie sich sogar darüber freute.

»Gefällt es dir hier?« Seine Stirn runzelte sich etwas, denn von Andrea war bis jetzt wenig Reaktion gekommen.

»Ich habe sie mir gar nicht so komfortabel vorgestellt«, meinte sie schmunzelnd. »Aber ein wenig kühl ist es drinnen.«

»Da kann Abhilfe geschaffen werden.« Markus ging zum Ofen und kratzte mit dem Schürhaken die kalte Asche aus dem Heizkasten. Dieses Mal ist genug Holz im Korb, stellte er mit einem Blick fest. Er dachte wieder an Regina, während er Feuer machte, und sagte sich dabei, dass es eine recht schlechte Idee von ihm gewesen war, gerade mit Andrea hierher zu kommen. Er hätte sich denken können, dass ihn nun alles an die andere erinnern würde.

Das trockene Holz brannte schnell an, und es dauerte dieses Mal auch nicht so lange, bis es warm wurde.

Andrea hatte sich inzwischen auf dem zerschlissenen Sofa niedergelassen.

Markus drehte sich um und sah sie an. »Ich glaube, Sie können jetzt Ihren Anorak ausziehen«, forderte er sie auf und wollte ihr aus der nassen Jacke helfen.

Doch Andrea war schneller. Jetzt siezt er mich wieder, musste sie denken. »Können wir uns nicht einigen, ob wir uns jetzt weiter siezen oder duzen?«, fragte sie ihn keck.

»Das wollte ich bei einem Glas Wein besprechen«, meinte er grinsend.

»Sie haben mich aber schon geduzt«, antwortete sie, ohne ihn aus den Augen zu lassen.

»Entschuldigung, das ist mir wohl so herausgerutscht.«

»Aber das macht doch nichts.« Andrea ging in den Nebenraum, probierte eines der hohen Betten aus, indem sie mit dem Hintern auf der Matratze hin und her hüpfte, und ließ dann wie ein Backfisch die Beine in die Luft baumeln.

»Ich glaub, ich nehme das«, meinte sie, nachdem sie die Matratze auf ihre Leistungsfähigkeit getestet hatte.

Markus blieb auf der Schwelle zur Schlafkammer stehen und beobachtete sie dabei schmunzelnd. Sie kam ihm jetzt vor wie ein Kind. »Haben Sie keine Angst, hier allein zu übernachten?« Er hob die dunklen Brauen. Seine hellgrauen Augen, von der hervorspringenden Stirn noch tiefer als sonst überschattet, drückten leichte Belustigung aus.

Andrea verzog spöttisch den Mund. »Warum sollte ich? Was glauben Sie denn, wie oft ich schon allein im Wald übernachtet habe! Mit Schlafsack, ganz im Freien. Das macht mir gar nichts aus. Aber bei schlechtem Wetter ist es in so einer Hütte natürlich gemütlicher.«

»So habe ich Sie auch eingeschätzt, dass Sie vor gar nichts Angst haben«, murmelte er und musterte sie nun von oben bis unten. Doch er konnte Andrea nicht in Verlegenheit bringen. Sie schlug weder die Augen nieder, noch wurde sie rot.

»Enttäuscht darüber?«, fragte sie ihn herausfordernd.

Markus schüttelte den Kopf. Er stand mitten im Raum, hatte den Blick noch immer nicht von ihr abgewandt.

»Warum ist es eigentlich mit uns zwei so schwer?«, fragte er sie mit heiserer Stimme.

»An mir liegt es nicht«, erwiderte sie und ließ dabei immer noch wie ein halbes Kind die Beine baumeln.

Er wandte sich abrupt ab, ging wieder in die Kuchl und hängte seinen Anorak, der auf den Boden gefallen war, über die Ofenstange.

Andrea kam zurück in die warme Stube. Er nahm ihr den Anorak ab und hängte ihn ebenfalls auf die Stange. Er sah ihr dabei kurz, aber sehr intensiv in die Augen. Dieses Mal konnte sie seinem Blick nicht standhalten und wandte sich ab.

Der Hund trottete zum Herd und streckte sich dort wohlig aus. Endlich ist es warm hier, schien auch er sich zu denken.

»Haben Sie heute noch etwas vor?« Wieder streifte er sie mit jenem Blick, der ihren Puls in die Höhe trieb. Sie hatte ja bis zu einem gewissen Maß die Kühle und Gleichgültige spielen können, doch dieses Maß war plötzlich überschritten. Sie musste flüchtig an Martin Niederberger denken. Diesem Mann war sie schon so nahe gewesen, und doch hatte er ihr Blut nicht in Wallung gebracht. Dem Förster hingegen schien es ganz leicht zu gelingen.

»Natürlich nicht«, erwiderte sie und spürte, wie ihr Hals dabei trocken wurde.

»Dann müssen wir ja nicht gleich wieder gehen und können es uns in der Hütte ein wenig gemütlich machen.«

»Deshalb haben Sie ja auch eingeheizt«, antwortete sie schnippisch.

Er schaute aus einem der kleinen Fensterchen, ihre herausfordernde Antwort ignorierend. »Es hat schon wieder zu regnen angefangen. Heute versäumen wir wirklich nichts.« Er ging hinaus und blieb eine ganze Weile fort. Andrea hatte sich inzwischen wieder auf dem alten Sofa niedergelassen, das bei jeder Bewegung quietschte. Sie blickte nachdenklich auf den groben, verstaubten Bretterboden.

Warum ist er mit mir hierhergegangen?, fragte sie sich. Wirklich nur deshalb, um mir die Hütte zu zeigen?

Sie stand wieder auf und ging in der Stube hin und her, dabei öffnete sie ein paar Schubladen der alten Kommode. Sie war von Natur aus neugierig, aber die abgenutzte versilberte Blechdose in einem Winkel beachtete sie überhaupt nicht. Dafür öffnete sie eine andere viereckige Dose, in der sich einige Teebeutel befanden.

Sie wandte sich wieder von der Kommode ab und blickte aus dem Fenster. Sie konnte Markus draußen nirgends entdecken. Hörte nur, wie der Regen monoton auf das Blechdach trommelte. Benno hob von Zeit zu Zeit schläfrig den Kopf.

Wie lange bleibt er denn noch draußen?, fragte sich Andrea und wurde langsam unruhig. Was treibt er überhaupt? Geht einfach hinaus und sagt nichts. Doch gerade, als sie dies dachte, kam er zurück.

»Ich musste nur schnell das Stromaggregat überprüfen«, entschuldigte er sich für sein langes Fortbleiben.

»Sie wollten mir nur die Hütte zeigen und haben gar nichts davon gesagt, dass wir uns hier häuslich niederlassen«, bemerkte sie und warf ihm dabei einen unsicheren Blick zu.

»Ich habe Sie gefragt, ob Sie heute noch was vorhaben, und Sie haben es verneint. Ich habe auch nichts vor. Meine Schwester ist nicht daheim, und meine Mutter immer noch auf Reha. Ich wäre also ganz allein zuhause, genau wie Sie. Wir versäumen doch nichts bei diesem Wetter.« Er sagte dies gleichmütig vor sich hin und warf dabei ein paar lange Scheite in den Ofen.

Es war nun sehr warm in der Stube, und Markus begann seinen Rucksack auszupacken. Andrea hatte sich schon gewundert, warum er so einen großen Rucksack mitschleppte.

Als sie sah, dass er auch einen Plastikbehälter mit Kuchen dabei hatte, meinte sie schnell: »Ich kann ja Tee kochen. Ich habe da in einer Schublade ein paar Beutel entdeckt.«

»Ein Glas Wein ist mir aber lieber.« Er zog eine Flasche Rotwein aus dem Rucksack. »Wir wollten doch Bruderschaft trinken«, bemerkte er schmunzelnd.

Das war alles geplant, fuhr es Andrea durch den Kopf, und sie spürte, wie ihr dabei die Hitze ins Gesicht stieg.

»Ich würde lieber Tee trinken«, beharrte sie.

»Schade.« Er sah sie nun voll an.

»Warum sehen Sie mich so an?«

»Weil Sie mir gefallen.« Er streifte sie mit einem verschmitzten Lächeln.

»Ich hatte bisher nicht den Eindruck«, bemerkte sie trotzig.

»Dass ich oft anderer Ansicht war als Sie, musste doch nicht bedeuten, dass Sie mir nicht von Anfang an gefallen haben«, erwiderte er mit rauer Zärtlichkeit.

»Ich kann es aber nicht leiden, wenn sich jemand überhaupt nicht für meine Arbeit interessiert«, erwiderte sie bockbeinig.

»Können wir nicht einmal das Kriegsbeil begraben?« Er runzelte die Stirn, sein Gesicht war dem ihren nun ganz nahe.

Sie wich ein wenig vor ihm zurück. »Ich bin nicht so leicht zu kriegen, wenn das Ihre Absicht ist und Sie mich deshalb hier hinaufgelockt haben.« Ein leichtes Lächeln erschien nun auf ihren Lippen, das ihre Worte Lügen strafte, und auf ihren Wangen bildeten sich dabei zwei neckische Grübchen. Die hatte er noch gar nicht an ihr bemerkt.

»Was Sie wieder von mir glauben«, raunte er ihr zu, doch sein Gesicht kam dem ihren nun so nahe, dass sie seinen frischen Atem spürte. Er griff nach ihrer Hand.

»Gut, dann trinken wir zum Kuchen ein Glas Wein«, sagte sie schnell und entzog ihm sanft ihre Hand. »Wenn Sie die Flasche schon mit heraufgeschleppt haben, dann trinken wir sie halt.«

»Dann redet es sich auch leichter.« Er ließ sie nun nicht mehr aus den Augen.

»Sie wollten mir allerdings nur die Hütte zeigen. Es war keine Rede davon, dass wir länger hier bleiben und dann auch noch Wein trinken. Aber ich gebe mich geschlagen.«

»Wirklich?« Sein Mund näherte sich nun ihren Lippen. Er küsste sie ganz leicht und fragte sie dann: »Stört sich jemand daran, dass wir beide jetzt alleine in der Hütte sind? Vielleicht der Herr Bürgermeister?« Markus wollte jetzt Nägel mit Köpfen machen. Er musste auf der Stelle wissen, ob er bei ihr eine Chance hatte. Er würde sich kein zweites Mal von einer Frau hinhalten und dann abspeisen lassen. Er sagte sich, dass es nur mit Andrea gelingen konnte, Regina zu vergessen. Dann würde sie eines Tages kein Ersatz mehr für ihn sein. Noch verspürte er nicht diese tiefe Liebe, wie er sie gegenüber Regina empfunden hatte. Aber so wie lauwarmes Wasser kalt werden konnte, so konnte lauwarmes Wasser auch heiß werden. Und ein wenig heiß war ihm jetzt schon.

»Eifersüchtig?« Andrea warf ihm einen leicht herausfordernden Blick zu. Sie wich nicht mehr vor ihm zurück. Sie war ihm nun ganz nahe, spürte nicht nur seinen Atem, sondern auch den Geruch seines Haares und seiner Haut.

»Habe ich Grund dazu?«, fragte er sie mit sonorer, leidenschaftlicher Stimme.

Andreas Gesichtsausdruck veränderte sich, wurde weich und zärtlich.

Sie schüttelte leicht den Kopf mit dem noch feuchten, lockigen Haar.

»Ja, es war alles geplant«, raunte er ihr zu. »Ist das so schlimm?« Er vergaß plötzlich, wie er mit Regina hier gewesen war. Er wollte jetzt nur an

Andrea denken. Er fühlte sich von Minute zu Minute mehr zu ihr hingezogen. »Dass du mich nach dieser Hütte gefragt hast, ist mir natürlich sehr entgegengekommen«, bekannte er schmunzelnd. »Wie sollte ich sonst einen Weg zu dir finden?« Er zog sie nun ganz zu sich heran, fuhr mit den Lippen durch ihr dunkles Haar, das sich durch die Nässe stärker gekräuselt hatte. »Etwa auf die Art und Weise, wie es der Herr Bürgermeister bevorzugt, indem er sich mit Frauen schmückt und sie in teure Restaurants einlädt?«

»Woher willst du das wissen?«, flüsterte sie.

Er schob sie ein wenig von sich. »Der Martin ist bekannt dafür. Mit dir hat er es doch auch versucht. Manche Frauen fallen darauf herein. Dabei möchte ich nicht behaupten, dass er es nicht ernst mit dir meint. Er hat sich sicher gedacht, dass du die ideale Frau für ihn wärst. Er könnte dann mit dir angeben.«

»Ich bin nicht auf ihn hereingefallen«, antwortete sie ernst.

»Ich weiß.« Er liebkoste nun ihr kleines, zartes Ohrläppchen.

»Warum müssen wir eigentlich über Martin reden?« In ihren Augen glomm jetzt eine intensive Glut. Nun war sie es, die sich an ihn drängte.

Sie ließen sich auf dem alten Sofa nieder. Markus hielt sie dabei eng umschlungen. »Weil ich trotzdem noch eifersüchtig auf ihn bin«, bekannte er.

»Dabei hast du doch gar keinen Grund. Das weißt du auch.« Andrea schloss die Augen. Sie fühlte seinen starken, warmen Körper, seine kräftigen Hände, spürte seinen Atem.

»Ich will jetzt wirklich nicht mehr über ihn reden«, murmelte sie. »Er ist es überhaupt nicht wert.«

»Dann sprechen wir von deinen Augen. Sind sie jetzt grün oder blau?«

»In meinem Reisepass steht grün«, antwortete sie lächelnd.

»Egal, zumindest sind sie wunderschön.«

Andrea schloss bei seinen Worten die Lider, und er küsste sie.

»Manchmal erinnern sie mich an einen kühlen Bergsee, dann wieder an einen strahlend blauen Sommerhimmel«, flüsterte er ihr zu.

»An was erinnern sie dich jetzt?«, fragte sie ihn leise und schlug die Augen wieder auf.

»An einen Sommerhimmel«, raunte er ihr zu. »Aber jetzt wäre es mir lieber, du würdest die Augen wieder schließen«, fuhr er fort, und seine Lippen suchten ihren Mund.

Einige Minuten gab sie sich ihm willig hin, doch dann sagte sie sich, dass das doch zu schnell ging, dass sie es ihm nicht so leicht machen durfte.

Sie befreite sich aus seinen Armen. »Lass mir noch ein wenig Zeit«, bat sie ihn. Sie blickte ihn ernst an, eine kleine Unmutsfalte erschien dabei auf ihrer Stirn. »Du darfst nicht gar so stürmisch sein.«

»Entschuldige«, murmelte er und streifte sie mit einem unsicheren, ernüchterten Blick.

»Gehst du bei allen Frauen so ran?« Sie schmiegte sich wieder an seine Schulter.

»Früher war ich so. Aber jetzt schon lange nicht mehr«, bekannte er.

»Und warum die Abstinenz? Hast du eine Enttäuschung erlebt?« Sie warf ihm einen langen, fragenden Blick zu.

Markus schüttelte den Kopf. Über Regina wollte er nicht reden, und die Abenteuer seiner Studentenzeit spielten keine Rolle mehr.

Er zuckte mit den breiten, kräftigen Schultern. »Ich weiß es nicht. Ich hatte eben keine Zeit mehr für Beziehungen.«

»Und jetzt plötzlich doch?« Sie warf ihm von der Seite her einen schelmischen Blick zu.

»Wenn einem so plötzlich die Traumfrau über den Weg läuft!« Er sah sie an, dachte dabei an Regina und kam sich schäbig vor. Nein, sagte er sich plötzlich, ich werde nicht mehr an sie denken, nur mehr an diese bezaubernde Frau hier vor mir. Das muss mir doch gelingen. Er schloss die Augen.

Andrea ahnte und wusste nichts von seinen heimlichen Gedanken, von dieser immer noch nicht erloschenen Sehnsucht. Er hielt die Augen lange geschlossen. Sein Kopf ruhte auf einem Kissen, das mit kitschigen Enzianblumen bestickt war. Sie fuhr mit ihren langen, schmalen Fingern behutsam durch sein glattes Haar. Sie wusste nicht, was er dachte und fühlte. Sie glaubte, dass sie sich gerade in ihn verliebte und dass es ihm ähnlich ging.

»Wir sollten jetzt endlich den Wein trinken und etwas essen«, flüsterte sie ihm zärtlich ins Ohr.

Markus schlug die Augen wieder auf. Er nahm ihr Gesicht zwischen beide Hände und zog es zu sich heran. Er küsste sie auf den Mund. Dann erhoben sie sich vom Sofa und begaben sich an den Tisch.

Markus entkorkte den Wein, und Andrea packte den Rucksack aus. »Du hast ja wirklich an alles gedacht, sogar ans Frühstück.« Sie schüttelte gespielt vorwurfsvoll den Kopf.

»Für den Fall, dass du heute schon hier oben bleibst. Aber das nehme ich nicht an«, erwiderte er und dachte sich, dass er nicht Nein gesagt hätte, wenn sie schon jetzt für eine gemeinsame Nacht bereit gewesen wäre.

Sie nahm ihm diese Antwort nicht ab. »Ich habe dich wirklich unterschätzt.« Sie drohte ihm mit dem schlanken Zeigefinger. Ihre Nägel waren nicht lackiert, aber sorgfältig gefeilt.

»Du wirst lachen, aber ich werde tatsächlich heute schon oben bleiben. Aber alleine!« Sie sah ihn strafend an. »Sagst du Frau Berger bitte Bescheid, wenn du wieder unten bist? Richte ihr aus, dass ich heute nicht in meinem Zimmer übernachte, nicht, dass sie noch eine Vermisstenanzeige aufgibt.«

»Du willst wirklich heute schon hier übernachten?«

Andrea nickte. »Ja, ich werde mich ein wenig im Wald umsehen. Wenn ich schon einmal hier oben bin.« Sie lachte verschmitzt.

»Darf ich nicht doch hier bleiben?« Er konnte der Versuchung nicht widerstehen.

Sie schüttelte den Kopf. »Nein, du gehst brav wieder hinunter«, befahl sie ihm lachend.

»Du lässt mich leiden«, seufzte er.

»Ja, ein bisschen musst du schon noch leiden«, meinte sie lachend und fuhr dann schnell fort: »Übrigens, hast du einen Apfel dabei?«

Er warf ihr einen erstaunt fragenden Blick zu.

»Für morgen früh, statt Zähneputzen.«

Markus grinste. »Ja, ich glaube, ich habe einen mitgenommen.« Er kramte in seinem Rucksack und gab ihr den Apfel. Sie ist wirklich ein patentes Mädel, dachte er, sie gefällt mir immer besser.

Er hatte bis jetzt nicht gewusst, zu welcher Kategorie von Frauen Andrea gehörte. Es hätte sein können, dass sie als moderne, emanzipierte Frau die Liebe leicht nahm. Dass so ein Abenteuer, wie sie es gerade erlebten, für sie zwar aufregend, letztlich aber ohne Bedeutung und Konsequenzen bleiben würde.

»Ich mag dich sehr, Andrea. Eigentlich von Anfang an, wenn du mich auch mit deinen Wildkatzen schrecklich genervt hast.« Seine Stimme klang nun ernst. Es lag nichts Scherzhaftes und Gespieltes mehr in ihr.

»Ich mag dich auch«, erwiderte sie mit ihrer warmen, dunklen Stimme, »auch wenn du mich mit deiner Ignoranz und deinem Spott zur Weißglut gebracht hast!«

Lachend machten sie sich über das Essen her: Der geräucherte Speck schmeckte Andrea besonders gut, aber den Kuchen verschmähte sie vorerst.

»Den hebe ich mir für morgen zum Frühstück auf«, erklärte sie.

»Er schmeckt sehr gut. Hat meine Schwester gebacken. Willst du nicht doch jetzt schon davon probieren?« Markus war ganz überrascht gewesen, als ihm Vroni heute Morgen ihren Marmorkuchen präsentiert hatte. Er hatte gar nicht gewusst, dass sie so gut backen konnte. Sie führte nun schon seit zwei Wochen den Haushalt, und sie machte das fast so gut wie die Mutter.

Andrea schüttelte den Kopf und griff wieder nach dem Speck. Sie bat ihn auch, ihr noch ein Glas Wein einzuschenken.

Als sie die halbe Flasche geleert hatten und Markus ihr noch einmal nachschenken wollte, schüttelte sie konsequent den Kopf. »Nein, nun ist es genug«, erklärte sie, »ich will schließlich heute noch auf Wildkatzensuche gehen. Wenn die Katzen meinen Alkoholdunst riechen, flüchten sie ja gleich«, fügte sie scherzend hinzu.

Markus grinste und blickte dann durch das kleine Fenster.

Die dichten, grauen Wolken lösten sich langsam auf. Die Bäume waren mit Regenperlen behangen und glitzerten nun in der Sonne, die immer stärker die Wolkendecke durchbrach.

»Gehen wir noch ein wenig hinaus?«, fragte er sie.

Andrea nickte.

»Ich glaube, den Anorak können wir uns jetzt sparen«, meinte Markus, als er ins Freie trat. Er blieb vor der Hütte stehen und sah sich um. Noch nie war ihm der Wald so still und friedlich erschienen. Er fühlte sich wohl, verspürte eine seltsame Befreiung in sich.

Andrea trat hinter ihn, lehnte ihren dunkelbraunen Lockenkopf an seinen Rücken und umfasste seinen Oberkörper mit beiden Armen.

»Wie schön wäre es, wenn wir beide für immer und ganz alleine in dieser Hütte bleiben könnten«, bemerkte sie leise. Doch es war nur eine momentane Wunschvorstellung. Sie wussten es beide. Es entsprach nicht der Realität, nicht dem wirklichen Leben. Das sah ganz anders aus.

»Ich glaube, das würde uns doch irgendwann einmal langweilig werden«, erwiderte er lächelnd. »Vor allen Dingen dir. Du brauchst andere Menschen um dich.« Diese so leicht dahingesagte Bemerkung löste plötzlich ein ungutes Gefühl in ihm aus, das er schnell zu verdrängen suchte.

»Momentan brauche ich außer dir keinen Menschen«, entgegnete sie, wobei sie seinen Körper immer noch umschlungen hielt.

»Genießen wir erst einmal diesen Tag«, flüsterte er.

Andrea nickte und ließ ihn los. Hand in Hand wanderten sie durch den Wald. Andrea zeigte ihm, wo sie ihre Fotofallen aufstellen wollte.

Markus schien plötzlich beeindruckt von ihrer Arbeit. »Du bist so tüchtig und gescheit. Ich komme mir direkt dumm neben dir vor.«

»Jeder hat seinen Job«, erwiderte sie. »Du den deinen und ich den meinen. Aber es ist ein riesiges Privileg, wenn man seinen Traumberuf ausüben kann.«

»Ich weiß nicht, ob ich auch so privilegiert bin. Mein Vater war schon Förster und auch mein Großvater. So bin ich es eben auch geworden. Aber manchmal wünsche ich mir doch, ich hätte einen anderen Beruf ergriffen.«

»Macht dir deine Arbeit denn keinen Spaß?« rief Andrea besorgt aus.

»Doch«, erwiderte Markus, »ich glaube, ich rede dummes Zeug. Nein, ich bin mit Leib und Seele Förster.«

Es dämmerte bereits, als er Andrea verließ. Sie war wirklich eine spontane, tatkräftige Frau, hatte sie sich doch gleich dazu entschlossen, oben auf der Alm zu bleiben. Sie war ja auch völlig unabhängig in ihrem Beruf. Markus beneidete sie darum.

Er fuhr, wie er es ihr versprochen hatte, zu Frau Berger, um ihr Bescheid zu sagen, dass ihre Mieterin oben auf der Alm übernachten würde.

»Um Gottes Willen!« rief Frau Berger aus »So eine junge Frau, ganz allein auf der Alm! Hoffentlich passiert ihr nichts!«

»Es sind ja noch zwei Sennerinnen oben«, beruhigte der Förster die besorgte Frau. Dann fuhr er zum Forsthaus. Er wusste nicht, ob er sich glücklich fühlte, aber besser als die letzten Wochen fühlte er sich allemal. Vielleicht reichte dies für den Anfang. Es kam nun darauf an, ob sich ihre Zuneigung verstärken oder abschwächen würde.

16

Martin Niederberger hatte äußerst schlechte Laune, als er an diesem Montag im August, morgens um acht Uhr, das Rathaus betrat.

»Was steht heute auf dem Terminkalender?« fragte er seine Sekretärin mürrisch, die bei seinem Anblick leicht zusammenzuckte. Sie war seit Jahren heimlich verliebt in den gut aussehenden, jungen Bürgermeister. Er war immerhin schon ein paar Mal mit ihr ausgegangen und machte ihr auch Komplimente. Jeder im Rathaus wusste jedoch, dass er mit ihr nur spielte und dass sie ihn viel zu ernst nahm. Heute zeigte er wieder einmal, dass ihm gar nichts an ihr lag, denn er behandelte sie wie das letzte Lehrmädchen: arrogant und von oben herab.

Anna Lehnert traten die Tränen in die Augen. Sie war jedoch klug genug, diese tapfer zurückzudrängen und ihre Arbeit auch an diesem – so wie es aussah – äußerst lausigen Wochenbeginn, gewissenhaft zu erledigen.

»Eine Frau Oberauer hat um neun Uhr einen Termin bezüglich der Kletterwand im Kindergarten.« Anna blätterte weiter in ihrem Terminkalender. »Dann ist da noch die Besprechung mit dem Landrat bezüglich …«

»Das weiß ich schon«, schnitt Martin seiner Sekretärin das Wort ab, wobei er eine ärgerliche

Handbewegung machte. »Ich weiß schon, was ich mit dem Landrat zu besprechen habe, das müssen Sie mir nicht sagen.«

Anna zuckte zusammen. Er hatte »Sie« zu ihr gesagt, dabei waren sie schon lange beim »Du«. Nun konnte sie wirklich die Tränen kaum mehr zurückhalten.

»Für die Kindergartentante habe ich heute keine Zeit«, sprach er unwillig weiter.

»Aber du … Sie …«, stammelte sie, »haben den Termin bereits zwei Mal platzen lassen. Sie hat einen Plan dabei. Und sie ist keine Erzieherin, sondern die Elternbeiratsvorsitzende.«

»Das ist mir ganz egal, wer sie ist. Ich habe heute keine Zeit für solche Kinkerlitzchen.« Er ging ohne ein weiteres Wort in sein Büro und schlug die Tür hinter sich zu.

»Mein Gott, hat der eine schlechte Laune!« Das kesse Lehrmädchen kam herein. Sie hatte alles vom Flur aus mit angehört, da die Tür nur angelehnt war. »Ich habe mich gar nicht rein getraut.«

Hanna sah ihre Vorgesetzte mit einem unschuldigen Blick aus den blauen, kugelrunden Augen an. Ihr glattes, in der Mitte gescheiteltes Haar hatte sie erst letzte Woche pechschwarz gefärbt. Vor vierzehn Tagen war sie noch blond gewesen.

»Du bist wieder einmal eine Viertelstunde zu spät!«, wies Anna das Lehrmädchen zurecht, ohne auf ihren Kommentar einzugehen.

»Dafür kann ich nichts. Der Bus hatte Verspätung.«

Anna nickte. Das neue Lehrmädchen wohnte in dem entlegenen Ortsteil Brand und war auf den Linienbus angewiesen, der sich wirklich oft verspätete. Obwohl Hanna auf dem so abgelegenen Bauernhof ihrer Eltern lebte, war sie über alles, was im Dorf geschah, bestens informiert.

»Der Bürgermeister hat sicher deshalb so schlechte Laune, weil er bei dieser Biologin nicht landen konnte. Es heißt, sie hätte sich mit dem Förster verlobt. Das hat er wahrscheinlich erfahren, darum ist er so grantig«, schwatzte Hanna mit gedämpfter Stimme drauflos.

»Was du nicht alles weißt.« Anna tat so, als ob sie dies alles nicht interessierte, und schaltete ihren Computer ein. Sie schwor sich, dass sie sich endlich emotionell von Martin lösen würde. Keinesfalls ließ sie sich länger zum Narren halten. Jetzt war Schluss. Auf diese Frau Doktor Schultes war er also scharf. Sie hätte es sich denken können! Auf dem Maibaumfest hatte sie die beiden andauernd tanzen sehen. Sie hatte sich aber nicht viel dabei gedacht, denn die Biologin war damals ja erst eine gute Woche im Dorf gewesen.

»Der Bürgermeister will Landrat werden«, analysierte Hanna munter weiter, während auch sie ihren Computer einschaltete. »Das weiß doch jeder. Dazu braucht er aber geordnete Familienverhältnisse. Das heißt, er sucht nach einer passenden Frau. Eine Frau Doktor käme ihm da ganz gelegen.«

»Du hast ein ziemlich loses Mundwerk – vergiss nicht, dass du in seinem Vorzimmer sitzt«, erwiderte Anna, die nur allzu gut wusste, wie recht dieses junge Mädchen hatte. Nun hatte sie Martin Niederberger endlich durchschaut. Es hatte lange genug gedauert. Sie spürte, dass sie schon wieder feuchte Augen bekam.

»Hast du die Statistik schon fertig?«, fragte sie Hanna.

Das Lehrmädchen schüttelte unbekümmert den Kopf. »Nein, aber in einer Stunde.« Sie machte sich an die Arbeit. »Vertraue keiner Statistik, wenn du sie nicht selbst gefälscht hast«, fügte sie salopp hinzu.

Nach einer Stunde stürmte der Bürgermeister wieder herein. Anna war ein klitzekleiner Fehler in der Terminplanung unterlaufen, worüber Martin einen Wutanfall bekam.

Anna wurde blass, als sie sich entschuldigte.

Ich werde kündigen, schwor sie sich. Ich weiß, was ich kann, und werde schnell eine andere gute Stelle finden.

»Mein Gott. Der ist ja heute wirklich nicht zum Aushalten!« Hanna war nun ehrlich erschrocken. »Wegen solch einer Lappalie so ein Theater zu machen!« Sie arbeitete weiter an ihrer Statistik. »Hoffentlich wird er bald Landrat, dann sind wir ihn los!«

»Darauf werde ich nicht warten«, erwiderte Anna und fuhr dann fort, an ihrem Schreiben zu tippen, das die Ablehnung einer Geschwindigkeitsbeschränkung beinhaltete. Auch so eine Entscheidung, die auf der Willkür des Bürgermeisters beruhte und die Anna nicht nachvollziehen konnte. Sie fragte sich, warum es im Ort Gemeinderäte gab. Es schien ihm nie jemand zu widersprechen. Alles ging ihm durch. Nur bei dieser Frau Doktor hatte er nicht landen können. Sie freute sich insgeheim darüber. Sie war jedenfalls mit ihm fertig. Heute hatte er sein wahres Gesicht gezeigt. Und der Tag war noch nicht zu Ende.

17

Der Hof, in den Monika vor fünfzehn Jahren als junges Mädchen hineingeheiratet hatte, existierte schon seit vielen Jahrhunderten. Er lag lieblich an einem Südhang mit Blick auf das Sonntagshorn.

Es war an einem sonnigen Tag im September, als Monika mit ihrem Mann den neuen Hofladen mit Café eröffnete. Das Ehepaar hatte zu dieser Feier eine Menge Leute eingeladen. Neben ihrer Familie und der großen Verwandtschaft ihres Mannes kamen auch viele Freunde, Bekannte und Urlaubsgäste.

Monika war in ihrem Element, als sie jeden ihrer Gäste einzeln begrüßte und dabei ihre dottergelben Prospekte verteilte mit der Aufschrift: »Hofladen & Hofcafé Kramer«.

Neben frischem Geflügel, Freilandeiern, Wurst und Käse bot sie in ihrem Laden auch Säfte und Schnäpse an. Im Café konnte man zu bestimmten Zeiten frühstücken, Brotzeit machen, aber vor allem die hausgemachten Kuchen und Kaffeespezialitäten genießen.

Hannes, Monikas Mann, führte inzwischen die Besucher zur Ponyweide, auf der die Urlauberkinder reiten konnten, und zum Streichelzoo, den das geschäftstüchtige Ehepaar sich auch noch zugelegt hatte.

Markus kam mit Andrea verspätet zu der Feier, die schon gegen zehn Uhr vormittags begonnen hatte. Die beiden waren zu Fuß zum abgelegenen Hof gewandert und trafen gerade ein, als sich der Bürgermeister aus Termingründen schon wieder von Monika und Hannes verabschiedete.

Als Martin an Markus und Andrea vorbeiging, grüßte er nur kurz und reserviert, als ob sie Fremde wären, und ging dann mit zusammengepressten Lippen schnell weiter.

»Er sieht mich kaum noch an«, bemerkte Andrea zu Markus, als er vorbei war. »Aber das macht mir nichts aus.«

»Mir auch nicht«, grinste der Förster und dachte daran, dass Andrea und er nun seit zwei Monaten ein Paar waren. Er hatte die junge Frau im Sturm erobert und es bis jetzt nicht bereut. Die hübsche und kluge Biologin tat ihm gut, und es tat nicht mehr so weh, wenn er Regina zufällig im Dorf sah. Gesprochen hatten sie seit der Begegnung an der Bushaltestelle nicht mehr miteinander, aber sie grüßten sich freundlich. Dabei wussten sie beide, dass sie immer noch viel füreinander empfanden, doch sie wehrten sich gegen ihre Gefühle, und es schien ihnen zu gelingen.

Andrea und Markus schlenderten um den Hof.

»Was für ein stattliches, schönes Anwesen!«, rief Andrea anerkennend aus. Sie sah sich um. Das große Bauernhaus war zweistöckig und besaß zwei übereinanderliegende, hölzerne Balkone, über die dunkelrote, üppige Geranien hingen.

Hinter dem Wohnbereich lag der lange, nagelneue Stall mit den fünfzig Milchkühen.

Gut zwanzig Meter neben dem Bauernhof stand noch ein weiteres, kleineres Gebäude, in dem die Urlaubsgäste untergebracht waren.

Auch dieses wurde von dunkelroten Geranien geschmückt.

»Das ist das Gästehaus«, erklärte Markus seiner Liebsten. »Es wurde erst vor fünf Jahren gebaut. Es besteht aus vier Ferienwohnungen.«

Andrea schwieg. Sie hatte auf einmal das Gefühl, nicht hierher zu gehören. Diese befremdliche Empfindung war so unerwartet und plötzlich über sie hereingebrochen, dass sie darüber erschrak. Sie ließ sich jedoch nichts anmerken und stellte Markus einige Fragen.

»Du hättest den Hof einmal vor fünfzehn Jahren sehen sollen. Er war völlig heruntergekommen«, gab er ihr bereitwillig Auskunft. »Hannes' Großvater ist ein Säufer und Spieler gewesen, und der Hof ist in den sechziger Jahren kurz vor der Versteigerung gestanden. Nachdem ihn dann Hannes' Vater geerbt hatte, schaffte er es wenigstens, ihn schuldenfrei zu bekommen. Aber renovieren konnte er ihn nicht. Dazu fehlte das Geld. Trotzdem haben sich Hannes' Eltern abgerackert. Deshalb sind sie auch so früh verstorben.« Markus bemerkte zuerst nicht, dass Andrea nun sehr still wurde.

»Mein Gott, wie viele Leute hier sind!«, rief sie nach einer Weile aus, als sie vor dem Obstanger standen.

»Ich habe nichts anderes erwartet«, antwortete Markus und fuhr dann schnell fort: »Ich möchte dich heute endlich einmal meiner Mutter vorstellen. Und meine zwei Schwestern kannst du dann auch gleich kennenlernen.«

»Ich hab ein schlechtes Gewissen, weil ich dich nie nach Bad Aibling begleitet habe, wenn du deine Mutter besucht hast«, entgegnete Andrea.

»Das musst du nicht haben.« Er sah sie an und bemerkte erst jetzt, dass sie anders war als sonst. Es sind die vielen fremden Leute, die sie einschüchtern, redete er sich ein. Dabei wusste er eigentlich ganz genau, dass Andrea alles andere als schüchtern war.

Markus wollte jedoch nicht länger über Andreas seltsame Schweigsamkeit und Befangenheit nachdenken und ging nun zielstrebig in den schattigen Obstanger, in dem Monika mit ihrem Mann lange Tische und Bänke für die Gäste aufgestellt hatte.

Heidemarie Reiter saß mit ihrer Tochter Vroni und ein paar Bekannten aus dem Dorf in geselliger Runde zusammen. Markus sah, dass sich auch Regina darunter befand. Ein seltsames Gefühl bemächtigte sich seiner, als er sie erkannte. Es ist also immer noch nicht ganz vorbei, dachte er, und sein Gesicht überschattete sich leicht. Sie ist mir immer noch nicht gleichgültig, musste er sich eingestehen. Er versuchte, sich seine innere Erregung nicht anmerken zu lassen. Beinahe kühl begrüßte er sie und wandte sich dann gleich mit herzlicher Geste seiner Mutter zu.

Heidemarie Reiter hatte sich gut erholt. Das Sprechen fiel ihr leichter, wenn sie auch noch ab und zu nach den richtigen Worten suchen musste. Ihren rechten Arm konnte sie kaum mehr bewegen, doch sie schaffte mittlerweile vieles sehr gut mit dem linken.

»Mutter, darf ich dir Andrea vorstellen«, sagte Markus, als er an ihren Tisch trat.

Heidemarie schenkte der Biologin ein warmes Lächeln und reichte ihr die gesunde linke Hand. »Freut mich sehr, dass ich Sie endlich einmal kennenlerne. Markus hat mir schon viel von Ihnen erzählt.«

»Hoffentlich nichts Schlechtes«, meinte Andrea lachend, und der etwas widerwillige Gesichtsausdruck verschwand. Sie wollte jetzt nicht daran denken, was sie heute Markus noch sagen musste. Dabei wusste sie es schon seit drei Tagen.

»Nur Gutes«, erwiderte Heidemarie lachend.

Andrea reichte nun auch Vroni und ihrer Freundin Regina die Hand.

Warum ist sie mir nicht unsympathisch?, musste Regina dabei denken. Nein, das war sie ihr nicht, und doch fühlte sich Regina beim Anblick des scheinbar so glücklichen Paares sehr schlecht.

Ich habe es doch so gewollt, dachte sie. Ich habe ihn abgewiesen, und nun bin ich eifersüchtig und kann für diese Frau, mit der er jetzt anscheinend glücklich ist, nicht einmal feindselige Gefühle hegen. Erst bin ich unschlüssig gewesen. Dann habe ich ihn, als ich im wahrsten Sinne des Wortes vor ihm davongelaufen bin, für etwas mitverantwortlich gemacht, mit dem er überhaupt nichts zu tun hatte. Das ist völlig ungerecht gewesen ist. Aber als ich das erkannt habe, war es schon zu spät.

Sie betrachtete Andrea mit versteckten Blicken. Allerdings hat er sich sehr schnell getröstet, sagte sie sich dann, und ein kummervolles Lächeln umspannte dabei ihre Lippen. Was bei dieser hübschen, gebildeten Frau auch nicht verwunderlich ist. Ja, es tat ihr weh, ihn nun mit einer anderen zu sehen. Er hat mich nicht wirklich geliebt, sonst wäre er allein geblieben, dachte sie und senkte kurz den Kopf. Als sie ihn wieder aufrichtete, traf sie auf Markus' fragenden Blick und schaute schnell wieder zur Seite.

Markus dachte hingegen: Es macht ihr gar nichts aus, dass ich eine Freundin habe. Sie ist kein bisschen eifersüchtig. Dies enttäuschte ihn und sagte ihm zugleich, dass er immer noch viel für sie empfand.

Regina sah heute besonders hübsch aus. Sie hatte ihr langes, honigblondes Haar hochgesteckt und mit versilberten Nadeln zusammengehalten, was ihr ausgezeichnet stand. Sie spürte anerkennende Blicke von allen Seiten. Regina war nie eitel und eingebildet gewesen, doch gerade in Markus' Gegenwart genoss sie diese Bewunderung.

Auch Markus musste sie immer wieder ansehen, ob er wollte oder nicht. Andrea bemerkte dies, doch sie ging darüber hinweg. Momentan hatte sie andere Sorgen.

»Ihr kommt aber spät!«, bemerkte Vroni. »Wir sind schon fertig mit dem Weißwurstfrühstück.«

Seit Vroni daheim war, sah sie nun wieder fast so aus wie früher. Sie ließ sich das Haar wieder wachsen, und es war auch nicht mehr so grässlich rot, sondern kastanienbraun.

»Wir trinken dann später einen Kaffee«, meinte Markus, »aber zuerst wollen wir uns einmal umsehen. Wo ist denn unsere tüchtige Bäuerin?«

»Bei dem Trubel musst du heute Glück haben, wenn du ein paar Worte mit der Monika wechseln kannst«, meinte Vroni gut gelaunt.

»Wir werden einmal nach ihr schauen.« Markus und Andrea schlenderten weiter. Der Förster warf Regina noch einen Blick zu, den sie nicht zu deuten wusste und dem sie mit kühler Zurückhaltung begegnete.

Markus und Andrea trafen Monika im neuen Hofladen, in dem sie ihre Produkte anpries. Andrea interessierte sich vor allem für die alten Bilder an der Wand, die den Hof zeigten, wie er um die Jahrhundertwende und in den Dreißiger- bis Sechzigerjahren des vorigen Jahrhunderts ausgesehen hatte.

Andrea blieb nachdenklich vor einem der Bilder stehen, das den Hof im Jahr 1940 zeigte. Damals war er noch unverputzt gewesen, aus groben Backsteinen erbaut. Auf dem Balkon gab es keine Blumen, vielmehr hing dort eine Menge Wäsche. Eine alte Frau stand vor der Haustür. Verhärmt und abgearbeitet sah sie aus, das Kopftuch tief ins Gesicht gezogen, an der Hand ein kleines Kind.

»Ich denke mir, dass der kleine Bub Hannes' Vater ist«, vermutete Markus, der hinter Andrea getreten war und nun gleichfalls die gerahmte Fotografie betrachtete, »und die Frau ist Hannes' Großmutter. Sie war damals sicher noch keine vierzig.«

»Die Frau sieht viel älter aus. Was für eine harte Zeit das damals gewesen ist«, bemerkte Andrea leise.

Monika kam auf die beiden zu und begrüßte ihren Bruder.

»Schön, dass du gekommen bist.« Sie umarmte ihn, warf dann einen eher skeptischen Blick auf Andrea.

»Darf ich dir Andrea vorstellen.« Markus blickte lächelnd auf seine Freundin.

»Grüß Gott.« Monika reichte ihr etwas unterkühlt die Hand.

Die mag ich nicht, zuckte es Andrea durch den Kopf, und sie mich vermutlich auch nicht. Doch die weltgewandte junge Frau ließ sich ihre Antipathie gegenüber der tüchtigen Bäuerin nicht anmerken.

»Eine Biologin sind Sie also?« Monika musterte sie jetzt von oben bis unten. »Muss ich jetzt Frau Doktor sagen?«

Andrea schüttelte den Kopf. »Bitte nicht. Ich bin Tierschützerin.«

»Dann durchstreifen Sie den ganzen Tag den Wald«, bemerkte Monika spitz.

»So kann man es auch sagen.« Andrea wandte sich ab. »Wir haben gerade die alten Bilder hier betrachtet«, wechselte sie rasch das Thema, um sich nicht länger von Monika beleidigen zu lassen, denn der geringschätzige Blick, mit dem die Bäuerin sie betrachtete, kam einer Beleidigung sehr nahe.

Monika blickte kurz auf die Fotografien, die ihr Mann ausgesucht und aufgehängt hatte, und ging dann nicht weiter darauf ein.

Markus trat unruhig von einem Fuß auf den anderen. »Zeig uns doch einmal, was du alles verkaufst.«

Monika trat hinter die Ladentheke, die aus Zirbelkiefer gezimmert war, so wie auch die Regale, in denen sich die hofeigenen Produkte befanden.

»Alle Achtung!«, rief Markus anerkennend aus. »Da hast du ja ein reichhaltiges Sortiment.«

»Wer brennt denn den Schnaps?« Markus nahm eine Flasche von dem Himbeergeist in die Hand und las das Etikett.

»Immer noch der alte Kofler-Wasti. Er besitzt noch das Brennrecht.« Die Bäuerin reichte ihrem Bruder eine zweite Flasche. »Der ist auch sehr gut. Ein Williams. Die Birnen kommen von unserem Hof.«

»Den nehme ich.« Markus griff nach seinem Geldbeutel.

»Lass das Geld stecken. Ich schenk dir eine Flasche.« Monika zeigte sich heute spendabel. Aber nur für diesen einen Tag. »Nein, ich bezahle ihn.«

Markus und Monika stritten noch eine Weile scherzend herum, während Andrea weiterschlenderte und nun das Café betrat, das sich, verbunden durch einen gemauerten Rundbogen, gleich neben dem Laden befand. Auch hier waren Stühle und Tische aus dem gleichen hellen Zirbelholz gefertigt wie der Laden. Der Wind fuhr durch die geöffneten Fenster und bauschte die weißen, duftigen Vorhänge, die mit Spitzen besetzt waren.

Perfekter könnte alles gar nicht sein, dachte Andrea und ging wieder hinaus ins Freie. Vor der Tür verharrte sie und hörte, dass sich Markus noch mit einem Bekannten unterhielt. Die beiden hatten sich anscheinend lange nicht mehr gesehen und viel zu erzählen. Sie scherzten und lachten. Sie warf noch einmal einen Blick in den Laden und sah, dass Monika ihrem Bruder und dem anderen jungen Mann, den sie Hubert nannten, unbedingt einen Schnaps aufdrängen wollte.

»Den müsst ihr probieren«, meinte Monika.

Während sich Hubert nicht lange bitten ließ, wehrte Markus ab.

»Jetzt stell dich doch nicht so an, wenn du schon einmal bei mir auf dem Hof bist und wir heute auch noch Eröffnungsfeier haben. Ich bin beleidigt, wenn du jetzt keinen trinkst«, erklärte Monika mit resoluter Stimme.

»Na gut, dass du mir böse bist, kann ich natürlich nicht riskieren.« Markus willigte endlich ein und griff nach dem klaren Schnaps. Andrea kam sich plötzlich überflüssig vor. Sie entfernte sich von dem Hofladen und ging wieder zum Obstanger. Sie fühlte sich nun noch unbehaglicher als vorher. Dies lag sicher daran, dass Monika sie so schroff behandelt hatte. Andrea war klug genug zu erkennen, dass für Monika eine Tätigkeit, wie sie sie ausführte, nicht zählte, weil sie in ihren Augen nicht produktiv war. Natürlich setzte sich auch Monika für Umweltschutz und gesundes Essen ein, aber Andrea hatte das Gefühl, dass es dieser Frau doch vor allem um materiellen Gewinn ging. Andrea hatte noch nie so gedacht. Gut und Geld bedeuteten ihr nicht viel, wie es oft bei Leuten der Fall war, die einem wohlhabenden Elternhaus entstammten.

Sie setzte sich noch eine Weile zu Markus' Mutter, die nun ziemlich allein am Tisch saß, da Vroni und Regina sich zu ein paar Freundinnen an den Nebentisch gesellt hatten.

Heidemarie versuchte, mit der Freundin ihres Sohnes ein Gespräch zu beginnen, es geriet jedoch schnell ins Stocken und versiegte schließlich ganz.

Andrea war ganz in Gedanken versunken. Von Zeit zu Zeit lächelte sie gequält. Sie dachte daran, dass sie in St. Valentin beruflich nicht weiterkam. Von Martin, dem Bürgermeister, konnte sie keine Unterstützung mehr erwarten, seit er wusste, dass sie mit Markus zusammen war. Aber selbst wenn er sie weiter in ihrem Projekt unterstützen würde, hätte dies nicht mehr viel Sinn. In den vielen Nächten, die sie auf der Dürrnbachalm verbracht hatte, in denen sie nachts durch den Wald gestreift war, hatte sie keine Spuren ihrer Wildkatze entdecken können. Auch die Fotofallen hatten nichts Besonderes gezeigt. Sie gestand sich ein, dass ihr Projekt hier gescheitert war.

»Die Ausbreitung meiner Katzen wirkt hier nicht«, bemerkte sie plötzlich, worauf ihr Heidemarie einen überraschten Blick zuwarf.

»Entschuldigung«, sagte Andrea, »ich war ganz in Gedanken.«

»Sie müssen einmal abschalten«, riet Heidemarie ihr. »Nicht immer über Ihre Studien nachdenken.«

»Das sagen Sie so leicht!« Andrea lächelte schwach. »Diese Studien sind mein Leben. Ich tue alles dafür, dass ich den Tieren, die vom Aussterben bedroht sind, einen Lebensraum schaffe, sodass sie sich wieder vermehren.«

»Für das allein leben Sie?« Heidemarie schüttelte leicht den Kopf. Sie blinzelte verständnislos. Gibt es nicht noch etwas anderes im Leben, wollte sie sagen, vielleicht meinen Sohn? Diese Worte lagen ihr auf den Lippen, doch sie schwieg. Es war besser so.

Andrea hatte gar nicht gehört, was Heidemarie angedeutet hatte.

»Das Gebiet liegt hier wohl doch zu hoch für diese Spezies«, meinte Andrea und kaute jetzt nachdenklich an ihrer vollen Unterlippe.

Heidemarie seufzte und sah zu ihrer Tochter und Regina hinüber, die in fröhlicher Runde am Nebentisch zusammensaßen. Regina erschien ihr allerdings recht still und zurückhaltend zu sein, während Vroni wie so oft das Wort führte.

»Sagen Sie bitte Markus, dass ich wieder ins Dorf zurückgegangen bin«, bat Andrea

Heidemarie. »Ich muss morgen zeitig fort und habe noch nicht gepackt.«

»Sie müssen fort?«

Andrea nickte. »In die Eifel. Es ist beruflich. Ich habe es erst vor drei Tagen erfahren.« Sie reichte Markus' Mutter die Hand. »Ich habe mich sehr gefreut, Sie kennenzulernen.« Andrea winkte der verdutzten Frau noch einmal zu, bevor sie sich entfernte. Es war ein schwaches Heben der Hand gewesen, und auf Andreas Gesicht lag dabei ein Schatten. Doch je weiter sie sich vom Hof entfernte, desto mehr erhellte sich ihr Gesicht. Sie freute sich plötzlich auf die Eifel. Sie würde viele alte Kollegen wiedersehen, vielleicht sogar Jochen. Ach ja, fiel es ihr jetzt ein, ihr Chef hatte ihr ja gemailt, dass sie mit ihm einen Pressebericht für den Naturschutzbund schreiben sollte. Sie freute sich plötzlich, Jochen nach so langer Zeit wiederzusehen.

Markus hat sie mir doch so lebenslustig und fröhlich beschrieben, wunderte sich Heidemarie. Da habe ich heute aber einen ganz anderen Eindruck gewonnen.

Als Regina bemerkte, dass Heidemarie ganz allein da saß, begab sie sich wieder zu ihr.

»Dass es Anfang September noch so heiß werden kann«, bemerkte sie und blies sich dabei eine Strähne ihres blonden Haars von der Stirn, auf der kleine Schweißperlen standen.

»Ja, es ist ungewöhnlich warm. Dabei beginnt um diese Zeit doch normalerweise schon der Herbst«, bestätigte Heidemarie.

Regina bemerkte, dass Vronis Mutter plötzlich müde und blass wirkte. »Wenn Ihnen der Trubel zu viel wird, dann kann ich Sie gerne heimfahren«, bot sie Heidemarie an. »Ich habe mir jetzt doch wieder ein Auto angeschafft«, fuhr Regina fort.«Ganz ohne Auto ist es bei uns auf dem Land dann doch nichts«, erwiderte die Försterswitwe lächelnd.

»Und? Soll ich Sie heimbringen?«

Heidemarie schüttelte den Kopf. »Ich will noch auf meinen Sohn warten, der muss ja irgendwann wieder auftauchen. Seine Freundin ist schon weg. Es scheint mir, dass es ihr nicht so gut gefallen hat.«

Regina hob die dunklen, fein geschwungenen Brauen. Sie wollte gerade etwas erwidern, als Markus daherkam.

»Ah, da bist du ja!«, rief die Mutter aus. »Wo warst du denn so lange? Die Andrea ist schon gegangen.«

»Sie ist schon weg?« Markus runzelte die Stirn. »Warum denn das? Und warum hat sie mir gar nichts gesagt?«

»Sie muss doch morgen beizeiten in die Eifel fahren und noch Koffer packen«, erzählte Heidemarie.

»Das hat sie zu dir gesagt?« Markus' Gesicht verfinsterte sich.

Regina betrachtete ihn zurückhaltend und mit gemischten Gefühlen. Sie sagte nichts. Sie hielt es für angebracht, sich wieder zu Vroni und ihren Freundinnen zu setzen, und doch blieb sie wie angewurzelt sitzen.

»Weißt du gar nichts davon?« Heidemarie blickte ihren Sohn erstaunt an.

»Nein, ich höre das zum ersten Mal.« Er kam sich plötzlich vor seiner Mutter und Regina ziemlich bescheuert vor und meinte leichthin: »So ist sie nun einmal. Es wird nur für ein paar Tage sein, deshalb hat sie es gar nicht für nötig befunden, es mir zu sagen.« Insgeheim ärgerte er sich jedoch über Andrea, dass sie ihm diese Reise bis jetzt verschwiegen hatte und dass sie so einfach, ohne ihn davon in Kenntnis zu setzen, heimgegangen war. Er dachte aber auch daran, dass Monika ihr ziemlich unfreundlich begegnet war. Sicher war auch das ein Grund, dass sie so schnell wieder gegangen ist. Markus würde ihr jetzt jedoch nicht wie ein Hündchen nachlaufen. Sie hatten ausgemacht, dass sie ein paar Stunden bleiben würden, daran wollte er sich halten.

So schluckte er seinen Ärger hinunter und begann über Monikas Produkte zu sprechen, die sie in ihrem Hofladen anbot. Er gestand den beiden Frauen auch, dass er gerade drei verschiedene Schnäpse probiert hatte. Es war natürlich nicht bei dem einen geblieben.

Regina bekannte lachend, dass sie vorhin auch schon ein Stamperl von dem Himbeergeist gekostet hatte.

Markus merkte sofort, dass ihr Lachen gespielt war, dass sie sich dazu zwingen musste. Die Enttäuschung darüber, dass er sich so schnell mit einer anderen getröstet hatte, war ihr nun doch anzumerken.

Seine beschwingte Stimmung begann zu schwanken. Der Schnaps und die nette Unterhaltung mit seinem ehemaligen, lange nicht gesehenen Schulkameraden hatten ihn in eine gute Laune versetzt, die nun jedoch rapide nachließ. Ein kummervoller Ausdruck lag plötzlich auf seinem Gesicht. Regina führte das darauf zurück, dass Andrea so überstürzt gegangen war.

»Ihr bleibt aber noch ein bisschen sitzen?«, fragte er und sah dabei zuerst seine Mutter und dann auch Regina an.

»Ich wollte eigentlich auch gehen«, bemerke Regina leise.

»Bleib doch noch ein wenig«, bat er sie.

Monikas ältere Tochter Steffi, die schon fünfzehn war, kam mit einem riesigen Tablett Kaffee und Kuchen an.

»Na, wie sieht's aus? Nach den Würsteln noch einen Kaffee und ein Stückerl Kuchen?«, fragte sie in die Runde. Sie war ganz die Mutter: selbstbewusst und kein bisschen auf den Mund gefallen.

»Den musst du probieren, Oma«, sagte sie zu Heidemarie und deutete auf eine locker gebackene Himbeerschnitte mit Sahne.

Markus und seine Mutter ließen sich nicht lange bitten. Regina bat nur um eine Tasse Kaffee.

»Keinen Kuchen?« Er warf ihr einen langen Blick zu, runzelte dabei die Stirn. Für eine Sekunde verloren sich ihre Blicke ineinander, dann wandte sich Regina schnell ab und schüttelte den Kopf.

»Aber ich lass ihn mir schmecken.« Markus versuchte gelassen zu bleiben, obwohl Reginas Anwesenheit ihn durcheinander brachte.

»Ich auch«, pflichtete Heidemarie ihrem Sohn fröhlich bei. »Gib mir die Himbeerschnitte«, sagte sie zu ihrer Enkelin.

»Wie geht es denn in der Schule, Steffi?«, fragte sie das junge, hübsche Mädchen, das ihrer Mutter so ähnlich sah. Sie besaß schon jetzt ihre stattliche Figur und ihre dunklen, fast schwarzen Haare und Augen.

»Gut«, erwiderte diese kurz und ging dann mit ihrem großen Tablett schon wieder weiter, dem nächsten Tisch zu.

Heidemarie dachte sich, dass sie nicht viel von ihren beiden Enkelkindern hatte. Das betrübte sie ein wenig. Aber sie wollte diesen trüben Gedanken nicht lange nachhängen, dazu war der Tag zu schön.

Regina musste plötzlich wieder an das Unrecht denken, das ihrem Vater zugefügt worden war. Eine Weile hing sie diesen schmerzlichen Gedanken nach, dann blickte sie zu Markus hin, wie er sich über seinen Kuchenteller beugte und mit Genuss aß. Sie liebte ihn immer noch, vielleicht gerade jetzt erst so richtig, da sie wusste, dass sie ihn endgültig verloren hatte. Sie dachte an ihre Kinder- und Jugendzeit. Schon als kleines Mädchen hatte sie ihn heiraten wollen. Sie musste bei diesem Gedanken lächeln. Es war ein sehr trauriges Lächeln.

»Was hast du denn?«, fragte Heidemarie besorgt die Freundin ihrer Tochter. »Du bist ja auf einmal so nachdenklich.«

Auf Reginas gebräunte Wangen legte sich eine leichte Röte.

»Ach, das scheint nur so«, wich sie aus.

Markus sah sie direkt an und meinte dann etwas provozierend, in der dritten Person sprechend: »Ich kenne sie eigentlich nur nachdenklich. Sie denkt immer viel zu viel nach.«

»Lieber einmal zu viel nachdenken, als einmal zu wenig«, konterte sie schlagfertig und warf Markus dabei einen herausfordernden Blick zu.

Heidemaries Blicke wanderten zwischen den beiden jungen Leuten hin und her. Sie ahnte, dass die beiden sich immer noch mochten, das war sowohl auf Reginas, als auch auf Markus' Gesicht ganz deutlich abzulesen, und dass sie sich gegenseitig die Schuld dafür gaben, dass es zwischen ihnen nichts geworden war.

»Ich mache mich jetzt auf den Heimweg. Meine Eltern wollen auch noch etwas von mir haben«, bemerkte Regina und trank ihren Kaffee aus. »Außerdem will ich das Fußballspiel nicht verpassen.«

Markus wurde in diesem Moment bewusst, dass er Andrea kaum vermisst hatte, wenn jetzt aber Regina ging, dann tat es ihm weh. Er dachte sich, wie schön es wäre, das Fußballspiel heute Abend mit ihr zusammen anzusehen. Er wusste, dass sie sich schon immer für diesen Sport interessiert hatte und selbst einmal im Dorf aktiv in der Jugendmannschaft der Mädchen mitgespielt hatte.

Regina spürte seine Enttäuschung und fragte sich dabei, was er eigentlich wollte. Aber es tat ihr auch gut. Vielleicht liebte er die andere doch nicht so sehr. Vielleicht wollte er mit ihr auch nur prahlen, so wie der Bürgermeister. Aber was half ihr diese Erkenntnis?

Sie erhob sich rasch und verabschiedete sich höflich von Markus und seiner Mutter.

»Dann bis Dienstag um elf Uhr«, sagte sie noch zu Heidemarie, bevor sie den Obstgarten verließ.

»Was habt ihr denn da für einen Termin ausgemacht?«, fragte Markus seine Mutter überrascht.

»Sie behandelt mich ab Dienstag bei uns im Haus. Du brauchst mich also nicht ins Dorf in ihre Praxis zu fahren. Hättest eh keine Zeit dafür.«

Heidemarie blickte Regina nach, bis sie zwischen den Bäumen verschwunden war. »Was für einen aufrechten Gang sie hat«, bemerkte sie dabei bewundernd. »So aufrichtig, wie sie selbst ist.«

»Ich finde, dass sie sehr stolz ist, und das drückt auch ihr Gang aus«, widersprach Markus seiner Mutter.

Heidemarie schüttelte den Kopf. »Nein, nein, das bildest du dir ein. Du empfindest doch noch immer etwas für sie, gib es zu?« Sie streifte ihren Sohn mit einem feinen Lächeln.

»Vielleicht«, gestand er der Mutter. Sie war die Einzige, die es wissen durfte. »Aber sie hat mir zu verstehen gegeben, dass sie nichts von mir will. An sie ist einfach nicht heranzukommen.«

»Das glaube ich nicht«, meinte Heidemarie nachdenklich, »so wie sie dich immer ansieht. Auch heute wieder. Aber sie ist sicher nicht so leicht zu haben. Du hättest dich mehr um sie bemühen müssen. Nicht alle Mädchen sind so leicht zu erobern.« Als Markus schwieg, fügte sie rasch und entschuldigend hinzu: »Aber du hast ja jetzt dein Fräulein Doktor, das hätte ich beinahe vergessen.«

Ja, wieder eine, die einfach ohne ein Wort davonläuft, dachte Markus ärgerlich. Aber auch ihr würde er nicht nachlaufen. Wenn sie heute nicht zu ihm kam oder ihn zumindest anrief – er würde es auch nicht tun.

»Die Regina wird jetzt öfter zu uns ins Haus kommen, um mich zu behandeln. Die Physiotherapie ist sehr wichtig für mich«, erklärte Heidemarie.

Markus wusste nicht, was er davon halten sollte. Es war nicht gut, wenn er ihr jetzt immer wieder begegnen würde. Vielleicht legte sie ihre Termine so fest, dass sie nicht oft zusammentrafen. Sicher würde sie es so einrichten. Bisher hatten sich ihre Begegnungen in Grenzen gehalten. Das war besser so, denn immer, wenn er sie wiedersah, keimten die alten Gefühle abermals auf. Er war aber nun mit Andrea zusammen. Sie war ein patentes, kluges Mädchen, mit dem man Pferde stehlen konnte. Es hatte ihm nichts Besseres passieren können, als ihr zu begegnen. Er musste daran denken, dass sie gehalten hatte, was sie versprach, und ihn nicht lange hinhielt. Es war ganz natürlich für sie beide gewesen, dass sie so schnell zueinandergefunden hatten, nachdem er erst einmal den Anfang gemacht hatte. Es war schön, wenn er mit ihr zusammen war. Sie verbrachten oft die Nacht oben in der Forsthütte. Doch er gestand sich ein, dass er sie auch schnell wieder vergaß, wenn sie nicht in seiner Nähe war. Markus dachte weiter daran, dass Andrea das Leben sehr leicht nahm. Das hatte ihm bisher gut getan. Diese Leichtigkeit und Unbeschwertheit war ihm gerade recht gekommen. Heute war es das erste Mal, dass sie sich anders gezeigt hatte, dass sie ernst und sogar ein wenig missmutig gewesen war.

»Die Vroni hat es veranlasst, dass Regina zu uns nach Hause kommt«, riss ihn die Mutter nach einer Weile aus seinen Gedanken.

Markus wusste, dass die Krankengymnastik wichtig für die Mutter war. Er nickte. »Das ist gut, dass sie dich daheim behandelt.«

»Ja, dann brauchst du mich nicht in ihre Praxis fahren. Und die Vroni hat ja keinen Führerschein.«

»Es wird Zeit, dass sie ihn endlich macht«, meinte Markus ärgerlich.

»Sie sagt, dass sie in der Stadt keinen braucht. Niemand kann sie dazu zwingen, ihn zu machen.« Heidemarie blickte zu ihrer Tochter hin, die immer noch zwischen ihren Freundinnen saß und die kleine Gesellschaft anscheinend sehr gut unterhielt. »Das heißt also, dass sie irgendwann nach München zurück will?« fragt Markus überrascht nach.

Heidemarie nickte. »Das Landleben ist nichts für sie. Sie ist ein Stadtmensch. Wir können sie hier nicht halten. Aber vorerst bleibt sie schon noch da.«

»Und zu mir hat sie noch vor ein paar Wochen gesagt, sie würde für immer hier bleiben.« Markus schüttelte betroffen den Kopf.

»Du kennst sie ja«, seufzte Heidemarie. »Es wird auch ohne sie irgendwie weitergehen. Ich bin ja jetzt schon viel besser beieinander.«

»Regina ist da ganz anders«, murmelte Markus sinnierend.

»Da hast du recht. Sie ist ein ganz anderer Mensch. Und doch irgendwie genauso eigenwillig wie die Vroni.«

Markus gab der Mutter keine Antwort. Er blickte mit einem verlorenen Ausdruck in den hellen Augen vor sich hin.

»Du hängst noch an ihr. Ich sehe es dir doch an. Mir kannst du nichts vormachen.« Die Mutter musterte ihn nachsichtig.

»Kann schon sein«, gab er zu. »Aber sie ist eigenwillig und kompliziert, da hast du ganz recht. Mit Andrea ist es einfacher.«

»Kompliziert ist sie nicht«, widersprach die Mutter. »Aber man könnte fast meinen, dass du zwischen zwei Frauen stehst.« Sie wusste nicht, was sie davon halten sollte. Regina wäre ihr als Schwiegertochter natürlich wesentlich lieber gewesen. Sie war eine Einheimische. Heidemarie kannte das nette, ruhige Mädchen von Kindheit an. Sie hatte sie von Vronis Freundinnen immer am liebsten gemocht. Aber auch diese Biologin war eine patente Frau. Auf keinen Fall wollte

Heidemarie hetzen, sich vielmehr neutral verhalten. Doch von Andrea, das war ihr klar, hatte sie nicht so schnell Enkelkinder zu erwarten, nach denen sie sich so sehnte. Monikas Töchter zählten nicht. Sie waren nur selten, eigentlich nur zu den Familienfeierlichkeiten, ins Forsthaus gekommen. Sie hatte bisher nicht viel von Steffi und Ute gehabt. Außerdem waren Monikas Töchter inzwischen schon fünfzehn und vierzehn Jahre alt.

Markus dachte: Regina hat mich heute wieder ganz schön durcheinander gebracht. Warum musste ich ihr auch begegnen? Das ist nicht gut, wenn ich sie immer wieder sehe. Ich bin jetzt mit Andrea zusammen, und es ist schön mit ihr. »Ich will dir deine Andrea auch nicht ausreden«, meinte Heidemarie schnell. »Sie ist mir sehr sympathisch. Aber ich denke mir, dass so eine Frau Doktor ihren eigenen Kopf hat.«

»Das soll sie ja auch«, erwiderte Markus und blickte dabei ein wenig ratlos vor sich hin.

»Ich wollte ja nur zu bedenken geben, dass vielleicht ihre Pläne mit den deinen irgendwann nicht mehr übereinstimmen«, erwiderte Heidemarie, die eine gute Menschenkenntnis besaß.

»Was willst du damit sagen?« Markus warf seiner Mutter einen skeptischen Blick zu.

»Ich will damit sagen, dass sie nicht recht bodenständig ist. Ihr Beruf scheint ihr enorm wichtig zu sein, vielleicht sogar wichtiger als Liebe und Familie.«

»Ich glaube, diese Diskussion hatte ich schon einmal«, stieß Markus sarkastisch aus.

»Mit Regina?«

Markus nickte. »Deshalb wurde es auch nichts mit uns zwei. Auch sie wollte sich nur selbst verwirklichen.« Er sah seine Mutter an. »Das war bei dir wohl kein Thema? Du gehörst einer anderen Generation an. Mit den Frauen heutzutage ist es nicht mehr so einfach.«

»Da hast du sicher recht. Das heißt aber nicht, dass es mir nicht leid getan hat, meinen Beruf als Handarbeitslehrerin aufzugeben. Ich hätte es mir aber nicht vorstellen können, nach der Heirat weiter arbeiten zu gehen. Das war damals wirklich kein Thema.« Dann bemerkte sie doch noch: »Eigentlich schätze ich die Regina schon so ein, dass sie heiraten und eine Familie haben will.«

Markus blickte dumpf vor sich hin. »Was reden wir da? Ich bin mit Andrea zusammen! Ans Heiraten denke ich dabei aber noch lange nicht.«

»Ist auch besser so«, murmelte die Mutter, obwohl sie dachte: Eigentlich wäre es allmählich Zeit für dich. Ich will noch etwas von meinen Enkelkindern haben. Doch ob Andrea wirklich die richtige Frau dafür war? So wie sie die junge Dame heute erlebt hatte, bezweifelte sie das stark.

Markus blickte missmutig vor sich hin. Das Hoffest gefiel ihm plötzlich nicht mehr. Seit Regina fort war, fühlte er sich verlassen. Er wäre gerne gegangen, aber er wollte die Mutter nicht alleine am Tisch sitzen lassen.

Es kamen aber dann doch noch ein paar Freundinnen und gute Bekannte zu Heidemarie an den Tisch und fragten, wie es ihr ginge. Nach einer weiteren Stunde merkte die Försterswitwe dann aber, dass es ihr langsam zu viel wurde.

Markus holte Vroni an ihren Tisch zurück. Ihre Wangen waren gerötet, die hellblauen Augen leuchteten noch voll Schalk.

»Du scheinst dich heute ja prächtig zu amüsieren, und das sogar ganz ohne Männer«, lästerte Markus grinsend und schaute dabei zu ihren Freundinnen hin, die noch immer beieinander saßen und sich gerade zuprosteten. Monikas jüngere Tochter Ute stand bei ihnen und schenkte Schnaps in fingerhutgroße Gläschen.

»Ich hab meine Schulkameradinnen auch schon so lange nicht mehr gesehen. Anscheinend sind Klassentreffen ja aus der Mode gekommen. Ich möchte heute Abend mit einigen noch nach Traunstein in die Disko fahren.«

»Bist du nicht ein wenig zu alt dafür?«, brummte Markus. Er warf Vroni einen fragenden Blick zu.

»Also, hör mal! Ich bin noch keine sechsundzwanzig«, protestierte sie.

»Ist schon gut. War nur ein Scherz.« Markus sah sich um.

»Wie kommt ihr denn jetzt nach Hause? Du scheinst ja schon einiges getrunken zu haben, und ich bin zu Fuß da.«

»Außerdem habe ich gar keinen Führerschein, wenn ich dich daran erinnern darf.« Vroni lachte vergnügt.

»Gott sei Dank«, meinte Markus trocken.

»Der Hannes wird uns heimfahren«, sagte Vroni, ohne auf seine ironische Bemerkung einzugehen. »Der hat uns auch abgeholt. Die Monika hatte ja keine Zeit dazu. Ich werde ihn rasch holen.«

Markus nickte und half seiner Mutter beim Aufstehen. Ihren linken Fuß schleppte sie noch etwas nach. Hannes kam ihnen entgegen und half Heidemarie in den bereitstehenden Wagen.

»Willst du nicht mitfahren?«, fragte Hannes seinen Schwager.

Markus schüttelte den Kopf. »Ich geh lieber zu Fuß.«

»Heute ist Fußball. Deutschland – England, vergiss das nicht!«, erinnerte Hannes ihn.

»Ganz bestimmt nicht«, grinste Markus. »Kannst du heute schauen?«

»Die Zeit nehme ich mir«, erwiderte der Schwager. »Die Monika wird auch ohne mich fertig. Außerdem wird ja bald Schluss sein mit dem ganzen Trubel. Meine Sache ist das nicht.«

»Hauptsache, meine Schwester ist in ihrem Element, und es kommt ja auch nicht alle Tage vor.« Markus nickte dem feschen Bauern zu – er mochte seinen Schwager. Dann schlenderte er langsam vom Hof dem Forsthaus zu.

18

Am Abend rief Andrea bei Markus an und entschuldigte sich bei ihm, dass sie einfach gegangen war.

»Hat es dir denn nicht gefallen«, fragte er sie, »oder hast du dich über irgendetwas geärgert?« Er dachte dabei an Monika und ihre schnippischen Bemerkungen Andrea gegenüber.

»Ich sag es dir ganz offen: So sympathisch mir deine Mutter und deine jüngere Schwester auch sind; deine ältere Schwester mag ich nicht.« Andrea hatte zwei Stunden an ihrem Laptop gesessen, jetzt klappte sie ihn zu.

»Du bist wenigstens ehrlich«, erwiderte er. Er lag bequem auf dem Sofa in der Bauernstube, mit der linken Hand blätterte er in der Fernsehzeitung, mit der rechten hielt er den Hörer.

»Die Mutter hat mir gesagt, dass du morgen geschäftlich fort musst. Davon hast du mir gar nichts erzählt.«

»Der Auftrag kam sehr überraschend«, erwiderte sie schnell und etwas nervös.

»Das mag schon sein. Aber trotzdem hättest du es mir heute sagen können.«

»Wann denn?« Sie ging nun in die Offensive. »Du hast dich ja bei dem Hoffest nur mit anderen Leuten unterhalten.«

»Ich war eine halbe Stunde in dem Hofladen. Ich habe mir gedacht, dass du dich inzwischen zu meiner Mutter an den Tisch setzt. Aber als ich kam, warst du schon weg. Da war es noch nicht einmal drei Uhr.«

»Tut mir leid«, erwiderte sie, doch es klang eigentlich gar nicht danach. »Du kannst ja noch kurz bei mir vorbeikommen«, schlug sie ihm dann vor.

»Jetzt kommt gleich Fußball. Ich hab dir doch schon vor ein paar Tagen gesagt, dass ich das Spiel auf keinen Fall verpassen möchte, aber du interessierst dich ja nicht für Fußball.«

»Wenn dir Fußball wichtiger ist als ich«, schmollte sie.

»Bitte spiel jetzt nicht die Beleidigte. Ich hätte viel mehr Grund dazu.«

»Dann sehen wir uns erst in drei Wochen wieder.« Ihre Stimme klang nun etwas schwach und leise.

»Du bleibst gleich drei Wochen fort! Und sagst mir kein Wort davon? Ich habe gedacht, nur ein paar Tage.«

»Wie gesagt, es ging alles so schnell. Ein Kollege aus unserem Institut ist krank geworden. Ich muss für ihn einspringen. Er hat an einem Bericht gearbeitet. Ich muss mich da noch einlesen, seine bisherige Arbeit studieren und …«

»Ist schon gut. Machen wir uns gegenseitig keine Vorwürfe. Drei Wochen können schnell vorbei sein«, meinte er versöhnlich. »Ich hoffe, dass du mich jeden Tag anrufen wirst.«

»Versprochen«, sagte sie mit zärtlicher Stimme. »Und sei mir nicht bös, dass ich es dir verschwiegen habe.«

»Ich bin dir nicht bös. Mach's gut, und viel Glück für deine Arbeit.«

Er legte auf.

Also doch verheimlicht, dachte er. Aber warum? Sie hätte es mir doch sagen können. Er dachte an ihre erste gemeinsame Nacht oben auf der Forsthütte. Seit zwei Monaten war sie ihr Liebesnest. Eine Woche nach ihrem ersten gemeinsamen Nachmittag auf der Alm war sie die seine geworden. Sie empfand das als ganz natürlich und er zuerst auch. Aber nun machte er sich Gedanken darüber. Nahm sie die Liebe wirklich ernst? Nahm sie ihn ernst? Eine Weile blickte er ratlos vor sich hin, während er in der Zeitung blätterte, ohne etwas zu lesen.

Es war noch eine halbe Stunde, bevor das Spiel begann. Er legte die Zeitung weg und streckte sich auf dem Sofa gerade aus. Vroni war schon wieder fort, und die Mutter hatte sich in ihr Schlafzimmer zurückgezogen. Es war ein anstrengender Tag für sie gewesen. Sie erholte sich doch nicht so schnell, wie er zuerst geglaubt hatte und ihm die Ärzte versichert hatten.

Dann wanderten seine Gedanken wieder zu Andrea hin; es war wirklich sehr schnell gegangen zwischen ihnen, nachdem sie sich zuvor ein paar Monate lang nur gegenseitig geärgert hatten. Er musste bei diesem Gedanken lächeln. Doch das Lächeln erlosch schnell wieder, als er an Regina dachte. Andrea fehlte der geheimnisvolle Schleier, der Regina umgab, den ein Mann gern lüften wollte. Auch heute war ihm dies bei ihr wieder so vorgekommen. Bei Andrea lag alles offen vor ihm. Das war ein Vorteil, nahm dieser Frau jedoch alles Geheimnisvolle.

Er schaltete den Fernseher ein, doch es war noch nicht so weit. Moderator und Sportexperte verloren sich erst noch in einem Vorgeplänkel.

Es kann aber auch sein, dass ich Andrea gar nicht so viel bedeute, dass sie die Liebe so leicht nimmt wie alles im Leben. Nur ihren Beruf nimmt sie ernst. Was Letzteres anbelangt, so unterscheidet sie sich damit kein bisschen von Regina. Er seufzte schwer. Die Frauen sind heutzutage nicht mehr das, was sie einmal waren. Wenn ich da an die Mutter denke! Sie hat ihren Beruf sofort aufgegeben, nachdem sie geheiratet hatte. Sie hatte damit kein wirkliches Problem und war immer glücklich und zufrieden gewesen mit ihrem doch auch ein wenig einsamen Leben in diesem abgelegenen Haus und ihrem ehrgeizigen Mann, der so selten daheim war, da er außer seiner Arbeit noch in einigen Gremien tätig war.

»Vielleicht hätte ich doch noch zu Andrea fahren sollen«, überlegte er kurz. »Doch sie hat eigentlich gar nicht so sehr darauf gedrängt. Zwar ein wenig geschmollt, aber dann nicht mehr viel gesagt.«

Es ging endlich los. Die Nationalhymne erklang. Markus konzentrierte sich nun ganz auf das Spiel. Das gelang ihm sehr gut, denn er war ein großer Fußballfan.

Deutschland verlor das Spiel gegen England, und Markus war verstimmt. Er befand sich in denkbar schlechter Laune, als er kurz darauf ins Bett ging.

19

Seine Stimmung war auch in den nächsten Tagen nicht besser. Er ärgerte sich über Andrea, dass sie nun drei Wochen fort war, ohne ihm rechtzeitig etwas davon zu sagen. Er ärgerte sich über das verlorene Fußballspiel, und er ärgerte sich über seinen Mitarbeiter, den Langbauer-Siegi. So ging es mit ihm nicht weiter. »Wenn ich ihn noch einmal mit einer Alkoholfahne in der Arbeit erwische, kriegt er die Kündigung«, sagte Markus zu Frau Gruber, seiner Sekretärin.

Annemarie Gruber nickte. »Ja, der Mann hat ein Problem.«

»Ich muss ihn abmahnen.«

»Vielleicht sollten Sie erst einmal privat mit ihm reden – und mit seiner Frau«, schlug die besonnene Frau vor.

Markus warf seiner Sekretärin einen überraschten Blick zu. Er überlegte eine Weile. »Ja, Sie haben recht. Er ist ja kein schlechter Mensch und tut seine Arbeit im Großen und Ganzen auch ganz gut. Aber wenn einmal etwas passiert …«

»Das ist es ja«, erwiderte Frau Gruber besorgt. »Er ist einfach nicht zuverlässig.«

»Oder ich rede zuerst einmal nur mit seiner Frau«, überlegte Markus.

»Ich weiß nicht, ob das gut ist. Er sollte schon dabei sein«, riet ihm Frau Gruber.

»Früher hat er nie getrunken oder zumindest nicht viel. Das geht aber nun schon ein paar Jahre so«, überlegte Markus, der immer noch nervös im Büro auf und ab ging.

»Wenn ein Mensch trinkt, dann hat er meistens Probleme«, gab Frau Gruber zu bedenken.

»Aber es ist doch alles in Ordnung bei ihm.«

Annemarie Gruber zuckte mit den Schultern. »Man kann in einen Menschen nicht hineinschauen. Sicher hat es die Familie nicht leicht. Der Siegi ist kein Facharbeiter und sein Lohn bescheiden. Die Christl muss noch putzen gehen, damit es für die fünfköpfige Familie reicht.«

»Das ist alles kein Grund zu trinken. Ganz im Gegenteil: Wenn das Geld knapp ist, dann muss man es erst recht zusammenhalten und sollte es nicht noch für Alkohol ausgeben.«

»Sagen Sie das den Leuten einmal«, meinte die Sekretärin seufzend und wandte sich wieder ihrer Arbeit zu.

Ein paar Tage später begab sich Markus nach Dienstschluss zu der Familie Langbauer, die in einem kleinen Einfamilienhaus am Ortsrand von St. Valentin wohnte.

Gleich als er seinen Jeep am Straßenrand parkte und das Gartentürchen öffnete, das ziemlich aus den Angeln hing, bemerkte er die Unordnung, die das Haus umgab. Die Blumenbeete waren verwildert, von dem verbeulten Garagentor blätterte die Farbe ab, und auch von den Mauern des Hauses bröckelte der Putz.

Die Haustür stand einen Spalt breit offen, und so ging Markus gleich hinein. In dem kleinen Windfang stapelten sich Bier- und Limokästen und Schuhe. Er klopfte kräftig an die Küchentüre, als er von dort Stimmengewirr hörte.

Frau Langbauer öffnete die Tür. Er hatte sie ein paar Mal im Forstamt angetroffen, und sie hatte dabei einen ordentlichen Eindruck gemacht. Beim Maibaumaufstellen hatte er sie das letzte Mal gesehen, und sie war ihm recht nett vorgekommen. Heute bot sie allerdings einen ungepflegten Anblick.

»So was, der Herr Förster! Was führt Sie denn zu uns?« rief sie aus. In der Küche befanden sich noch zwei weitere Frauen, anscheinend ihre Nachbarinnen. Diese verabschiedeten sich schnell und verließen das Haus.

»Hoffentlich habe ich die Damen jetzt nicht vertrieben?«, fragte Markus und runzelte die Stirn.

»Nein, die wollten eh gleich gehen. So setzen Sie sich doch! Sie möchten sicher den Siegi sprechen. Ich hol ihn gleich. Er ist im Wohnzimmer. Sitzt wieder vor der Glotze!«

»Ich kann ja auch ins Wohnzimmer gehen.«

»Da läuft der Fernseher. Die Kinder sind ja nicht davon wegzubringen.« Sie verließ die Küche und holte ihren Mann.

Siegi Langbauer, ein großer, kräftiger Mann mit einem gewaltigen Bierbauch und einem, obwohl er erst knapp über vierzig war, schon recht ergrauten Vollbart, betrat unsicher die Küche. Er schien über den Besuch seines Chefs nicht recht erfreut zu sein. Er sah ihm nicht in die Augen, aber das konnte er ja noch nie, das war Markus schon aufgefallen. Immer sah er ein wenig an ihm vorbei.

»So, der Herr Förster. Was verschafft mir die Ehre?« Breitbeinig, den Bauch weit nach vorne geschoben, stand er mitten in der Küche.

»Ich hab mit dir zu reden, Siegi. Ich wollte es nicht im Forstamt tun. Ich hab mir gedacht, es wäre gut, wenn deine Frau auch dabei wäre.«

»Christl!«, rief er sofort nach seiner Frau. Diese schimpfte gerade mit den Kindern im Wohnzimmer, kam aber sofort.

»Was gibt's denn? Muss ich auch dabei sein bei eurer Besprechung?«

»Das wäre ganz gut.« Markus war etwas nervös. Die Sache war ihm mehr als unangenehm. Er kehrte nicht gerne den Chef heraus, obwohl das manchmal sein musste.

Markus und Siegi saßen sich am Tisch gegenüber, während Frau Langbauer am Küchenschrank lehnte.

»Hab ich meine Arbeit nicht ordentlich gemacht?«, ging Siegi sofort in die Offensive.

»Bis jetzt habe ich daran nichts zu beanstanden. Aber ich mach mir Sorgen um dich.« Er musterte den Holzarbeiter dabei mit einem langsamen, prüfenden Blick. Er hatte gleich gemerkt, dass der Mann auch jetzt nicht ganz nüchtern war.

Christl machte sich wohl mehr aus Verlegenheit daran, den schmutzigen Tisch abzuräumen und abzuwischen.

»Bring mir ein Bier, Christl!«, forderte Siegi seine Frau in barschem Tonfall auf.

»Hast du denn heute noch nicht genug getrunken?«, fragte Markus ihn und warf dann seiner Frau, die ihm schon eine Flasche holen wollte, einen verständnislosen Blick zu.

»Man wird doch nach Feierabend noch ein Bier trinken dürfen«, brummte Siegi gereizt.

»Was du in deiner Freizeit tust, geht mich auch nichts an«, meinte Markus, und eine tiefe Unmutsfalte schnitt sich dabei in seine Stirn.

»Aber während der Arbeit kann ich das nicht dulden. Ich hab dir das schon ein paar Mal gesagt. Anscheinend hältst du dich nicht daran. Deshalb bin ich hergekommen, um dir und auch deiner Frau noch einmal ins Gewissen zu reden. Ich meine es wirklich gut mit euch.« Er sah Frau Langbauer nun eindringlich an. Dann wandte er sich wieder an Siegi und fuhr fort: »Ich will dich als Arbeiter nicht verlieren. Aber wenn du tagsüber Alkohol trinkst, dann nimmt das noch einmal ein böses Ende, zumindest kann ich dich dann an den Maschinen nicht mehr gebrauchen. Das wäre zu gefährlich.«

»Ich sag ja auch immer zu ihm, dass er nicht so viel trinken soll«, sagte Christl endlich. Sie war an der Tür stehen geblieben, und hatte ihm kein Bier geholt.

Markus sah die mollige Frau an. Obwohl sie ungepflegt wirkte, sah er doch, dass sie eine ganz hübsche Person war. Doch sie schien sich nicht durchsetzen zu können.

Markus redete noch eine Weile auf die beiden ein, kam letztlich aber zu dem Resultat, dass sein Besuch bei den Leuten nicht viel gebracht hatte. Siegi blieb uneinsichtig und seine Frau zögerlich.

»Wenn ich sehe, dass du auch nur einen Tropfen während der Arbeit trinkst oder angetrunken zur Arbeit kommst, dann kann ich dich nicht mehr an die Maschinen lassen«, betonte Markus noch einmal und erhob sich. Er ging zur Tür, warf Siegi noch einmal einen beschwörenden Blick zu.

»Ich lass mich doch nicht bevormunden«, brummte dieser in seinen Bart hinein.

»Das musst du schon mir überlassen, wie ich meine Arbeiter einteile«, erwiderte der Förster in eisigem Tonfall. »Wenn du keine Einsicht zeigst, dann muss ich eben die Konsequenzen ziehen. Du kannst dann in Zukunft entrinden und im Forstamt Hausmeisterarbeiten verrichten. Aber an die schweren Maschinen lasse ich dich nicht mehr. Ich kann das nicht mehr verantworten. Ich werde dem Hofer-Sepp dahingehend Anweisungen geben. Dann kennst du dich jetzt aus.«

Der Siegi sagte nichts mehr dazu, stierte nur dumpf auf die Tischplatte. Seine Augen waren glasig, sein Atem ging schwer, auf der geröteten Stirn standen dicke Schweißperlen.

Was geht hinter dieser Stirn vor sich?, dachte Markus, der ihm einen letzten Blick zuwarf, bevor er die Küche verließ. Er hoffte darauf, dass sich der Mann in Zukunft mit dem Alkohol etwas zurückhielt, doch diese Hoffnung war schwach.

»Dann geh ich jetzt. Ich habe dich gewarnt. Mach's gut.« Der Förster drehte sich um, und Christl begleitete ihn zur Tür.

»Ich werde schon dafür sorgen, dass er nicht so viel trinkt«, meinte Frau Langbauer jetzt, da ihr Mann sie nicht hören konnte. Ihr Blick änderte sich plötzlich, wirkte nicht mehr so hilflos.

»Der Siegi hat früher auch sein Bier getrunken, wie halt alle Männer hier im Dorf«, begann sie mit gedämpfter Stimme zu reden. »Es ist erst seit fünf Jahren so schlimm. Ich meine, dass er keine Grenzen mehr kennt. Ganz schlagartig hat das begonnen. Vielleicht, weil ich damals abends so selten daheim war. Da hab ich als Bedienung beim Unterwirt gearbeitet. Bin immer erst weit nach Mitternacht heimgekommen. Die Kinder waren dann immer bei meinen Eltern.«

»Und der Siegi?«, fragte Markus.

»Der war daheim oder im Wirtshaus. Aber nicht beim Unterwirt, wo ich gearbeitet hab.« Sie biss sich auf die Unterlippe und sprach dann in gequältem Tonfall weiter: »Er schaut auch oft so ins Leere, wenn er getrunken hat. Er verrät mir nicht, was ihn quält. Aber irgendetwas ist es. Manchmal ist er mir ganz unheimlich, wenn ich ihn dann so ansehe.«

Markus runzelte die Stirn. Er dachte über die Worte der Frau nach, aber er konnte sich keinen Reim darauf machen. Vielleicht bildet sich die Christl da auch etwas ein. Sie hat wahrscheinlich ein schlechtes Gewissen, weil sie ihn damals so oft allein gelassen hat. Doch das ist für einen Mann kein Grund, das Trinken anzufangen, sagte sich Markus.

»Passen Sie auf ihn auf, Frau Langbauer«, riet er ihr und nickte ihr aufmunternd zu, doch in seinem Blick lag eine tiefe Sorge.

Er hatte bei den Leuten nicht viel erreichen können, und das verschlimmerte seine schlechte Laune noch, die er heute schon den ganzen Tag über hatte.

Als er beim Forsthaus ankam, stand Reginas Kombi vor der Tür.

Das kam selten vor. So wie er schon vermutet hatte, richtete sie sich die Behandlungen so ein, dass sie schon weg war, wenn er abends von der Arbeit kam. Heute schien sie eine Ausnahme von ihrem Plan zu machen.

Es herrschten noch immer sommerliche Temperaturen. Auch abends war es noch mild und von Herbst keine Spur.

Regina wollte gerade das Haus verlassen, als er es betrat. Beinahe wären sie zusammengestoßen. Wider Willen mussten sie lachen, obwohl ihnen gar nicht danach zumute war.

»Fährst du schon?«, fragte er sie. Er konnte den Blick nicht von ihr wenden: Ihr blondes Haar leuchtete wie reifer Weizen, als sich die tiefen letzten Sonnenstrahlen dieses Tages in ihrer Gestalt fingen. Sie trug eine weiße Hose und einen leichten, grünen Pullover, der sich eng an ihren Oberkörper und ihre Hüften schmiegte. Sie besaß nicht die schmale, knabenhafte Figur Andreas. Ihr Busen war voll und fest, die Hüften ausladend, die Taille jedoch schmal. Es kostete Markus viel Kraft, sich von ihrem vollendet weiblich geformten Körper loszureißen.

Regina blickte nervös auf die Uhr. »Ich hab es eilig. Ich muss noch einen Hausbesuch machen.«

»Du arbeitest dich ja noch zu Tode«, versuchte er wieder einmal seine starken Gefühle durch Spott zu mildern.

»Mach dir nur um mich keine Sorgen«, erwiderte sie mit kühler Stimme, »so schnell bringt mich nichts um.«

»Hoffentlich!«, murmelte er und sah sie immer noch an.

»Und schau mich nicht so an. Du bist schließlich verlobt.«

»Bin ich nicht«, widersprach er ihr.

»Aber so gut wie. Was soll das also?« Ihr Blick und ihre Stimme wurden noch eine Nuance abweisender.

»Du wolltest mich ja nicht. Da habe ich mich anderweitig getröstet«, erwiderte er. Sie standen immer noch bei der Tür. Er halb im Schatten des Hausflurs und Regina im vollen Licht der untergehenden Sonne.

Trotz ihrer scharfen Worte trat nun in ihre dunkelbraunen Augen ein eigentümlicher Glanz und eine unverhohlene Sehnsucht. Auf ihren Wangen lag eine hektische Röte. Ihre Miene, ihr Aussehen straften ihre Worte Lügen, als sie mit harter Stimme meinte: »Lass das nicht deine Verlobte hören.«

»Wie oft soll ich dir noch sagen, dass sie nicht …«

»Ist mir auch egal«, schnitt sie ihm das Wort ab. »Du bist mir davongelaufen. Das ist eine Tatsache.«

»Wie oft willst du mir das noch vorhalten?«

»Du bist mir ein Rätsel«, murmelte er.

Regina ging noch einmal zu ihm hin. Sah ihm fest in die Augen. »Vielleicht wirst du den Grund einmal erfahren. Ich kann ihn dir nicht sagen. Geh einmal auf die Alm hinauf und sieh dich dort um. Da wirst du etwas entdecken. Ich hab dir das jetzt gesagt, und ich werde es nicht wiederholen. Lass mich bitte in Ruhe. Du hast jetzt eine Freundin. Sie ist nett, sie ist klug, und sie ist hübsch. Was willst du mehr?«

»Was soll ich dort oben entdecken?«, fragte er sie beklommen und überrascht. Mit solch einer Antwort hatte er nicht gerechnet.

»Geh hinauf und sieh dich um. Sieh alle Schubladen durch. Da ist eine versilberte Blechdose …« Sie presste nun die vollen, rosigen Lippen aufeinander. »Mehr sag ich nicht. Ich hab so lange geschwiegen und bin froh darüber, dass ich es ausgehalten habe. Auch meinen Eltern gegenüber, die das wohl am meisten betrifft.«

»Was haben deine Eltern damit zu tun?«

»Das musst du selbst herausfinden. Ich sag jetzt kein Wort mehr.« Bevor sie sich abrupt umdrehte und zu ihrem Wagen ging, hatte er noch gesehen, dass ihre dunklen Augen feucht geworden waren.

Ist sie nur hysterisch? Spinnt sie sich etwas zusammen? Oder verbirgt sie wirklich ein Geheimnis. Aber welches? Er konnte sich keinen Reim darauf machen.

Rasch und ohne ihm noch einen Blick zuzuwerfen, stieg Regina in ihren Kombi und fuhr davon.

Markus sah ihr nach. Ich werde sie nicht mehr so ansehen, und ich werde nur mehr das Notwendigste mit ihr reden, wenn sie mir über den Weg läuft, nahm er sich vor. Er wollte sich auf das Wiedersehen mit Andrea freuen. Zweieinhalb Wochen war sie noch fort. Aber was erzählte Regina da von einer silbernen Blechdose?

Er betrat die dämmrige Stube. Die Mutter lag auf dem Sofa. Sie war eingeschlafen. Die Krankengymnastik strengte sie an. Aber sie war notwendig und zeigte auch schon Erfolge. Sie konnte ihren rechten Arm inzwischen viel besser bewegen und brauchte auch keinen Gehwagen mehr. Ein Stock reichte völlig aus.

Nachdem er nach der Mutter gesehen hatte, begab er sich in die Küche. Vroni hatte das Essen warm gestellt. Aber sie war schon wieder fort. Er fragte sich manchmal, wo sie sich immer herumtrieb. Doch sie hielt den Haushalt einigermaßen in Ordnung. Die Mutter und er mussten froh sein, dass sie sie hatten. Aber wie lange noch? Sie wollte ja wieder nach München zurück, um endlich Musik zu studieren.

Während er das lauwarme Essen zu sich nahm, dachte er immer wieder über Reginas Worte nach. Sie ist an jenem Tag, als wir in der Forsthütte waren, nicht einfach so davongelaufen. Das wusste er jetzt. Sie ist nicht überspannt oder hysterisch, sagte er sich, nachdem er länger über ihr Verhalten nachgedacht hatte. Eine steile, tiefe Falte teilte seine von schweren Gedanken umwölkte Stirn in zwei Hälften.

Sie hat irgendetwas entdeckt, das sie zu dieser plötzlichen Flucht veranlasst hat. Aber was? So sehr er sich auch den Kopf darüber zermarterte, er konnte sich nicht denken, was sie so erschreckt, was sie ihm so entfremdet hatte. Das Geheimnis liegt oben auf der Hütte in einer alten Blechdose. Er konnte sich plötzlich an die Dose erinnern. Irgendein Holzknecht hatte sie einmal nach oben geschafft. Die Männer hatten dort früher Geld aufbewahrt, das sie beim Kartenspielen gewonnen hatten. Dort oben ist etwas geschehen, das Regina erschreckt, verstört, ja, ihre Liebe zu ihm erschüttert hatte. Er sinnierte lange darüber nach, doch er konnte einfach keine Erklärung, keine Lösung finden.

Morgen gehe ich hinauf und sehe nach, dachte er, als er schon lange in seinem Bett lag und doch keinen Schlaf finden konnte. Oder am Samstag. Morgen werde ich es nicht schaffen, da habe ich einen ganz anstrengenden Tag. Vier Besprechungstermine, und der Holztransporter kommt auch. Übermorgen werde ich auf die Alm gehen, nahm er sich vor. Er konnte sich einfach nicht vorstellen, was ihn dort oben erwartete.

Der Morgen graute schon, als er endlich einschlief. Er hatte nur zwei Stunden, dann musste er schon wieder aufstehen.

20

Er verschlief. Markus konnte sich nicht erinnern, dass er jemals in seinem Leben verschlafen hatte. Er war ein Morgenmensch. Es war zwar üblich im Forstamt, dass der Chef eine Stunde später kam als seine Mitarbeiter, doch das galt nicht für Markus. Er war immer der Erste.

Als er merkte, dass er verschlafen hatte, sprang er eilig aus dem Bett, duschte sich und pfiff dann Benno, der genauso verschlafen dreinsah wie sein Herrchen.

»Warum hast du mich nicht geweckt, du dummer Hund?«, schimpfte er das altersschwache Tier mit gutmütiger Stimme.

Vroni hatte ihm ein Frühstück bereitet, war aber nirgends zu sehen. Die Mutter schlief noch. Markus aß keinen Bissen, trank nur im Stehen und mit eiligen Schlucken eine Tasse Kaffee.

Als er eine Viertelstunde später ins Forstamt kam, merkte er sofort, dass irgendetwas nicht stimmte. Das Lehrmädchen, das ihm als Erste begegnete, wich ihm verschreckt aus, und Frau Gruber riss die Augen auf, als er das Zimmer betrat.

»Ich glaube, am Holzlagerplatz bei der Kohlbrenneralm ist was passiert«, teilte sie ihrem Chef sogleich mit atemloser Stimme mit.

»Was heißt glauben?« fuhr er seine Sekretärin an, mit der er sonst ein solch gutes Verhältnis hatte. »Ist etwas passiert oder nicht? Und was ist passiert?«

Frau Gruber, seine rechte Hand, mit der er immer so zufrieden war und die er noch nie angeschrien hatte, zuckte zusammen. »Ich weiß doch auch nichts Genaues«, rechtfertigte sie sich. »Irgendwer hat einen Funkspruch gehört, dass etwas passiert ist am Lagerplatz.«

»Wer hat was gehört?« Markus starrte seine Sekretärin an. Eine dunkle Ahnung stieg in ihm hoch, aber er sprach sie nicht aus. Sie war zu schrecklich.

»Ich glaube, der Fahrer von der Transportfirma war es. Aber ich weiß auch nichts Genaues. Niemand hier im Amt weiß etwas Genaues. Es muss ja gerade erst passiert sein«, antwortete Frau Gruber immer noch atemlos.

»Ist der Holztransporter denn schon hier?«

Markus dachte daran, dass er gestern seinem Vorarbeiter, dem Hofer-Sepp, Anweisung gegeben hatte, die zehn Fichten bei der Kohlbrenneralm, die vorige Woche gefällt worden waren, mit der Holzseilbahn zum Lagerplatz zu transportieren. Gegen Mittag würde dann der Transporter kommen und die Stämme aufladen. »Die Transportfirma hat angerufen, dass sie schon um acht Uhr kommen«, erwiderte Annemarie Gruber. »Ich habe das an den Klein-Michi weitergegeben.«

»Warum nicht an den Hofer-Sepp?«

»Weil er krank ist. Seine Frau hat kurz vor acht Uhr angerufen, dass er vermutlich einen Bandscheibenvorfall hat. Sie mussten ihn ins Krankenhaus bringen.«

»Auch das noch!« Markus fuhr sich über sein blasses, unausgeschlafenes und unrasiertes Gesicht.

»Und dann haben Sie den Michi an den Lagerplatz geschickt.«

Frau Gruber nickte. »Mit dem Langbauer-Siegi als zweiten Mann.«

»Dem Siegi? Ich habe doch ausdrücklich Anweisung gegeben, ihn in Zukunft nur noch zum Entrinden, Aufforsten und für Hausmeisterarbeiten einzusetzen. Der Mann hat ein Alkoholproblem und darf keine Maschinen mehr bedienen.«

»Was sollte ich denn tun? Ich konnte den Michi doch nicht alleine zum Lagerplatz schicken. Das wissen Sie so gut wie ich, dass einer unten an der Seilbahn stehen muss und einer oben. Und Sie waren noch nicht da. Sonst kommen Sie immer schon um sieben Uhr. Der Hofer-Sepp ist krank, der Lastwagen kam drei Stunden früher …« Die sensible Frau begann zu weinen.

»Entschuldigen Sie, Frau Gruber«, bemerkte Markus nun mit weicher Stimme. »Sie haben alles richtig gemacht. Es ist meine Schuld, dass es jetzt drunter und drüber geht. Sie können natürlich nicht wissen, dass wir den Siegi nicht mehr für solche Arbeiten einsetzen. Das weiß nur der Hofer. Sie sind für solche Sachen nicht zuständig.

Es ist halt alles zusammengekommen.« Er pfiff Benno, der sich in einer Zimmerecke, die Schnauze weit nach vorne geschoben, niedergelassen hatte und dort den ganzen Tag verschlafen wollte. Er war froh, mit dem ganzen Zirkus, der sich vor seiner Hundeschnauze abspielte, nichts zu tun zu haben. Das Tier gehorchte seinem Herrn aber dann doch und erhob sich widerwillig.

»Ich werde jetzt gleich zum Lagerplatz fahren und nachschauen, was da los ist«, sagte Markus zu Frau Gruber.

Er stand schon an der Tür, als das Telefon klingelte. Frau Gruber ging an den Apparat und wurde blass bis in die Lippen.

»Schwer verletzt, sagen Sie ...?«

»Was ist los?« Markus starrte die verstörte Frau eine Sekunde lang an, ging dann zurück an ihren Schreibtisch und riss ihr den Hörer aus der Hand.

»Es ist der Mann von der Transportfirma«, konnte sie gerade noch stammeln.

»Der Siegi wurde von einem Baum getroffen. Er ist schwer verletzt«, erklärte Markus nach einer Minute mit tonloser Stimme und gab Frau Gruber den Hörer zurück.

»Ich fahre zum Lagerplatz.« Er stürzte aus dem Büro, lief die Treppen hinunter aus dem Gebäude und setzte sich in seinen Jeep. Benno konnte ihm nicht folgen und trottete ins Haus zurück.

Als er zum Lagerplatz kam, sah er den Laster der Speditionsfirma stehen, den Sanitätswagen und dann, ein Stück den Hang hinauf, einen umgekippten Traktor. Er hat den Traktor viel zu steil platziert, da ist er umgekippt, war sein erster Gedanke. Markus stieg aus, ging mit schnellen Schritten zum Sanka. Siegi wurde von einem Arzt gerade notversorgt.

»Ich kann überhaupt nichts sagen«, erklärte der Notarzt, auf Markus' fragenden Blick hin. »Wir müssen jetzt los.«

Markus blickte dem Sanka nach, der mit so großer Geschwindigkeit, wie es die Forststraße erlaubte, davonfuhr.

Er wandte sich wieder der Unfallstelle zu. Eine mächtige Fichte hing noch am Seil. Der Motor war inzwischen abgeschaltet worden, vermutlich von dem Fahrer der Spedition.

»Wie ist das passiert?« Markus blickte sich um. Er nahm die Fichte, die Siegi so schwer verletzt hatte, ins Visier.

»Der Baum hat ihn mit voller Wucht am Kopf getroffen«, sagte der Mann von der Transportfirma, der das Unglück miterlebt hatte. »Es war der vorletzte Stamm.«

»Er konnte wohl noch vom Traktor springen«, rekonstruierte der Förster den Unfall mit blassen Lippen. »Aber nicht mehr den Motor abschalten. Dann ist er noch in den Seilwinkel gelaufen. Da hat ihn der Stamm mit voller Wucht getroffen.«

Inzwischen war Michi an der Unfallstelle eingetroffen. Nachdem niemand mehr auf seinen Funkspruch reagiert hatte und der Seilzug nicht mehr lief, obwohl noch ein Baum zu transportieren gewesen wäre, hatte er sich auf den Weg gemacht.

»Ich habe es fast vorausgesehen«, stammelte Markus. »Er hätte die Seilwinde nicht mehr bedienen dürfen. Ich habe es ihm verboten. Er hat total kopflos und fahrlässig gehandelt. Der Traktor steht viel zu steil, er hat vermutlich die Maschine zu schnell laufen lassen, ist dann in den Bereich des Seilwinkels geraten. Warum hast du nicht diese Arbeit übernommen?« Er warf Michi einen halb vorwurfsvollen, halb schmerzlichen Blick zu.

»Der Siegi kommt doch mit seinem Gewicht nicht mehr den Berg hinauf«, bemerkte Michi kleinlaut. »Ich hatte auch das Gefühl, dass er nicht ganz nüchtern war«, fügte er noch eine Spur leiser hinzu. »Er roch nach Bier. Kam wohl noch von gestern.«

»Nie und nimmer hätte er diese Arbeit verrichten dürfen.« Markus wandte sich von seinem Arbeiter ab. Über sein blasses Gesicht lief ein nervöses Zucken.

»Was hätten wir machen sollen?«, stieß Michi hervor und sah zu dem Fahrer hin. »Als ich heute früh zur Arbeit kam, hat es gleich geheißen, dass der Holztransporter schon da ist. Dabei waren noch nicht alle Bäume unten.«

»Eine Kette unglücklicher Umstände«, murmelte der Förster. »Trotzdem hätte der Siegi nie die Seilwinde bedienen dürfen. Ich hatte ausdrücklich Anweisung gegeben.«

»Davon habe ich nichts gewusst. Bis jetzt.« Der Michi fuhr sich über sein rundes, ziegelrotes Gesicht. Es war immer rot, doch jetzt, in dieser

Aufregung, glühte es wie ein ganzes Leuchtenwerk.

»Ich habe mit dem Hofer-Sepp darüber gesprochen. Der hat es gewusst. Aber ich will ihm jetzt keine Schuld geben. Er ist krank«, murmelte der Förster betroffen und bedrückt.

»Ich glaube, der Sepp hat letzte Woche schon einmal so eine Andeutung gemacht«, gab Michi jetzt zu. »Aber wenn Not am Mann ist, was hätten wir tun sollen? Es war ja sonst kein Helfer da.«

»Ist schon gut. Es ist meine Schuld. Und dann hab ich heute auch noch verschlafen.« Markus machte niemandem mehr irgendwelche Vorwürfe.

Bedrückt fuhr er ins Forstamt zurück.

Als er an diesem schrecklichen Tag abends heimkam, war er völlig fertig. Es war der bisher schwärzeste Tag seines Lebens gewesen.

21

Das Gerücht, dass der Förster an dem schweren Unfall seines Mitarbeiters die Hauptschuld trug, verbreitete sich in St. Valentin in Windeseile. Die polizeilichen Ermittlungen ergaben allerdings, dass Markus Reiter seine Dienstaufsichtspflicht nicht verletzt hatte. Siegi hingegen hatte ohne Anweisung grob fahrlässig gehandelt.

Doch das spielte keine Rolle bei dem Gerede, dafür sorgte schon Martin Niederberger. So setzten also die Leute, die Markus nicht mochten und ihm schaden wollten, ihre Verleumdungen fort. Dass weder die Polizei noch Markus' Vorgesetzte eine Mitschuld des Försters nachweisen konnten, spielte dabei kaum mehr eine Rolle. Allein, dass ein Disziplinarverfahren gegen ihn eingeleitet wurde, war für viele im Dorf Beweis dafür, dass er an dem Unfall die Hauptschuld trug. Dass dieses schnell eingestellt wurde, kümmerte sie nicht mehr, oder sie wollten es nicht wahrhaben. Allen voran der Bürgermeister.

Siegi Langbauer kam durch. Ein paar Tage, nachdem er aus dem künstlichen Koma, in das man ihn aufgrund der schweren Kopfverletzungen versetzt hatte, erwacht war, gaben die behandelnden Ärzte grünes Licht für Besuche.

Es war inzwischen Herbst geworden in den Bergen, nachdem der Sommer in diesem Jahr so lange gedauert hatte.

Der Himmel, der sich am Morgen noch grau zeigte, wurde im Laufe des Tages immer heller. Als Markus ins Krankenhaus fuhr, um seinen Arbeiter zu besuchen, vertrieb die Sonne gerade die letzten grauen, regenschweren Wolken, und die Luft wurde klar und trocken.

Markus fiel dieser Besuch schwer, noch viel schwerer als sein letzter, als er Siegi daheim aufgesucht hatte. Seine Verwarnung hatte nicht gefruchtet. Der schwere Unfall war das Resultat.

Als der Förster an sein Bett trat, blickte ihm Siegi unter den schweren, geröteten Lidern mit einem verhaltenen Blick entgegen. Er hatte diesen Besuch wohl schon erwartet, denn er schien nicht sonderlich überrascht zu sein. Ob er sich freute, seinen Chef zu sehen, ob er sich schuldig fühlte, ob er seinem Chef die Schuld gab, all das war aus seinem verschlossenen Gesicht nicht herauszulesen.

Und doch schien es Markus so, als ob er schon lange auf ihn gewartet hätte, und er konnte ihm jetzt in die Augen sehen. Das erste Mal, dass Siegi ihn direkt ansah und nicht schief an ihm vorbei.

Markus verzichtete auf eine scherzhafte, aufmunternde Bemerkung, wie sie oft am Bett eines Kranken, meist aus Verlegenheit, gemacht wurde. Er reichte ihm die Hand und drückte sie fest. »Na, wie geht's?«, fragte er seinen Arbeiter nur.

»Da bin ich dem Teufel ja noch einmal von der Schaufel gesprungen«, erwiderte dieser und versuchte zu grinsen.

»Das kann man wohl sagen.« Markus stellte eine Flasche Saft auf den Nachttisch.

»Wie fühlst du dich denn jetzt? Hast du noch Schmerzen?« Der Förster warf ihm einen langen, sehr ernsten Blick zu. In diesem Blick lag alles, was unausgesprochen zwischen ihnen bleiben sollte.

Der einfache Mann schien dies gleich zu verstehen. Auch er wollte nicht über den Unfall reden, nicht über seine Schuld und nicht über die Schuld anderer, die ihn in seinem Zustand ins Unglück laufen hatten lassen.

Nein, sagte sich Siegi Langbauer, ich bin ganz allein schuld daran. Ich hab es mit dem Trinken auf die Spitze getrieben. Ich habe ja gar nicht mehr richtig gewusst, was ich tue. Markus zog sich einen Stuhl heran und setzte sich. Er blickte aus dem Fenster und wartete darauf, dass Siegi etwas sagte.

Als dieser stumm blieb und nur mit einem schmerzlichen Blick an die Decke starrte, meinte er:

»Du musst jetzt nichts sagen, wenn du nicht willst. Hauptsache, du wirst wieder gesund. Vielleicht wäre es auch gut, wenn du einen Entzug machen würdest.« Das musste er loswerden, denn es war wichtig. Der Siegi war noch einmal mit dem Leben davongekommen, aber er musste dieses Leben jetzt ändern, sonst gab er ihm und seiner Familie keine Chance mehr.

»Ich glaube, dass ich keinen Entzug brauche«, murmelte Siegi und starrte nun auf das weiße Betttuch, auf dem seine schweren, großen Hände ruhten.

Markus seufzte. »Siegi!« rief er aus und warf ihm einen verzweifelten Blick zu. »Wie soll es denn dann mit dir weitergehen?«

»Wenn ich es loswerde, dann brauch ich auch keinen Alkohol mehr«, begann Siegi mit leiser Stimme und sah den Förster dabei voll an.

Markus warf ihm einen überraschten Blick zu. »Was willst du loswerden?«

Siegi schwieg eine Minute lang. Er schien mit sich zu kämpfen.

Markus spürte, dass plötzlich etwas Ungewöhnliches in der Luft lag, etwas, an das er nie gedacht hatte.

»Das, was vor fünf Jahren geschehen ist«, presste der Mann endlich hervor. »Ich muss es loswerden, dann brauch ich auch keinen Alkohol mehr.«

Markus dachte plötzlich daran, was Frau Langbauer zu ihm gesagt hatte, als er mit ihr allein vor der Haustür stand: »Er hat ja immer gern getrunken, aber so richtig schlimm ist es erst seit fünf Jahren. Als ob er seitdem ein Problem hätte.« Er hatte sich ihre Worte gemerkt, obwohl er ihnen damals kaum Bedeutung beigemessen hatte. Auch, dass ihr Mann früher oft abends allein gewesen war, weil sie im Gasthaus arbeitete, kam ihm jetzt wieder in den Sinn.

»Was ist denn vor fünf Jahren passiert?«, fragte Markus nun mit heiserer Stimme. Er ahnte nun langsam etwas, etwas Ungeheuerliches. Er schluckte schwer und wartete auf eine Antwort.

»Ich war der Wilderer, nach dem sie damals so lange gesucht haben.« Siegi sah dem Förster immer noch voll ins Gesicht.

All die Jahre, die ich ihn kenne, hat er immer an mir vorbeigesehen, dachte Markus. Der kann mir nicht in die Augen schauen, habe ich mir oft gedacht. Jetzt weiß ich, warum. Er betrachtete das blasse, bärtige Gesicht des Mannes. Es lag keine Scham in seinen Gesichtszügen, auch kein Triumph, nur Erleichterung.

Obwohl Markus eine leise Ahnung gehabt hatte, fiel es ihm nun doch schwer zu glauben, was dieser ihm gestand.

»Du warst es also!«, presste er schließlich hervor. Der Förster musste sich nun von ihm abwenden, hielt diesem festen Blick seines Arbeiters nicht stand. Markus stand auf, ging zu der großen Fensterfront und blickte hinaus. Lange sagte er kein Wort.

»Warum hast du denn das getan?«, fragte er, nachdem er sich einigermaßen gefangen hatte. »Wegen dem Fleisch? Aber das müsste deine Frau ja dann gemerkt haben. Anscheinend wusste sie aber von nichts.«

»Sie wusste es auch nicht. Sie war ja zu dieser Zeit immer bedienen, ist erst spät in der Nacht heimgekommen.«

Siegi starrte nun wieder auf seine Hände, die so weich und weiß geworden waren. »Du warst zu dieser Zeit nicht im Dorf. Und anscheinend hat dein Vater mit dir auch nicht darüber gesprochen, sonst wüsstest du, dass es mir nur um die Geweihe ging. Ich hab da einmal einen getroffen, in der Wirtschaft. Der war ganz scharf auf die Trophäen. Ich hatte Schulden, von denen die Christl nichts wissen durfte. Da hab ich mich halt auf die Sache eingelassen.«

Der Förster, der sich bei diesem Geständnis Siegi zugewandt hatte, drehte sich wieder um und blickte zum Fenster hinaus. »Dann hast du also auch den Stadler-Josef angeschossen. Er wäre beinahe verblutet.«

Siegi blieb ruhig. »Das hab ich mir gedacht, dass das jetzt kommt«, presste er zwischen den gelben Zähnen hervor. »Aber ich war das nicht. In jener Nacht war ich nicht oben auf der Dürrnbergalm.«

Markus machte eine ruckartige Bewegung zum Bett hin. Seine grauen Augen verengten sich, und seine Lippen wurden schmal.

»Lüg jetzt nicht, Siegi! Wenn du schon dabei bist, die Wahrheit zu sagen, dann sag die ganze.«

Siegi Langbauer zuckte nicht einmal mit der Wimper. Es lag nicht die geringste Unsicherheit in seinem Blick, als er noch einmal beteuerte: »Ich war es nicht. Mehr kann ich nicht dazu sagen. Meinst du, ich hätte die Wilderei zugegeben, wenn ich es gewesen wäre? Und wenn ich sie zugegeben hätte, dann hätte ich auch gleich alles zugegeben. Aber ich war es nicht. Gewildert habe ich, aber nicht den Stadler angeschossen.«

Markus glaubte ihm, obwohl es schwer war, denn es ergab keinen Sinn, außer den, dass ein zweiter Wilderer damals sein Unwesen getrieben hatte. Aber wer?

»Hast du noch einen Kumpanen gehabt?«, fragte Markus den großen, kräftigen Mann.

»Ich war immer allein.« Siegi fiel nun erschöpft in die Kissen zurück. »Ich habe alles gesagt, was ich so lange mit mir herumgetragen habe. Ich weiß nicht, was für eine Strafe mir jetzt blüht. Aber den Stadler-Josef habe ich nicht angeschossen. Ich war in dieser Nacht nicht oben auf der Dürrnbachalm. Bin dann auch nie mehr wieder hinauf, nachdem das mit dem Josef passiert ist.« Er schloss die Augen. Markus merkte, dass er jetzt allein sein wollte. Er hatte alles gesagt.

»Ich glaube dir«, murmelte Markus und klopfte ihm ganz leicht auf die Schulter. »Und was das Wildern anbelangt: Die Sache ist inzwischen verjährt, und ich werde niemandem etwas davon erzählen.«

Siegi schloss erleichtert die Augen und ließ sich noch tiefer in die Kissen fallen. »Und wie sieht es mit meiner Arbeit aus?«

»Erst musst du einmal gesund werden. Das wird noch länger dauern. Aber ich lass dich nicht hängen. Für dich wird es immer Arbeit im Forstamt geben. Aber jetzt werd erst wieder einmal gesund«, wiederholte Markus und warf ihm einen aufmunternden Blick zu.

Das ist starker Tobak, was ich da gerade erfahren habe, sagte sich Markus, als er wieder in seinem Auto saß und das Krankenhausareal verließ. Siegi hatte ihm die Wahrheit gesagt. Er hatte den

Stadler nicht angeschossen. Doch wer war es dann gewesen? Hatte es noch einen zweiten Wilderer dort oben gegeben? Das war nach so vielen Jahren schwer herauszufinden. Er war zu dieser Zeit noch nicht als Förster in St. Valentin beschäftigt gewesen, und der Vater, der mehr über den Fall wusste, war tot.

Markus verließ die Stadt, kam langsam wieder ins freie Land. Strahlender Sonnenschein lag nun auf den bunten Wäldern.

Nun ist es schon vier Wochen her, dass Andrea fort ist, dachte er flüchtig. Er gestand sich ein, dass er sie weniger vermisste, als er geglaubt hatte. In den ersten Tagen nach dem Unglück mit seinem Arbeiter hatte er sich nach ihr gesehnt. Aber in Wahrheit hatte er sich nur nach einem Menschen gesehnt, an den er sich lehnen konnte, um den ganzen Kummer, den Ärger und die Enttäuschung zu vergessen. Er hatte ein paar Mal mit ihr telefoniert, doch es war ihm dabei so vorgekommen, als ob sie gar nicht richtig begriffen hatte, in welch trostlosem Gemütszustand er sich gerade befand. Nein, so sagte er sich auch jetzt wieder, mit Andrea würde es keine Zukunft für ihn geben. Sie war nur ein Abenteuer gewesen. Sie hatte ihn nie wirklich geliebt, und er sie vermutlich auch nicht. Regina hatte er geliebt, liebte er noch immer, obwohl so wenig zwischen ihnen gewesen war. Nun entfernte sie sich immer mehr von ihm, wurde ihm immer fremder. Es tat weh, dies zu sehen und zu spüren.

Als er durch seinen Heimatort fuhr, kam er auch am Haus von Frau Berger vorbei und sah, dass Andreas' Wagen wieder auf dem Parkplatz stand. Sie war also wieder hier.

Er hielt seinen Jeep an, parkte ihn am Straßenrand. Langsam stieg er aus. Etwas zu langsam. Er ging auf das kleine Haus zu, klingelte. Frau Berger öffnete und sagte ihm, dass Andrea im Garten draußen saß.

»Es ist ja heute noch so schön geworden, wer hätte das bis Mittag gedacht«, meinte sie freundlich und zog sich dann wieder ins Wohnzimmer zurück.

Als Andrea Markus erblickte, stürmte sie wie ein Wirbelwind auf ihn zu. »Ich habe schon bei dir zu Hause und dann im Forstamt angerufen. Aber du warst nirgends zu erreichen.«

Markus war noch nie in diesem kleinen Garten gewesen. Er war ganz von Efeu bewachsen, der sich von der Hausmauer zur Laube und weiter zur angebauten Holzhütte zog. Nur im Westen zeigte sich der Garten offen und war nur durch eine niedere Mauer vom freien Feld getrennt.

Betreten blieb Andrea einen Schritt vor ihm stehen, als sie seine Niedergeschlagenheit bemerkte.

»Freust du dich denn gar nicht, dass ich wieder hier bin?«

Er lächelte schwach, und ihre gute Laune war schlagartig dahin.

»Was ist denn geschehen?« Sie sah ihn mit ihren großen blau-grünen Augen fragend an. Sie wollte jetzt keine Probleme. Sie wollte Urlaub machen, mit Markus. Gerade hatte sie noch in den Prospekten geblättert.

Sie setzten sich auf die Hausbank, lehnten sich an die noch sonnenwarme Hausmauer. Markus bemerkte die Urlaubsprospekte, die auf dem Tisch verstreut lagen, aber er schenkte ihnen nicht die geringste Beachtung.

»Ich habe beruflichen Ärger«, sagte er und fuhr sich dabei müde über das Gesicht.

»Du hast mir noch gar keinen Begrüßungskuss gegeben«, schmollte sie, ohne auf seine Bemerkung einzugehen. Vielleicht hatte sie diese auch gar nicht gehört.

Er warf ihr einen traurigen Blick zu und berührte mit seinen Lippen ihre Wange. Andrea spürte, wie trocken und spröde seine Lippen waren.

»Das ist ja eine Begrüßung«, meinte sie enttäuscht, »und das, obwohl wir uns vier Wochen nicht gesehen haben. Dabei hätte ich dir so viel zu erzählen. Aber mir scheint, du willst gar nicht hören, was ich alles erlebt habe.«

»Wenn ich ehrlich bin, dann interessiert es mich auch wirklich momentan nicht«, erwiderte er und blickte dabei in den stillen, geheimnisvollen Garten.

»Es hat dich ja noch nie interessiert, was ich mache und wofür ich mich einsetze«, antwortete sie beleidigt. Ob unsere Liebe eine Zukunft hat?, fragte sie sich plötzlich. Während ihrer Abwesenheit hatte sie sich nach Markus gesehnt. Doch vielleicht hatte sie sich nur etwas vorgemacht.

Das Wiedersehen war zumindest eine Enttäuschung. Dabei konnte die Umgebung, in der sie sich gerade aufhielten, gar nicht romantischer sein. Sie fühlte Ernüchterung in sich emporsteigen. Dabei wollte sie mit Markus in Urlaub fahren. Sie hatten im Sommer einmal davon gesprochen, dass sie im Oktober eine Flugreise machen könnten. Markus war damals in seiner frischen Verliebtheit nicht abgeneigt gewesen. Jetzt erinnerte er sich wahrscheinlich gar nicht mehr daran.

Markus versuchte erst gar nicht, sich zu rechtfertigen. Er schwieg, blickte nur in trüber Stimmung in den schönen, herbstlichen Garten, den die Natur verschwenderisch in alle Farben getaucht hatte.

»Was ist denn los?« Andrea musterte ihn von der Seite her mehr misstrauisch als besorgt.

»Das habe ich dir doch gesagt: Ich habe beruflichen Ärger. Ein Arbeiter von mir wurde bei der Arbeit schwer verletzt. Ich habe ihn heute zum ersten Mal besucht. Ich komme gerade aus dem Krankenhaus. Gott sei Dank ist er auf dem Weg der Besserung.«

»Aber dann ist doch alles in Ordnung.«

»Gar nichts ist in Ordnung. Viele Leute geben mir die Schuld an dem Unfall. Ich hätte meine Dienstaufsichtspflicht verletzt.«

»Und, hast du?« Sie sah ihn fragend an.

Markus schüttelte den Kopf. »Es war eine Verkettung unglücklicher Umstände. Ich wurde schnell rehabilitiert. Aber wenn sich die Leute erst einmal in ihre Meinung verrannt haben, dann halten sie meistens daran fest, zumal im Ort gegen mich gehetzt wird.«

Andrea dachte sofort an Martin Niederberger. Sie wusste, dass das ohnehin unterkühlte Verhältnis der beiden Männer beinahe in Feindschaft abgedriftet war, seit sie Markus den Vorzug gegeben hatte.

Sie sagte jedoch nichts. In ihrem hübschen Dreiecksgesicht lag eine gewisse Hilflosigkeit. Sie wusste nicht, wie sie mit Markus' Kummer umgehen sollte. Sie wollte einen fröhlichen Mann. Seinen anfänglichen Zynismus hatte sie ja noch gut ertragen, und er hatte ihr sogar manchmal imponiert, aber mit dieser Niedergeschlagenheit, mit der er ihr heute begegnete, konnte sie gar nicht umgehen.

»Aber wenn du keine Schuld an dem Arbeitsunfall hast, dann musst du dich doch nicht so grämen«, bemerkte sie mit unsicherer Stimme, »und auf das Gerede der Leute würde ich pfeifen.«

»Das sagst du so leicht.« Er lächelte schwach, ohne sie anzusehen.

Andrea griff nach seiner Hand. Sie wollte ihn aufmuntern und spürte dabei, wie wenig ihr das gelang. Sie dachte an ihre Zeit in der Eifel. Sie war Jochen begegnet. Er wollte sie zurückgewinnen. Sie hatte geglaubt, dass sie nichts mehr für ihn übrig hätte, aber nach einigen Tagen der Zusammenarbeit mit ihm gemerkt, dass sie immer noch – oder vielleicht wieder – etwas für ihn empfand. Sie hatte ihm aber gesagt, dass sie wieder in festen Händen sei, dass sie einen anderen liebe. Er hatte es akzeptiert und sich wieder von ihr zurückgezogen.

An das musste Andrea denken, als sie Markus' Hand berührte, die schlaff in ihrer ruhte. Liebe ich Markus wirklich?, fragte sie sich und begann nun, daran zu zweifeln. Sie wollte das alles nicht wahrhaben.

»Markus«, begann sie, einen neuen Anlauf nehmend, »ich denke mir, dass dir gerade in dieser Situation ein Urlaub gut täte. Schau doch einmal!« Sie zeigte auf die Urlaubsprospekte, die auf dem Gartentisch lagen. »Magst du sie dir nicht einmal durchsehen?«

Markus schüttelte den Kopf. Er warf nicht einen einzigen Blick darauf. Er war tief enttäuscht von Andrea. Es schmerzte ihn, wie wenig Interesse sie an seinen beruflichen Problemen zeigte. Sie hatte kein einziges Mal nach den Zusammenhängen des Unglücks gefragt. Die Art und Weise, wie sie über seine Sorgen, seinen Kummer, seine Verzweiflung hinwegging, enttäuschte ihn zutiefst.

»Also kein gemeinsamer Urlaub«, murmelte sie, ließ seine Hand los, schob die Kataloge zusammen und stapelte sie auf einen Haufen.

»Ich kann doch jetzt nicht wegfahren!« Er warf ihr einen verständnislosen Blick zu.

»Aber ich«, erwiderte sie und schob dabei trotzig das kleine, runde Kinn nach vorne.

»Das ist deine Sache. Aber ich würde keine einzige ruhige Minute im Ausland haben.«

»Das ist also dein letztes Wort?«

Markus nickte. Er sah sie traurig an. »Ich kann jetzt einfach nicht weg. Die Wogen müssen sich erst glätten.«

»Gut, dann werde ich alleine fahren. Ich habe kein Problem damit.«

»Das denke ich mir.« Er grinste nun schwach. Aber dann verdunkelten sich seine grauen, tief liegenden Augen gleich wieder. Er nahm ihre Hand, drückte sie nun etwas fester, aber nicht mehr mit der früheren Leidenschaft. Andrea spürte das ganz genau. Das Feuer in seinen Augen war verglommen, was zurückblieb, war kalte Asche.

»Andrea«, sagte er, denn er wusste, dass jetzt der Zeitpunkt gekommen war, zu sagen, was er in den letzten Tagen oft gedacht hatte. Jetzt war es ihm ganz klar geworden. »Ich denke mir, es ist besser, dass wir wieder auseinandergehen. Wir waren ja nicht lange zusammen, und deshalb wird es auch nicht so schwer für uns beide sein.«

Ihre Augen füllten sich mit Tränen. »Das habe ich nicht erwartet, dass es so kommt«, bemerkte sie leise.

»Hast du dir nicht auch schon ein paar Mal gedacht, dass wir beide nicht zusammenpassen?«, fragte er sie mit sanfter Stimme. »Es war schön mit uns beiden, aber eben nur eine gewisse Zeit. Nicht fürs ganze Leben.« Er sah ihr nun tief in die Augen, aber nicht mehr mit der früheren Leidenschaft und Bewunderung.

»Dann ist es also aus.« Sie blickte starr vor sich hin. Markus hätte viel darum gegeben, jetzt ihre Gedanken zu lesen.

»Es ist besser so, Andrea. Ich will dir nicht weh tun. Aber gerade heute habe ich gesehen, dass es nicht passt zwischen uns. So wie du reagiert hast, als ich dir von meinem Kummer erzählt hab, da habe ich gemerkt …«

»… dass wir nicht zusammenpassen«, schnitt sie ihm das Wort ab. »Das hast du nun schon oft genug gesagt.«

Es war sehr still im Garten, nur ab und zu zwitscherte ein Vogel. Die Sonne wanderte immer weiter nach Westen, ihre Strahlen wurden schwächer. Von Frau Berger war nichts zu hören und zu sehen. Vielleicht war sie fortgegangen. Andrea und Markus hatten nichts mitbekommen.

»Dann sollten wir es kurz und schmerzlos machen«, beschloss Andrea in die bedrückende Stille hinein, die ein paar Minuten zwischen ihnen geherrscht hatte.

»Ja, vielleicht wäre das das Beste.« Markus verspürte Erleichterung in sich, keinen Abschiedsschmerz und keine Reue. Andrea hatte ihm keine Szene gemacht. Aber eigentlich hatte er dies auch nicht von ihr erwartet. Er hatte ja immer gewusst, dass sie das Leben leicht nahm, und sicher auch die Liebe. Sie würde die Trennung schnell überwinden, und er war sich sicher, dass sie bald einen anderen Mann finden würde.

Beide blickten schweigend ins Feld hinaus.

Nun wird mich in St. Valentin nichts mehr halten, überlegte Andrea. Sie dachte an ihre nette Vermieterin, Frau Berger. Die Frau war ihr ans Herz gewachsen, war wie eine zweite Mutter für sie gewesen. Ich werde mit ihr in Kontakt bleiben, dachte Andrea. Dann wanderten ihre Gedanken zu Jochen hin, der ihr vorgeschlagen hatte, sich an seinem neuen Forschungsprojekt im Bayerischen Wald und in Tschechien, dieses Mal den Luchs betreffend, zu beteiligen. Sie würde es tun. Sie brauchte gar nicht mehr zu überlegen.

Markus erhob sich. Die Sonne war inzwischen untergegangen und hatte am Horizont nur einen gelben Schein hinterlassen. Es war kühl geworden im Garten.

Markus umarmte Andrea und blickte ihr ein letztes Mal in die Augen. Sie waren feucht, aber sie war nicht verzweifelt.

»Es war schön mit dir«, raunte er ihr zu. »Wir wollen uns gegenseitig nichts nachtragen.«

Andrea nickte. »Ich habe es nicht bereut«, erwiderte sie leise. »Diese Treffen auf der Alm!« Sie schmunzelte. »Doch es war nur für einen Sommer. Vielleicht haben wir das beide von Anfang an gewusst, es uns aber nicht eingestanden.«

So trennten sie sich, nachdem sie drei Monate lang ein Paar gewesen waren.

Sie war nur eine Episode in meinem Leben, dachte Markus, nicht die Frau, mit der ich alt werden will.

22

Die nächsten Wochen verliefen für Markus sehr ruhig. Was den Arbeitsunfall vom Langbauer-Siegi anbelangte, war er inzwischen völlig rehabilitiert. Der kräftige, ansonsten gesunde Mann erholte sich von seinen schweren Verletzungen überraschend gut. Nach drei Wochen Krankenhausaufenthalt kam er noch einmal vier Wochen in die Reha, dann durfte er heim. Anfang Januar sollte er im Forstamt wieder mit der Arbeit beginnen. Zuerst als Hausmeister, dann würde man weiter sehen. Aber es sah gut für ihn aus, denn er entsagte dem Alkohol nun ganz. Das verleumderische Gerede gegenüber dem Förster verstummte allmählich. Dafür sorgte vor allem Siegi Langbauer selbst, der jedem, der über Markus Reiter etwas Schlechtes sagte, über den Mund fuhr. »Den Markus trifft keine Schuld an dem Unfall. Den hab ich mir ganz und gar selbst zuzuschreiben.« Nun musste auch der Letzte im Dorf, der gegen Markus gehetzt hatte, einsehen, dass er dem Förster Unrecht getan hatte, denn wenn der Geschädigte selbst die ganze Verantwortung auf sich nahm, was sollte man dann noch gegen den Förster vorbringen.

Siegi trank keinen Tropfen mehr und brachte dafür sein Häuschen in Ordnung. Das Gartentürl, das jahrelang aus den Angeln gehangen hatte, wurde repariert, das Haus frisch geweißt und die Holzläden grün gestrichen.

Die Leute wunderten sich über den Siegi und fragten sich, wie ein solcher Schicksalsschlag einen Menschen doch verändern konnte.

Allmählich sprachen die Dorfbewohner von anderen Dingen. Da gab es eine Scheidung in St. Valentin, die niemand für möglich gehalten hatte, sogar ein uneheliches Kind – in einer Zeit, in der doch alle jungen Mädchen die Pille nahmen. Die größte Sensation war jedoch, dass ein namhafter Bauunternehmer Bankrott gemacht hatte. Der Gesprächsstoff ging also nicht aus.

Obwohl Markus Regina im Forsthaus manchmal begegnete und obwohl ihm diese Begegnungen jedes Mal einen Stich versetzten, kamen sich die beiden nicht mehr näher.

Nun wäre ich wieder frei, dachte Markus, aber Regina geht mir nach wie vor aus dem Weg, und wenn sich das nicht vermeiden lässt, dann spielt sie die Kühle und Abweisende. Sie liebt mich einfach nicht, ich muss es endlich einsehen. Vroni war inzwischen nach München zurückgekehrt und hatte ihr Musikstudium wieder aufgenommen. Es schien so, dass sie dieses Mal durchhielt. Sie hatte zuvor für eine Haushaltshilfe gesorgt, die ihre Arbeit ganz gut machte, aber eine sehr schweigsame Frau war, sodass sich Heidemarie oft einsam fühlte und sich jedes Mal freute, wenn Regina ins Haus kam, um sie zu behandeln. Sie tranken dann immer noch eine Tasse Kaffee zusammen und unterhielten sich eine Weile. Regina nahm sich viel Zeit für die kranke Frau, da sie wusste, wie viel ihr diese Stunden bedeuteten. Ab und zu wollte die Försterswitwe das Gespräch zu Markus hin lenken, aber sie merkte schnell, dass Regina darauf immer sehr zurückhaltend reagierte. Heidemarie fragte sich wirklich, warum die beiden nicht doch noch zusammenkamen. Sie war doch nicht blind und sah, wie sehr sie sich mochten. Mit dieser Biologin war es ja nun zu Ende; was stand ihnen also noch im Wege?

»Die beiden sind Sturschädel«, sagte sie sich oft und seufzte dabei brunnentief.

An Allerheiligen traf Markus zufällig auf Martin Niederberger. Vielleicht war es auch gar nicht so zufällig, vielleicht hatte der Bürgermeister den Förster auch abgepasst.

Die meisten Leute hatten schon den Friedhof verlassen. Markus war mit der Mutter und seinen beiden Schwestern am Grab gestanden. Monika hatte dann Heidemarie und Vroni ins Forsthaus hinausgefahren. Sie wollten noch eine Tasse Kaffee zusammen trinken. Markus verzichtete auf den Weibertratsch und beschloss, zu Fuß heimzugehen und sich dabei sehr viel Zeit zu lassen.

Die beiden Männer trafen bei der Aussegnungshalle zusammen. »Da werden wir auch einmal drin liegen«, scherzte Martin, als der Förster an ihm vorbeigehen wollte.

Markus ging auf seinen Scherz nicht ein. Er wunderte sich. Es war ihm mehr als einmal zu Ohren gekommen, dass der Bürgermeister bezüglich des Unfalls gegen ihn gehetzt hatte. So ging er auf Distanz. Er hätte Martin auch zur Rede stellen können. Doch Markus wollte die ganze Sache vergessen, über die inzwischen Gras gewachsen war.

Er nickte kühl und wollte weitergehen.

»Ich verstehe, dass du sauer auf mich bist«, sagte Martin, sodass Markus nun doch stehen blieb und ihn abwartend ansah. »Es ist ja kein Geheimnis, dass ich auch der Meinung gewesen bin, dass du an dem Unfall vom Langbauer-Siegi Schuld hast.«

»Ja, das ist mir zu Ohren gekommen«, antwortete Markus reserviert.

»Ich möchte mich dafür entschuldigen.« Martin streckte ihm die Hand entgegen. »Ich weiß jetzt, dass du den Siegi sogar abgemahnt hast und dass du die Anweisung gegeben hast, ihn nicht mehr bei der Transportseilbahn zu beschäftigen.«

»Ich nehme deine Entschuldigung an. Aber jetzt muss ich weiter.« Seine ausgestreckte Hand beachtete er nicht, sodass Martin sie wieder zurückzog.

»Wir müssen uns doch einmal ausreden«, ließ Martin nicht locker. »Wir waren doch einmal die besten Freunde, und jetzt grüßen wir uns kaum noch.«

»Du hast mich kaum noch gegrüßt«, erwiderte Markus.

Martin zog seine Zigarettenschachtel hervor, zündete sich eine an und hielt dann auch Markus die Schachtel hin.

»Ich rauche keine Zigaretten, nur ab und zu eine Pfeife.«

»Also, ich war sauer auf dich, weil du mir die Andrea weggeschnappt hast. Eifersüchtig bin ich gewesen. Das gebe ich ja zu. Aber jetzt ist sie ja nicht mehr da. Mit dir hat es also auch nicht gehalten.« Martin warf Markus einen abschätzenden Blick zu.

»Nein, es hat nicht gehalten. Aber jetzt muss ich wirklich weiter.«

»Sie wäre für mich auch nichts gewesen, das habe ich mittlerweile eingesehen. Sie ist ein Vogel, der ziehen will.«

»Oder eine Wildkatze«, grinste Markus.

»Oder das. Aber die bleiben doch immer in ihrem Revier.«

Markus zuckte mit den Schultern. Er wollte weitergehen. Er hatte zwar Martins Entschuldigung angenommen, aber deshalb musste er sich jetzt nicht gleich stundenlang unterhalten. Gleich gar nicht über Andrea.

»Was pressiert es dir denn so? Heute ist doch Feiertag.«

»Was willst du denn, Martin? Ich habe deine Entschuldigung angenommen, damit ist doch jetzt alles in Ordnung.«

»Ich möchte, dass wir wieder Freunde sind.« Martin sah sich um. Sie waren inzwischen ganz allein am Friedhof. Ein kühler Wind fegte über die Gräber.

»Mein Gott, damals waren wir Kinder. Jetzt sind wir erwachsen, und jeder geht seinen Weg.«

»Trotzdem können wir doch wieder Freunde sein.«

»Was willst du eigentlich von mir, Martin?«, fragte er den Bürgermeister noch einmal.

»Das habe ich dir doch gerade gesagt. Meinst du, ich will noch etwas anderes?«

»Es kommt mir so vor.«

Martin warf ihm einen amüsierten Blick zu. »Wenn du auf die nächste Kommunalwahl anspielst, dann muss ich dir sagen, dass es auf deine Stimme auch nicht mehr ankommt«, erwiderte er lachend.

Markus musste nun doch schmunzeln. Nun gut, dachte er, der Niederberger mag ein linker Bazillus sein, aber jetzt scheint er es wirklich ehrlich zu meinen. Wir müssen ja nicht gleich wieder Freunde werden, dachte er, aber vielleicht können wir wieder normal miteinander umgehen. Aber meine Stimme bekommt er auf keinen Fall bei der nächsten Wahl. »Kaufen wir uns noch eine Halbe beim Wirt?«, fragte der Bürgermeister.

»Wir müssen es ja nicht gleich so übertreiben, Martin«, erwiderte Markus gelassen, »aber ich trage dir nichts mehr nach.«

»Wo hast du denn deinen Wagen geparkt?«, wollte Martin wissen. Sie gingen nun nebeneinander her.

»Im Dorf. Aber ich muss noch einen Umweg machen«, log er. Er wollte nicht so einträchtig mit Martin gesehen werden. Das war ihm dann doch zu viel.

Markus bog in eine Seitengasse ein, und Martin ging geradeaus weiter. Der Bürgermeister fragte sich, während er zu seinem Auto ging, warum es zwischen Markus und Andrea nicht geklappt hatte. Er war aber auch froh, dass die Feindschaft aus der Welt geschafft war.

23

Als Markus heimkam, waren Vroni und Monika schon weg.

»Jetzt hast du sie gar nicht mehr gesehen«, meinte Heidemarie vorwurfsvoll. Halb sitzend, halb liegend, hatte sie sich auf dem Sofa niedergelassen, über ihren Knien lag eine leichte Decke. Sie hatte gelesen, legte das Buch aber nun zur Seite.

»Es ist noch Kaffee in der Thermoskanne, und ein Stück Kuchen ist auch noch da. Bedien dich!«

Markus setzte sich an den großen quadratischen Tisch, der noch nicht abgeräumt war, und schenkte sich Kaffee ein. Dann nahm er sich ein Stück Kuchen auf den Teller. »Warum sind sie denn schon weg?«, fragte er mit vollem Mund.

»Das weißt du doch, dass die Monika um halb fünf in den Stall muss. Sie hat dann die Vroni gleich zur Bushaltestelle gebracht. Eigentlich müsstest du ihnen doch begegnet sein?«

»Ich hab einen Umweg gemacht und bin dann über die Felder gegangen.«

Heidemarie schüttelte den Kopf. »Da ist die Monika schon einmal da, was alle heiligen Zeiten einmal vorkommt, und du machst einen Umweg über die Felder.«

»Es tut mir leid, aber ich kenne euch Weiber doch; da wird nur getratscht und geklatscht.«

»Das stimmt doch gar nicht.« Heidemarie stopfte sich noch ein Kissen hinter den Rücken, so dass sie aufrechter saß. »Wir haben hauptsächlich darüber gesprochen, dass es mir jetzt viel besser geht, und auch über die Frau Mayer, die neue Haushälterin, das geb ich zu.«

»Was ist mit der Frau Mayer?« Markus hatte sich die Fernsehzeitung herangezogen und begann darin oberflächlich zu blättern.

»Ich will sie nur noch solange behalten, bis ich wieder ganz auf den Beinen bin.«

»Das kann ich verstehen. Das, was sie kocht, ist fast ungenießbar.«

»Du übertreibst mal wieder. Aber ich will in Zukunft wieder selber kochen. Ich glaub, dass ich das schaffe. Zum Putzen fehlt mir allerdings die Kraft. Monika wird sich nach einer Putzfrau für mich umschauen.«

Markus schob die Zeitung wieder weg. »Das wäre ein Segen, wenn du wieder kochen würdest. Bei der Frau Mayer schmeckt es mir wirklich nicht. Die kommt doch nur wegen dem Geld. Sie tut ihre Pflicht, aber keinen Deut mehr. Sie kommt auf die Minute und geht auf die Minute. Da hat es mir bei der Vroni viel besser geschmeckt.«

»Die Vroni kann wirklich gut kochen«, bestätigte die Mutter.

»Ja, das stimmt. Sie hatte nur meistens keine Lust oder keine Zeit dazu. Aber wenn sie sich bemüht hat, dann war es fantastisch.«

»Ich muss dir sagen: Seit mich die Regina therapiert, mache ich große Fortschritte. Das ist dir sicher auch schon aufgefallen«, wechselte sie das Thema.

Markus' Gesicht überschattete sich. »Ja«, meinte er einsilbig, »das stimmt.«

Heidemarie ließ ihren Sohn jedoch nicht mehr aus den Augen.

»Was ist denn zwischen dir und der Regina? Warum kommt ihr nicht zusammen? Ihr mögt euch doch!«

»Sie geht mir aus dem Weg. Das musst du doch auch schon gemerkt haben. Ich komme ja gar nicht mehr an sie heran.«

»Weil du dich mit dieser Biologin eingelassen hast. Das ist doch ganz verständlich, dass sie so reagiert.« Heidemarie zog die Decke von ihren Knien und setzte sich nun ihrem Sohn gegenüber an den Tisch.

»Warum eigentlich? Warum hast du mit dieser Frau Doktor etwas angefangen? Die hat doch gar nicht zu dir gepasst.«

Markus blickte sinnierend vor sich hin. »Die Regina wollte mich ja nicht, und ich wollte nicht mehr allein sein. Andrea hat mir gefallen. Es war wohl nur ein Abenteuer. Aber ich habe es gebraucht.«

»Dann darfst du dich aber jetzt nicht wundern, dass sie dir aus dem Weg geht. Dass sie dich nicht will, das glaube ich allerdings nicht«, murmelte sie und blickte dabei an ihrem Sohn vorbei.

»Sie will sich doch genauso selbst verwirklichen wie Andrea. In dieser Beziehung unterscheiden sich die beiden überhaupt nicht«, meinte Markus und runzelte dabei missmutig die Stirn.

»Nein, nein«, widersprach Heidemarie vehement. »Regina ist ganz anders. Sie ist tüchtig, ja, aber sie ist auch bodenständig. Warum soll sich eine Frau heutzutage beruflich nichts aufbauen? Glaubst du, dass sie sich deshalb nicht verlieben kann oder nicht heiraten will?«

»Ich weiß es nicht. Ich will auch gar nicht mehr darüber reden«, brummte Markus.

»Du machst dir und mir nur etwas vor«, sagte Heidemarie leise und mit traurigem Blick. »Du liebst das Mädel. Aber ich denke mir, dass ihr beide zwei rechte Sturköpfe seid.«

»Es ist da noch etwas anderes«, begann Markus, und die Mutter merkte, wie schwer es ihm fiel, weiterzusprechen. Deshalb bedrängte sie ihn nicht, sondern wartete darauf, dass er endlich seinem Herzen Luft machte.

»Als wir damals, am Anfang des Jahres, auf der Alm oben waren, habe ich schon geglaubt, dass das was wird mit uns. Aber dann ist sie plötzlich davongelaufen! Ich war nur eine Viertelstunde draußen, Holz machen. Aber als ich wieder in die Hütte kam, war sie nicht mehr da.«

Heidemarie warf ihrem Sohn einen erstaunten Blick zu.

»Ich hab mir nur gedacht: Jetzt spinnt sie total! Aber dann, es war kurz, bevor die Sache mit dem Langbauer-Siegi passierte, hat sie einmal so eine seltsame Bemerkung zu mir gemacht: ›Geh einmal auf die Alm hinauf und sieh dich um. Da wirst du etwas entdecken.‹ Sie hat von einer alten versilberten Dose gesprochen.«

Er hatte seine Mutter nicht angesehen, während er dies sagte, aber er fühlte ihren ernsten, fragenden Blick auf sich ruhen.

»Und? Bist du hinaufgegangen, hast du danach gesucht?«

»Ich wollte es. Gleich am nächsten Tag. Aber dann ist das Unglück mit dem Siegi passiert. Wochenlang konnte ich an nichts anderes mehr denken. Und diese Beschuldigungen! Ich hatte es nicht vergessen, aber ich konnte nicht hinaufgehen. Ich war so fertig. Später habe ich mir dann gesagt, jetzt bist du die eine Last los und willst dich schon wieder mit einer neuen beladen.«

»Aber da muss etwas sein!« Sie warf ihm einen beschwörenden Blick zu.

»Kannst du dir vorstellen, was da oben in der alten Hütte sein sollte?«

»Wenn ich es wüsste, dann würde ich es dir sagen«, erwiderte sie leise und sinnierend. »Aber ich gebe dir den einen Rat: Such danach! Es ist doch wenigstens einen Versuch wert. Die Regina ist nicht überspannt oder hysterisch!«

»Vielleicht war das ein Fehler, dass ich sie so eingeschätzt habe«, murmelte Markus. Dann trat er zum Fenster und blickte in den kalten, grauen Novembertag hinaus. »Ich denke mir, dass es heuer früh schneien wird und dass wir einen strengen Winter bekommen.«

Heidemarie nickte und ließ sich wieder gemütlich auf dem Sofa nieder. Sie dachte noch eine Weile über das nach, was Markus ihr anvertraut hatte, konnte sich aber auch nicht den geringsten Reim darauf machen.

»Ach«, fiel es ihr ein, »ich habe ja den Tisch noch gar nicht abgeräumt.«

»Das mach ich schon.« Markus stellte das Geschirr auf das Tablett und wollte alles in die Küche bringen.

»Eh ich es vergesse: Die Vroni will in zwei Wochen wiederkommen und dann für uns ein Vier-Gänge-Menü zaubern.«

»Da bin ich ja gespannt, was das wird«, grinste Markus.

»Du hast doch selber gesagt, dass sie ausgezeichnet kochen kann.«

»Wenn sie will.«

»Sie wird sich dann schon bemühen. Und die Regina will sie auch dazu einladen.«

Markus runzelte die Stirn. Er wusste nicht, ob er sich darüber freuen sollte. Natürlich ließ der Gedanke, sie endlich wieder einmal zu sehen, sein Herz schneller schlagen; aber er wusste genauso gut, dass sie ihm nur wieder kühl und ausweichend begegnen würde. Er konnte sich natürlich auch denken, warum es in letzter Zeit wieder so frostig zwischen ihnen geworden war: weil er ihrem Hinweis nicht nachgegangen war. Allerdings hatte er auch Mitleid und Mitgefühl in ihren Augen gesehen, nachdem der Unfall passiert war.

Als er alleine in der Küche stand und das Geschirr in die Spülmaschine räumte, dachte er daran, dass er ihr noch etwas schuldig war: Er musste ihr sagen, wer der Wilderer gewesen war, nach dem ihr Vater so lange gesucht hatte. Regina musste es wissen. Sonst würde er es niemandem verraten, nicht einmal seiner Familie. Das hatte er dem Siegi versprochen. Aber Siegi Langbauer war nicht der Mann, der ihren Vater angeschossen hatte. Sollte er nicht doch lieber schweigen?

Als er die Küche sauber hatte, blieb er noch eine Weile am Fenster stehen. Der Nebel hing nun wie ein Gespinst ums Haus. Wiesen, Felder und Berge waren nicht mehr zu erkennen, nur noch der kahle, knorrige Apfelbaum, der nahe beim Haus stand.

Er ging in die Küche zurück. Die Mutter war eingeschlafen. Das Buch, in dem sie kurz gelesen hatte, war ihr dabei aus der Hand geglitten und zu Boden gefallen. Er hob es auf, zog die leichte Decke bis zu ihrer Brust. Dann löschte er das helle Licht der Wohnzimmerlampe, die über dem Tisch hing, und knipste dafür die Stehlampe an, die ein schwaches und weiches Licht verströmte.

Er setzte sich in den Lehnstuhl, in dem schon immer sein Vater gesessen hatte, und nahm eine Zeitung zur Hand. Aber er konnte sich weder auf den politischen noch den sportlichen Teil des Blattes konzentrieren. Es ging ihm so vieles durch den Kopf. Gestern hatte er einen Anruf von Andrea bekommen. Momentan war sie bei ihren Eltern in Augsburg. Sie hatte ihm gesagt, dass sie nächstes Jahr im Sommer von ihrem Institut nach Australien geschickt würde. »Ein ganz neues Projekt!«, hatte sie ihm begeistert erzählt und dann noch eine Weile ausführlich darüber berichtet.

Markus hatte ihr viel Glück gewünscht. »Dann werde ich lange nichts mehr von dir hören«, hatte er gesagt. »Ich werde dich nicht vergessen und mich bald wieder einmal bei dir melden«, war ihre Antwort gewesen. Sie waren Freunde geblieben. Das freute ihn.

Dann dachte er wieder an das Geheimnis auf der Alm. Er musste jetzt endlich nachsehen. Es kann doch nicht so schlimm sein, was sie dort entdeckt hat, sagte er sich. Eine Weile dachte er noch darüber nach, dann sank sein Kopf zur Seite, und er fiel in einen leichten Schlummer.

24

Zwei Wochen später kam Vroni in ihr Elternhaus, um zu kochen. Am Vormittag, als sie schon mitten in den Vorbereitungen stand, rief Regina an, dass sie schreckliches Kopfweh hätte und nicht kommen konnte. Vroni war sehr enttäuscht darüber, und Markus nahm sich vor, sie die nächsten Tage bei ihrer Praxis abzupassen, um ihr zu sagen, wie sehr sich seine Schwester über ihre Absage geärgert hatte.

Es war schon gegen sieben Uhr abends. Der Wind trug feine, kleine Schneeschleier von den Bergen her, die sich im Tal entluden. Der Schnee legte sich zuerst wie ein weicher, weißer Teppich auf Wiesen und Felder, dann bedeckte er auch die Feldwege und den Wald und verpasste schließlich auch Zäunen und Dächern eine dicke, weiße Haube.

Markus stand vor dem großen Neubau, der vor ein paar Jahren mitten im Dorf entstanden war. Ein alter, vernachlässigter und schon lange leer stehender Bauernhof hatte ihm weichen müssen.

Markus betrachtete das Gebäude und fand dabei, dass es nicht recht ins Ortsbild passte. Es war dreistöckig, und man hatte beim Bau viel Glas und Stahl verwendet.

Ganz oben befanden sich zwei Mansardenwohnungen; die eine gehörte Regina, die andere einer pensionierten Lehrerin. Im zweiten Stock befand sich eine Arztpraxis und Reginas Praxis für Physiotherapie. Im Erdgeschoss hatte sich ein Tabak- und Schreibwarengeschäft niedergelassen und ein orthopädischer Schuhmachermeister.

Markus sah zu der beleuchteten Fensterfront im zweiten Stock hinauf. Dort wurde nun das Licht ausgeschaltet, aber auch die Fenster der Mansardenwohnung blieben finster. Sie ist also nicht in ihre Wohnung hinaufgegangen, sondern wird vermutlich gleich durch die Haustüre kommen, kombinierte Markus. Das war ihm recht, sonst hätte er in ihre Wohnung hinaufgehen müssen, was er nicht wollte. Markus schlenderte vor dem Haus auf und ab. Er musste mit ihr reden.

Regina kam eilig aus dem Haus. Anscheinend wollte sie noch einkaufen gehen, bevor die Geschäfte schlossen. Sie erschrak ein wenig, als sie Markus vor dem Tabakladen stehen sah.

»Grüß dich, Regina«, sprach er sie an. »Ich habe auf dich gewartet.«

Regina sah ihn fragend an. »Ist etwas mit deiner Mutter?«

Markus schüttelte den Kopf. »Die Vroni war sehr enttäuscht, als du ihr so kurzfristig abgesagt hast. Sie hat sich so viel Mühe mit dem Kochen gegeben.«

»Es tut mir leid. Aber ich hatte wirklich schlimme Kopfschmerzen.«

Markus runzelte die Stirn. Es war ihr nicht anzusehen, ob sie log oder die Wahrheit sagte.

»Bist du noch immer nicht oben auf der Hütte gewesen?«, fragte sie ihn mit schwankender Stimme.

»Du kannst dir vorstellen, dass ich gerade andere Sorgen hatte. Das hat sich ja zur Genüge im Dorf herumgesprochen«, meinte er seufzend.

Regina nickte. »Es tut mir leid, dass du solche Schwierigkeiten hattest. Es muss schrecklich sein, für etwas beschuldigt zu werden, für das man nichts kann.« Sie warf ihm einen mitfühlenden Blick zu.

Markus nickte nur, und es entstand eine kleine Verlegenheitspause.

»Ich habe einen Riesenhunger. Ich wollte mir gerade eine Dose Ravioli holen«, bemerkte sie dann mit einem aufmunternden Lächeln.

»Ich lade dich zum Essen ein, wenn du willst. Dann könnten wir endlich einmal über alles reden«, schlug er ihr spontan vor.

Sie sah ihn unschlüssig an. »Ich weiß nicht. Eigentlich bin ich sehr müde.«

»Ist es nicht möglich, dass du mir einmal nicht ausweichst und keine Ausflüchte suchst«, bemerkte er scharf. »Ich will mich nicht wegen Andrea vor dir rechtfertigen, wenn du das meinst. Dazu habe ich gar keine Veranlassung.« Regina senkte den Blick. »Davon bin ich auch nicht ausgegangen«, erwiderte sie bedrückt.

Markus merkte, dass sie heute ganz anders war, nicht mehr die kühle, unnahbare Person, die sie ihm so lange vorgespielt hatte. Er wusste, dass sie ihm ihr Herz heute ausschütten würde, wenn er es einigermaßen geschickt anstellte.

»Also, nimmst du meine Einladung an? Ich habe auch noch nichts gegessen. Die Frau Mayer hat zwar für mich gekocht, aber auf ihr Essen kann ich getrost verzichten.« Er grinste dabei.

Reginas Miene hellte sich auf, aber sie zögerte noch immer.

»Also, wo gehen wir hin? In die Post, zum Neuwirt oder zum Alten Wirt«, ergriff er die Initiative, da er nicht gewillt war, sich noch einmal von ihr abspeisen zu lassen.

»Wenn du mich schon fragst, dann würde ich lieber in die Post gehen.«

Sie schlenderten auf der beleuchteten, noch stark belebten Straße nebeneinander her. Es war nur ein kurzes Stück die Hauptstraße entlang, dann standen sie vor dem großen Gasthof, dessen Fassade mit schöner, bunter Lüftlmalerei verziert war.

Sie klopften sich den Schneematsch von den Schuhen und traten ein.

Markus half ihr aus dem Mantel, und sie betraten die warme, gemütliche Wirtsstube. Als sie am Stammtisch vorbeigingen, rief einer der Burschen dem Förster zu: »Wann kommst denn wieder einmal zum Schafkopf, Markus? Hast dich ja ewig nicht mehr blicken lassen.«

»Grüß dich, Heini, grüß dich, Hofer! Ich schau, dass ich's wieder einmal einrichten kann«, erwiderte er und ging mit Regina weiter, einem kleinen Tisch zu, der in einer Nische stand, die vom großen Saal schwer einsehbar war.

Ein paar von den jungen Burschen grinsten hinter den beiden her.

»Da schau her! Die Stadler-Regina und der Reiter-Markus.«

»Ein schönes Paar«, meinte der junge Apotheker, der erst vor einem Jahr die Marien-Apotheke in St. Valentin übernommen hatte und noch nicht lange im Dorf lebte. Er stammte aus Nürnberg.

»Die sind kein Paar, das müsste ich wissen«, meinte Heini dazu. »Der Reiter-Markus war doch bis vor Kurzem mit dieser Biologin zusammen. Aber der Vogel ist ihm wieder davongeflattert.« Er lachte über seinen Vergleich.

»Die hat sich doch mit Wildkatzen beschäftigt«, meinte ein anderer aus der Runde. »Du musst sagen: Die Katze ist ihm wieder entwischt.«

Es folgte schallendes Gelächter.

»Jetzt lasst uns weiterspielen«, forderte der Hofer, Markus' Vorarbeiter, seine Kameraden auf. Er litt noch immer an seinem Bandscheibenvorfall und war seitdem etwas griesgrämig.

»Ist dir der Tisch recht?«, fragte Markus.

Regina nickte und setzte sich.

»Willst du auch ein Bier?« Er warf ihr einen schmunzelnden Blick zu. Er wusste, dass sie gerne Bier trank. Es war dieses jungenhafte Grinsen, das er immer schon besessen hatte und dem sie nicht widerstehen konnte. Regina hatte es lange nicht mehr an ihm bemerkt.

Sie nickte. »Ich hab vielleicht einen Durst – und einen Hunger!« Ihr Magen knurrte so laut, dass es sogar Markus hörte. Sie war darüber nicht verlegen, und sie mussten beide lachen.

»Die Vroni ist also böse auf mich«, sagte sie und blickte zur Bedienung hin, die gleich an ihren Tisch kam.

»Ja, ein wenig schon«, meinte Markus, bestellte zwei Bier und verlangte die Speisekarte. »Ich mach es wieder gut und lade sie einmal zum Essen ein. Ich werde sie anrufen.«

Sie warteten, bis das Bier kam, und jeder nahm einen kräftigen Schluck.

»Regina«, meinte Markus dann, »ich kann verstehen, dass du mir die letzten Monate aus dem Weg gegangen bist. Aber sei doch einmal ehrlich: Ich hatte doch nie eine Chance bei dir. Warum hätte ich mich also dann nicht mit der Andrea einlassen sollen? Ich will dir gar nichts vormachen; sie hat mir gefallen. Aber ich habe nie daran gedacht, sie zu heiraten. Sie wird übrigens bald für ein paar Monate nach Australien gehen. Um die Welt zu reisen, immer wieder an einem anderen Ort zu arbeiten, immer wieder Neues und Aufregendes zu erleben; das ist ihre Welt. Es ist gut, dass es nichts Ernstes war zwischen uns.«

»Jetzt versuchst du doch, dich zu rechtfertigen«, erwiderte sie. »Wolltest du mir das sagen? Sind wir deshalb hier?« Ihre braunen Augen sahen ihn ernst und fragend an.

»Das wollte ich dir eigentlich nicht sagen, aber es schadet nicht, wenn du das weißt.« Er griff zu seinem Bier, trank einen Schluck und starrte dann in das Glas.

Sie wartete darauf, dass er endlich auf das einging, was sie ihm vor einigen Wochen anvertraut hatte.

»Ich weißt jetzt, wer der Wilderer war, der deinem Vater so zu schaffen gemacht hat«, stieß er endlich hervor und blickte dabei auf den blanken, sauberen Holztisch.

Regina hob erstaunt die Lider. Sie wurde blass und schlang die Finger ineinander, sodass die Knöchel weiß hervortraten. Sie starrte auf ihre Hände und sagte nichts. Markus sah sie jetzt an, wartete, dass sie etwas erwiderte.

Die Bedienung kam an ihren Tisch und nahm die Bestellung auf. Sie waren beide froh über diesen Zeitgewinn.

»Willst du nicht wissen, wer es war?«, fragte Markus, nachdem die Kellnerin wieder gegangen war.

»Es ist einer aus dem Dorf, nicht wahr?« Sie verspürte ein Würgen im Hals, und ihr Hungergefühl war auf einmal wie weggeblasen.

Markus bemerkte ihre Verwirrung und Erschütterung. Er hatte nicht gewusst, wie sie reagieren würde, hatte aber nicht damit gerechnet, dass sie so erschüttert sein würde. Er machte sich jetzt Vorwürfe. Nun konnte sie vor Aufregung vermutlich keinen Bissen mehr hinunterbekommen. Er hätte wissen müssen, wie sensibel sie war.

Er nickte. »Ja, es ist einer aus dem Dorf. Aber er ist nun ein rechtschaffener Mann, und er hat vor allem deinen Vater nicht angeschossen. Das ist seltsam, ich weiß. Es muss also noch jemand gewildert haben, von dem wir nichts wissen. Aber ich denke mir, wir sollten es gut sein lassen. Die Sache ist verjährt, und niemand kann deinem Vater sein Bein wieder heil machen.«

Regina griff wieder zu ihrem Bier. Sie nahm aber nur einen kleinen Schluck. »Ich will den Namen nicht wissen.«

»Dann lassen wir die Sache auf sich beruhen. Hoffentlich habe ich dir jetzt nicht den Appetit verdorben. Du hast doch gerade noch so einen Hunger gehabt. Ich hätte dir das jetzt nicht sagen sollen. Zumindest nicht vor dem Essen. Ich habe wieder einmal alles falsch gemacht.« Auf seinem Gesicht erschien ein schmerzlicher Zug.

»Du hast nichts falsch gemacht«, erwiderte sie leise. »Ich habe alles falsch gemacht, von Anfang an.« Ihre Augen wurden feucht. »Als die Sache mit dem Unfall passierte, als so viele Leute im Dorf dir die Schuld daran gaben, da hast du mir so leid getan«, bekannte sie jetzt.

»Davon habe ich aber nichts gemerkt«, erwiderte er mit bitterer Stimme und senkte den Kopf. »Gerade in der Zeit bist du mir noch mehr aus dem Weg gegangen.«

»Du warst mit Andrea zusammen«, erinnerte sie ihn. »Hätte ich dich da trösten sollen? Es war ihre Aufgabe, sie war deine Freundin, nicht ich.«

Er griff über den Tisch hinweg nach ihren Händen. Sie zog sie nicht zurück. Er spürte, wie kalt und leblos diese ansonsten so lebendigen, geschickten Finger waren.

»Ich habe immer an deine Unschuld geglaubt«, sagte sie leise, »ich weiß doch, wie gewissenhaft du bist.«

Er erkannte, dass sie es ehrlich meinte, und nickte ihr dankbar zu.

Da sie es wissen wollte, erzählte er noch einmal, wie sich der Vorfall abgespielt hatte, und berichtete auch davon, dass aus dem Siegi nun ein ganz anderer Mensch geworden war, der keinen Tropfen mehr trank.

»Wann willst du denn endlich auf die Forsthütte hinaufgehen?«, fragte sie ihn, nachdem sie das Thema abgeschlossen und eine Weile geschwiegen hatten, weil das Essen kam. Es hatte sehr lange gedauert, doch das hatte sie nicht gestört. Nun konnten sie wenigstens ein bisschen was essen.

Er senkte den Kopf. »Warum sagst du mir nicht einfach, was du entdeckt hast«, murmelte er. »Ich kann mir keinen Reim darauf machen.«

»Dort oben liegt eine versilberte Dose, die ein Geständnis beinhaltet«, entgegnete sie mit bebender Stimme. »Du musst es selbst lesen. Ich kann es dir nicht sagen. Es befindet sich in der alten Kommode, in der linken Schublade. Ich habe dieses Geständnis gelesen, dann bin ich weggelaufen. Ich hätte mit dir reden sollen, aber ich konnte es nicht. Ich wollte nur weg.«

Markus starrte sie an. »Ich kenne die Dose. Aber ich habe sie nie beachtet.«

»Das glaube ich dir. Aber ich bleibe dabei: Du musst es selbst lesen. Ich hoffe, es liegt noch dort oben.«

»Ich werde gleich morgen hinaufgehen«, murmelte er, und in seinem Kopf tauchte dabei ein unbestimmter Gedanke auf, den er noch nicht konkretisieren konnte. Es war nur so ein Gefühl, eine leise Ahnung, doch sie verhieß nichts Gutes. »Wirst du mitkommen?« Er warf ihr einen bittenden Blick zu.

Regina zuckte mit den Schultern. »Ich kann es dir nicht versprechen. Wann gehst du denn hinauf?«

»Schon vormittags. Ich werde auf dich warten«, raunte er ihr zu.

»Ich weiß es wirklich noch nicht. Aber es gibt keinen zweiten Wilderer, so viel kann ich dir jetzt schon sagen.« Regina begann nun zu essen. Es schien ihr plötzlich zu schmecken.

»Es gibt keinen zweiten Wilderer?« wiederholte er ungläubig. Er starrte sie an. Er brachte nun keinen Bissen mehr hinunter.

25

Am nächsten Morgen stand Markus früher auf, als er es sonst an seinen freien Tagen tat. Aber er konnte nicht mehr warten. Der unbestimmte Gedanke von gestern Abend hatte Gestalt angenommen. Noch wollte er es nicht glauben, sagte sich, dass er wahrscheinlich völlig falsch lag, dass er sich täuschte. Aber er kam von diesem Gedanken nicht mehr los.

Zum Glück hatte es in der Nacht zu schneien aufgehört. Auch war der Schnee locker und gut begehbar. Trotzdem erforderte jeder Schritt durch den Schnee mehr Kraft, und sein Weg dauerte länger. Er konnte auch nicht den Jagersteig einschlagen, das wäre zu gefährlich gewesen. Er musste die Forststraße nehmen.

Die Forsthütte zeigte sich tief verschneit. Wie immer war es kalt in den so lange nicht benutzten Räumen. Heute sogar eiskalt. Er stand eine Weile mitten im Raum und starrte die alte Kommode an. Er konnte sich nicht entschließen, zu ihr hinzugehen, geschweige denn die von Regina beschriebene Schublade zu öffnen. Er fühlte sich wie erstarrt.

Draußen tobte mittlerweile ein Schneesturm. Markus hatte es gerade noch rechtzeitig in die Hütte geschafft, bevor es losging. Der Sturm heulte durch den Kamin und trieb den Schnee gegen die Eingangstür.

Bei diesem Wetter kommt sie nicht herauf, dachte er, das wäre auch purer Selbstmord gewesen.

Doch da klopfte es plötzlich an die Tür. Er wusste nicht, wie lange er schon in der Hütte stand. Vielleicht fünf oder zehn Minuten, länger konnte es nicht sein. Er zuckte zusammen, doch dann wurde es ihm sogleich warm ums Herz. Er wusste, dass es nur Regina sein konnte. Sie war ihm also gefolgt. Er verspürte plötzlich ein heftiges Glücksgefühl in sich und sagte sich: Was ich jetzt auch erfahren werde, es kann mir nichts mehr anhaben, weil sie bei mir ist. Weil sie mich versteht, weil sie mir beisteht.

Es war schwer, die Tür zu öffnen. Sie sperrte schon, so stark hatte der Sturm in der kurzen Zeit den Schnee gegen sie getrieben und aufgetürmt.

Markus und Regina rüttelten gleichzeitig daran, dann konnte sie endlich hereinschlüpfen. Sie sah aus wie ein Schneemann. Mit einem glücklichen Lächeln nahm Markus sie in den Arm.

»Du bist mir ja gefolgt!«, bemerkte er mit einem Leuchten in den Augen. »Da hätten wir ja gleich zusammen gehen können.«

»Ich bin deinen Fußspuren gefolgt. Das hätte dumm ausgehen können«, erwiderte sie. »Eine Viertelstunde später, und es hätte mich voll erwischt.«

Sie klopfte sich den Schnee von Mütze, Anorak und Stiefeln.

Einige Sekunden lang sahen sie sich in die Augen. Sie spürten dabei die Liebe, die sie füreinander empfanden. Markus dachte daran, dass er im Sommer geglaubt hatte, mit Andrea hier oben glücklich zu sein. Als er jetzt in Reginas dunkle Augen blickte, wusste er nun definitiv, dass es bei Andrea nicht die große Liebe gewesen war. Die stand ihm nun gegenüber. Doch es stand ihm noch etwas bevor. Sein Gesicht überschattete sich, und er ließ Regina los.

»Hast du schon in der Schublade nachgesehen?«, fragte sie ihn und legte begütigend die Hand auf seine Schulter.

Markus schüttelte den Kopf. »Aber ich kann mir denken, was mich jetzt erwartet. Ich habe seit gestern ununterbrochen darüber nachgedacht. Ich glaube, ich hatte auch schon früher so eine Ahnung.«

Markus ging nun zu der Schublade, kramte die Dose hervor. Es war alles noch so an seinem Platz, wie Regina es damals zurückgelegt hatte.

Sie sah ihn ruhig an, während er den Zettel an sich nahm und ihn las. Sie war nicht mehr aufgeregt, nicht mehr erschüttert. Sie wusste es ja schon so lange, und sie wusste jetzt auch, dass der verstorbene Forstdirektor ebenso in Notwehr gehandelt hatte wie ihr Vater. Beide hatten sie aufeinander gezielt. Der Schuss, den Georg Reiter abgegeben hatte, hatte getroffen, der Schuss, den ihr Vater abgegeben hatte, seinen Gegner verfehlt. Aber es war nicht der Gegner gewesen. Beide Männer waren einem schrecklichen Irrtum erlegen.

Markus war ein wenig blass geworden, als er den Zettel mit dem Geständnis des Vaters las:

Am 21. Juli 2001 habe ich in der Annahme, den seit langem gesuchten Wilderer gestellt zu haben, versehentlich den Jäger Josef Stadler angeschossen und dabei schwer verletzt. Ich habe mich zu meinem Irrtum nicht bekannt, sondern ihn feige verschwiegen. Georg Reiter, den 3. März 2003

»Gestern ist mir schon so ein Gedanke gekommen«, sagte Markus mit bebenden, blassen Lippen. »Seit gestern habe ich es irgendwie geahnt, dass mein Vater etwas damit zu tun haben könnte. Als du sagtest, dass es keinen zweiten Wilderer gab, war ich plötzlich wie vor den Kopf geschlagen. Aber ich wollte es bis jetzt nicht wahrhaben. Ich habe gehofft, dass ich mich täusche.« Er warf Regina einen um Verzeihung bittenden Blick zu. »Aber warum hast du es mir nicht damals gleich gesagt, als du den Zettel gefunden hast?« Er schüttelte den Kopf. Er konnte ihr Verhalten immer noch nicht verstehen.

»Ich habe eben die Nerven verloren.« Sie stand immer noch am selben Fleck, der Schnee, den sie mit hereingebracht hatte, war geschmolzen und bildete um ihre Füße eine Pfütze.

»Und wolltest nichts mehr von mir wissen, weil es mein Vater war, der das Leben deines Vaters zerstört hat. Und weil es mein Vater war, der zu feige gewesen ist, seine Tat, seinen Irrtum zu gestehen. Er hat diesen Vorfall zwei Jahre mit sich herumgeschleppt und erst dann, als er gespürt hat, dass er nicht mehr lange leben würde, weil sein Herz nicht mehr mitspielte, dieses Geständnis geschrieben. Und es dann auch noch so versteckt, dass es schwer zu finden war, vielleicht gar nicht gefunden werden würde.« Er ging auf sie zu, strich ihr das feuchte Haar aus der plötzlich erhitzten Stirn. Sie konnte immer noch nichts sagen.

»Aber ich kann nichts dafür«, murmelte er. »Ich habe das alles nicht gewusst, niemand aus unserer Familie hat es gewusst. Ich kann dich nur um Verzeihung bitten. Und es muss natürlich an die Öffentlichkeit. Mein Vater darf nicht länger als der feine, gute Saubermann dastehen, für den ihn im Dorf jeder gehalten hat.«

»Heiz doch ein wenig ein«, sagte sie nur, »es ist so kalt hier drinnen.«

»Aber dein Gesicht ist ganz rot«, meinte er lächelnd und sah sie dabei immer noch voller Liebe an.

»Am Körper friert es mich aber.« Sie setzte sich auf das Sofa, beobachtete, wie er sich am Herd zu schaffen machte. Er hatte Übung darin, und es dauerte nicht lange, bis ein hurtiges Feuer im Herd brannte.

Das Geständnis des verstorbenen Försters lag auf der Kommode. Markus hatte es mehrmals gelesen und dann dort hingelegt.

»Aber wie kam es dazu?«, fragte Markus und setzte sich neben Regina auf das Sofa. Er nahm ihre Hand, drückte sie ganz fest.

»Deinen Vater trifft weniger Schuld, als ich erst geglaubt habe«, erklärte sie ihm. »Er hat meinen

Vater für den Wilderer gehalten, und mein Vater hat den deinen für den Wilderer gehalten. Mein Vater wollte in jener Nacht eigentlich gar nicht mehr auf die Alm hinaufgehen, und das hat er im Forstamt auch gesagt. Dein Vater wusste das also. Aber dann hat ihn doch noch einmal der Ehrgeiz gepackt, und er ist los.«

»Und meinen Vater hat ebenso der Ehrgeiz gepackt«, meinte Markus kopfschüttelnd. »Er hat sich gedacht: Dann werde ich mal versuchen, diesen verdammten Wilderer zu fassen, wenn meine Leute dazu nicht fähig sind.«

»Das kann gut sein«, gab ihm Regina recht. »Er hat meinen Vater in der Dunkelheit nicht erkannt. Kam auch gar nicht auf die Idee, dass er oben sein könnte, sagte sich, dass es nur der Wilderer sein kann, der sich dort im Gebüsch versteckt, sah den Lauf des Gewehres auf sich gerichtet – und schoss.«

Markus ließ Reginas Hand los. Über sein blasses Gesicht lief ein schmerzliches Zucken. »Das kann alles passieren. Aber was ich ihm nicht verzeihen kann, ist, dass er diesen schwerwiegenden Irrtum nicht zugegeben und dass er deinem Vater nicht geholfen hat, als er bemerkt hat, dass er ihn getroffen hat. Dein Vater wäre bald verblutet.«

»Ja, wenn sie ihm beim Gruttauer nicht geholfen hätten, wenn die Leute nicht zufällig zu so später Stunde noch auf gewesen wären, dann hätte er wohl nicht überlebt. Aber du musst bedenken, dass dein Vater immer noch geglaubt hat, dass er es mit dem Wilderer zu tun hatte. Und dann ist mein Vater auch sofort weggerannt und in der Dunkelheit verschwunden.« Regina, die so ruhig und gelassen geblieben war, begann nun leise zu weinen.

Markus drückte sie an sich. »Und deinen Eltern hast du auch nichts gesagt?« fragte er sie leise und behutsam, mit ungläubigem Blick.

Regina schüttelte den Kopf und wischte sich die Tränen von den Wangen. »Nein, und dabei soll es auch bleiben.«

Er nahm sie noch fester in seine Arme. »Das werde ich dir nie vergessen«, flüsterte er.

Sie löste sich aus Markus' Armen, stand auf und ging zu der Kommode. Sie nahm den Zettel zur Hand, ging damit zum Herd. Sie öffnete das Ofentürchen und warf das Blatt Papier mit dem Geständnis des Forstdirektors Georg Reiter ins Feuer.

Markus starrte sie an. Er konnte sich nicht rühren, während sie das tat. Er wollte sie daran hindern, aber er konnte es nicht. Er blieb wie versteinert sitzen. Der Zettel verbrannte sofort.

»Warum hast du das getan?«, stammelte er.

Regina drehte sich zu ihm um. »Was hat das Geständnis jetzt noch für einen Sinn?«, fragte sie zurück. »Nur wir beide wissen es, und dabei soll es bleiben.« Sie setzte sich wieder neben ihn, und beide starrten auf den Herd, auf den rot glühenden Schein an der weißen Wand. Nicht einmal graue Asche würde von diesem Blatt Papier übrig bleiben.

Markus konnte immer noch nichts sagen, fühlte sich wie gelähmt.

Auf seinen markant geschnittenen Gesichtszügen lag Erleichterung, aber auch ein tiefes Schuldbewusstsein.

»Nicht einmal unsere Kinder sollen es erfahren«, meinte sie und schmiegte sich dabei an seine Schulter. »Es bleibt unser Geheimnis.«

»Unsere Kinder?« Nun hellte sich sein Gesicht ein wenig auf, und ein schwaches Lächeln verzog seine blassen Lippen. Er drückte sie an sich. »Dass du mich noch willst nach dem, was da geschehen ist?«

»Ich habe ja zuerst geglaubt, dass es nicht geht zwischen uns, als ich erfahren habe, was dein Vater dem meinen angetan hat. Aber mittlerweile denke ich anders darüber. Ich habe schon im Sommer anders darüber gedacht und hätte mit dir über alles reden können. Aber da hattest du ja schon eine andere.«

»Wenn ich das gewusst hätte, hätte ich mich nie mit Andrea eingelassen. Im Grunde war sie doch nur ein Trostpflaster für mich, weil es mit dir nichts geworden ist.«

»Ich bin froh, dass du sie nicht wirklich geliebt hast«, bemerkte Regina leise.

Er vergrub plötzlich sein Gesicht in den Händen. »Ich kann das alles immer noch nicht fassen«, stöhnte er auf. »Mein Vater ...« Ein trockenes Schluchzen schüttelte seinen Körper, und Regina konnte nicht anders, als diesen starken, robusten und oft so zynischen Mann wie einen kleinen Buben in ihre Arme zu nehmen.

»Du kannst nichts dafür. Das ist mir schnell klar geworden. Auch deine Mutter und deine Schwestern nicht. Dein Vater hat auch ihnen gegenüber geschwiegen, sonst hätte er nicht dieses Geständnis hier oben versteckt. Er wollte seine Schuld nicht mit in den Tod nehmen, aber zu Lebzeiten dazu stehen, dass er einen schweren Fehler begangen hat, das vermochte er auch nicht.«

»Wenn dein Vater auch fortgerannt ist, so hat der meine doch gewusst, dass er ihn angeschossen hat und dass er vermutlich nicht weit kommen würde. Er hat ja auch nur mit Glück überlebt. Mein Vater hat aber nicht nach ihm gesucht und sich stattdessen in diese Hütte geflüchtet. Das war sein Verbrechen.«

Markus hatte die Hände immer noch vors Gesicht geschlagen, während er dies stammelnd von sich gab.

»Zu der Zeit hat er noch immer gemeint, er hätte den Wilderer getroffen«, meinte Regina dazu, und es hatte den Anschein, als ob sie ihn beruhigen und trösten müsse.

»Das ist keine Entschuldigung. Der Wilderer war auch nur ein Mensch, und er hätte ihm helfen müssen.« Markus befreite sich nun aus Reginas Armen, richtete sich auf und sah ihr tief in die Augen. »Ich kann nichts dafür. Ich kann wirklich nichts dafür, und es tut mir alles so leid. Und jetzt bist du diejenige, die drübersteht, die alles versteht und es vergessen will«, brachte er stammelnd hervor. Er blickte sie voll Liebe an. Es war eine tiefe, selbstlose Liebe, wie er sie noch nie für eine Frau empfunden hatte. »Und dich habe ich für hysterisch und überspannt gehalten. Das werde ich mir nie verzeihen.«

»Ich war es doch auch. Ich hätte mit dir reden sollen, stattdessen bin ich kopflos davongerannt und dir dann monatelang ausgewichen.«

Markus erhob sich vom Sofa, um nachzulegen, denn das Feuer war inzwischen tief heruntergebrannt. Die Flammen züngelten gleich wieder, doch es war noch kalt in dem kleinen Raum. Sie mussten immer noch ihre Anoraks anbehalten.

Markus ging zum Fenster. Lange, ohne sich zu rühren, blickte er grübelnd hinaus. Regina beobachtete ihn schweigend, ohne eine Frage zu stellen. Draußen kämpfte noch immer der Wind mit dem Schnee und fuhr heulend ums Haus.

»Wenn es so weitergeht, können wir heute nicht mehr hinunter ins Tal«, meinte er und runzelte die Stirn.

»Wäre das so schlimm?«, fragte sie leise und trat lächelnd hinter ihn. Sie umschlang ihn und schmiegte ihren Kopf an seinen breiten Rücken.

Er drehte sich um, küsste sie und vergrub dann sein Gesicht in ihrem blonden, dichten Haar. »Nein, es wäre gar nicht schlimm«, raunte er ihr ins Ohr, »nur haben wir zwei sehr wenig zu essen und trinken dabei.«

»Wir werden schon nicht verhungern. Hast du noch nichts davon gehört, dass man auch von Luft und Liebe leben kann?«

Markus küsste sie wieder, dieses Mal leidenschaftlicher und stürmischer. Sie ist eine prachtvolle Frau, dachte er wieder, aber das habe ich ja immer gewusst. Warum habe ich nicht von Anfang an stärker um sie gekämpft, stattdessen habe ich mich gleich in die Arme einer anderen geflüchtet.

Nach einer halben Stunde packten sie den Rucksack aus. Markus hatte wenigstens zwei Semmeln und etwas Speck und Käse mitgenommen. Viel war es nicht für zwei Personen. Die Thermoskanne mit Tee war nicht einmal ganz voll. Aber es würde schon reichen. Sie dachten zumindest beide nicht daran, heute noch ins Dorf hinunterzugehen.

»Was war dein Vater denn für ein Mensch?«, fragte Regina ihren Liebsten, während sie das Wenige aßen und tranken.

»Der beste Vater, den man sich vorstellen kann«, erwiderte Markus, »und auch ein guter Ehemann.« Er blickte nachdenklich vor sich hin. »Er hatte aber nie viel Zeit für seine Familie«, räumte er dann ein, »er war halt immer sehr ehrgeizig und wollte überall mitmischen.«

»Deshalb dürfen auch deine Mutter und deine Schwestern nichts davon erfahren«, beschwor Regina ihn noch einmal. »Er hat einmal in seinem Leben einen großen Fehler begangen. Er war halt schwach.«

»Ja, das war er. Das hätte ich nie für möglich gehalten, so wie er sich immer gegeben hat.«

Regina nahm sich noch eine Scheibe von dem hauchdünn aufgeschnittenen Speck. »Es war

Notwehr, weil ja mein Vater auch auf ihn gezielt hat. Ich habe mit meinen Eltern im Sommer einmal ausführlich darüber gesprochen. Mein Vater sagte: ›Ich hatte Angst, dass der Wilderer noch einmal schießen wird, und bin davongerannt.‹ Dein Vater musste also davon ausgegangen sein, dass er ihn nicht voll getroffen hat, vielleicht hat er geglaubt, dass es nur ein Streifschuss gewesen ist.«

Markus nickte, aber Reginas Worte konnten ihn nicht darüber hinwegtrösten, dass das schöne Bild seines Vaters einen tiefen Kratzer bekommen hatte.

»Vor allem für deine Mutter wäre es schrecklich, wenn du es ihr erzählen würdest. Das würde ihrer angeschlagenen Gesundheit schwer schaden«, warnte Regina ihn.

Markus legte seine Hand auf ihre Finger. »Du bist so gut und so großherzig. So eine Frau habe ich gar nicht verdient.«

»Mach jetzt bloß keinen Rückzieher!«, scherzte sie lachend.

»Und wenn sich die Welt plötzlich in eine andere Richtung dreht, dann werde ich dich trotzdem heiraten«, erwiderte er schmunzelnd.

Es war inzwischen Abend geworden. Den ganzen Tag über hatte der Nebel die Alm in ein gelblich-graues gespenstisches Gewand gehüllt. Nun war es schon lange dunkel draußen, nur das Heulen und Pfeifen des Sturmes war noch zu hören.

»Bei der Tür kommen wir morgen früh nicht hinaus«, befürchtete Markus.

»Dann müssen wir eben durchs Fenster. Und dann schaufeln wir die Türe frei.«

»Ja, so müssen wir es machen. Du hast eine sehr praktische Veranlagung«, grinste Markus.

Irgendwann in der Nacht erwachte Regina. Sie lag in Markus' Armen und lauschte auf seine gleichmäßigen, ruhigen Atemzüge. Dann blickte sie auf die Glut, die immer noch im Ofen glomm, und sagte sich dabei, dass Markus sicher zwei oder drei Mal nachts aufgestanden war, um nachzulegen, damit der kleine Raum nicht auskühlte, während sie fest geschlafen hatte. Sie spürte dabei so ein stilles Glück in sich, wie sie es noch nie zuvor im Leben empfunden hatte.

Dann hörte sie, wie es draußen ruhiger wurde. Der Sturm hatte sich gelegt, und es hatte zu schneien aufgehört. Durch das kleine Hüttenfenster sah sie, dass die Wolkendecke aufriss und den Blick auf den Mond freigab. Ein Streifen seines milchig weißen Lichts verirrte sich direkt auf Markus' friedlich schlafendes Gesicht.

26

Fünf Jahre später saß Regina mit ihrer kleinen Tochter Veronika etwas abseits von der übrigen Familie in der Bauernwiese, die an den großen Garten des Forsthauses grenzte. Regina und Markus hatten nach ihrer Hochzeit das Innere des Hauses ein wenig umgebaut und modernisiert, so dass sie hier nun ihre eigene Wohnung hatten. Nach außen hin wurde nichts verändert. Es war das alte, stattliche, mit dunklem Holz verkleidete Forsthaus geblieben, das nun seit über hundert Jahren an dieser Stelle stand.

Es war ein sonniger, warmer Julitag. Nun ging es in den Abend hinein, die Sonne stand schon ganz tief und tauchte die Almen und Berggipfel in ein rotes Licht, während sich im Tal schon tiefe Schatten ausbreiteten. Von der Weide des benachbarten Bauern hörte Regina leise das Läuten der Leitkuh und vom Forsthaus her gedämpftes Stimmengewirr.

Die Familie hatte sich, nach einem kleinen Spaziergang, schon wieder an dem langen, liebevoll gedeckten Tisch niedergelassen, der bei der efeuumrankten Hausmauer stand. Drei Biertische und einige Bänke waren für dieses Familienfest herangeschafft und zusammengestellt worden, denn man feierte heute Heidemaries siebzigsten Geburtstag.

Monika war mit ihrer Familie erst später zu der Gesellschaft gestoßen und erzählte gleich, dass ihre beiden Töchter studieren würden, die eine in Hamburg und die andere in Wien. »Wer soll denn dann einmal den Hof übernehmen?«, jammerte sie.

Vroni war mit ihrem Mann gekommen, einem reichen Münchner Unternehmer, der ein total netter Kerl war. Sie wohnten abwechselnd in dem neuen großen Haus, das sie sich an der Sonnleite in bester Lage gebaut hatten, und in ihrer komfortablen Eigentumswohnung in München. Ihr Studium hatte sie erfolgreich abgeschlossen und arbeitete nun sowohl in München als auch in St. Valentin als Chorleiterin. Sie war gerade hochschwanger, das Kind sollte im September auf die Welt kommen.

»Warum hat der Opa denn so ein wehes Bein?«, fragte die kleine Veronika ihre Mutter und blies dabei an ihrer »Pusteblume«.

Regina riss versonnen einen gelben Löwenzahn aus und drehte den milchigen Stängel gedankenverloren im Kreis.

»Er wurde von einem Wilderer angeschossen«, sagte sie leise. »Das ist jetzt schon zehn Jahre her.«

»Ist der böse Wilderer jetzt im Gefängnis?«, fragte das kleine Mädchen, das mit seinem dunkelbraunen, glatten Haar und den hellgrauen Augen das Ebenbild ihres Vaters war.

»Nein«, erwiderte Regina, »er wurde nie erwischt, und wir wissen nicht, wer es war.«

»Wenn ich groß bin, dann werde ich ihn erwischen«, erwiderte das Mädchen selbstbewusst, wurde dann aber von einem zitronengelben Falter abgelenkt. Sie sprang schnell auf und lief dem Schmetterling nach. Sie stolperte und fiel hin.

Regina lachte. »Das hast du nun davon. Der Schmetterling will doch seine Freiheit.«

»Ich wollte ihn ja auch gar nicht fangen, nur berühren.«

»Jetzt komm, Schatzerl! Die warten schon alle auf uns mit dem Essen. Es gibt jetzt noch einmal eine gute Brotzeit zur Feier des Tages.«

»Ich hab doch schon einen Windbeutel gegessen.« Sie seufzte und griff sich an ihren kleinen Bauch.

Regina lachte und lief dann mit ihrer Tochter über die Wiese dem Forsthaus zu. Am Rande des Hochwaldes stand eine Herde Rehe, und der Ruf eines Kuckucks durchbrach auf unheimliche Weise die Abendstille. Auf das mächtige Hirschgeweih unter dem Giebel des Forsthauses fielen die letzten Sonnenstrahlen und tauchten es in ein goldenes Licht. Ein herrlicher Sommertag, der nicht zu heiß und nicht zu kühl war, neigte sich dem Ende zu.

Dann waren sie bei den anderen angekommen: Josef unterhielt sich gerade mit Monikas Mann über die Höhe des Milchkontingents, und Heidemarie besprach mit ihrer besten Freundin Luise, die Einzige in der Runde, die nicht zur Familie gehörte, ein neues Strickmuster. Heidemarie konnte jetzt wieder stricken, und das freute sie am meisten.

Markus hatte sich gerade in ein Gespräch mit seinem frisch gebackenen Münchner Schwager vertieft, das sich um die leidige Politik drehte. Als er Regina und Veronika vor sich stehen sah, hellte sich sein Gesicht auf. Er hob Veronika hoch und zog sie auf seinen Schoß. Regina lief ins Haus, um noch ein paar Sachen aus der Küche zu holen, die für die Brotzeit fehlten. Dann setzte sie sich neben ihren Mann. Sie aß nur wenig, schließlich hatte die Familie, bis auf den kleinen Spaziergang, beinahe den ganzen Tag nur gegessen. Doch die anderen griffen schon wieder fleißig zu.

Regina lehnte sie sich an die sonnenwarme Hausmauer und blickte in den sinkenden Tag. Im Westen zeigte sich nur noch ein schwacher rötlich-gelber Abendschein. Der Bergwind strich frisch, aber nicht kalt über ihr klares Gesicht. Sie wusste selbst nicht, warum sie plötzlich an den guten, alten Benno denken musste, Markus' treuen Hund. Nun war er auch schon lange im »Hundehimmel«. Die Zeit schritt fort, blieb niemals stehen. Ein leises, nachdenkliches Lächeln spielte dabei um ihre Lippen.

Die Gespräche der anderen hörte sie wie von ganz weit her, so sehr war sie in ihre eigenen Gedanken versunken, die sich jetzt um Gott und die Welt drehten und schließlich bei Markus' früherer Freundin Andrea landeten.

»Worüber denkst du denn so angestrengt nach?«, hörte sie nun die Stimme ihres Mannes.

Noch ehe sie antworten konnte, spürte sie seine Hand, diese kräftige, ein wenig raue, aber so zärtliche Hand, die ihre ganz fest drückte.

Als sie nicht antwortete, runzelte er die Stirn. Sie teilten ein Geheimnis, dachte sie daran?

»Ich habe an Andrea gedacht«, gestand sie schließlich lachend.

Er warf ihr einen überraschten Blick zu, aber dann grinste er.

»Wie kommst du denn darauf? Bist du immer noch eifersüchtig?«, neckte er sie.

Regina schüttelte den Kopf, denn sie wusste, dass sie dazu wirklich nicht die geringste Veranlassung hatte. »Sie treibt sich ständig in der Welt herum. Heute ist wieder eine Ansichtskarte von ihr gekommen – aus Sibirien! Ich habe sie auf den Küchentisch gelegt. Wie lange wird sie dir denn noch diese Karten schicken?«

»Ich denke mir, sie will damit nur angeben. Sie glaubt sicher, dass ich etwas versäume.«

»Und? Versäumst du etwas?« fragte Regina ihren Mann lächelnd und blickte wieder in die stille, friedliche Gebirgslandschaft hinein. Auf den Gipfeln lag ein letzter, roter Schein. Eine feine, bläuliche Dämmerung legte sich über das Land, im Wald ließen sich die Vögel zur Nacht nieder, und ihr Gesang verstummte langsam.

»Es kann doch nirgends schöner sein als hier«, erwiderte er. »Nein, ich habe nicht das Gefühl, dass ich etwas versäume. Ganz im Gegenteil: Ich genieße jeden Tag mit dir und unserer Kleinen.«

»Vielleicht sollten wir aber doch einmal in Urlaub fahren«, überlegte Regina.

»Ja, aber dann bitte nur in den Bayerischen Wald«, bestimmte Markus.

Sie lachten, und Vroni, die ihnen gegenüber saß, warf den beiden einen verdutzten Blick zu, weil sie nicht wusste, worum es ging.

Die kleine Veronika klärte ihre Tante gleich auf. »Nächstes Jahr fahren wir in Urlaub, und zwar in den Bayerischen Wald«, sagte sie altklug und machte dabei ein sehr wichtigtuerisches Gesicht.

»Erst müsst ihr unbedingt nach München kommen und unsere neue Wohnung ansehen. Du musst doch auch einmal deine Taufpatin besuchen«, setzte sie, zu Veronika gewandt, lächelnd hinzu.

Regina und Markus warfen sich einen amüsierten Blick zu.

»Ach, was für ein schöner Tag das gewesen ist«, meinte Emmi und blickte sich mit einem so zufriedenen Gesichtsausdruck in der Runde um, dass sich ihre Falten um die Hälfte reduzierten.

Josef nickte zustimmend. Das Leben ist doch schön, dachte er, man darf nur nicht zu viel von ihm erwarten.

Von Angelika Oberauer bereits erschienen

Kein anderes Leben
288 Seiten
ISBN 978-3-475-54196-4

Lore und Stefan glauben fest daran, dass sie für immer zusammen sein werden. Doch plötzlich ändert sich ihr Leben. Stefan will Karriere in der Stadt machen. Die beiden trennen sich, obwohl sie sich immer noch lieben. Lores Bruder Markus, der Hoferbe, verunglückt tödlich. Lore will den Hof retten. Ein Immobilienmakler möchte das Grundstück erwerben. Er setzt seinen gutaussehenden Halbbruder auf Lore an. Wird dieser Lores Herz für sich gewinnen können oder ist ihre Liebe zu Stefan immer noch zu stark?